Meine österreichische Liebe

Die Geschichte der Abenteuer eines englischen Komponisten in Wien. Von ihm selbst in den Schützengräben geschrieben

Maxime Provost

Writat

Diese Ausgabe erschien im Jahr 2024

ISBN: 9789359946450

Herausgegeben von
Writat
E-Mail: info@writat.com

Inhalt

EINFÜHRUNG.

Genau in der Mitte der Eisenbahnbrücke, die die Salzach überspannt, endet das bayerische Staatsgebiet und beginnt Österreich. Ich wusste, dass; aber ich war von dieser wahrscheinlich interessanten Tatsache weit weniger beeindruckt (denn warum um alles in der Welt hätte man sich so viel Mühe gegeben, mich zu informieren, wenn es nicht interessant wäre?) als von der einzigartigen Schönheit des Ortes. Ich konnte nur einen flüchtigen Blick auf die beiden isolierten Hügel erhaschen, zwischen denen der Fluss fließt, auf das schöne Tal, das sich so gebildet hat, und auf die hohe Festung, die sich über die Türme und Türme der Stadt erhebt. In der nächsten Minute hält der Zug an und ruft: „Salzburg, alles umziehen!" oder sein deutsches Äquivalent, ertönte.

Sofort flog mein Nachbar, ein jähzorniger Franzose, der aus München mit mir die Kutsche geteilt hatte, wütend, gestikulierend und voller Lärm auf uns zu.

„Das ist nicht wahr", rief er, „ich muss mich nicht ändern!"

Ich murmelte etwas wie „Zollbestimmungen", aber er brüllte weiter:

„Das ist nicht wahr! Man hat mir in Paris gesagt, dass die Handtaschen und die anderen kleinen Dinge im Wagen untersucht würden, und das schwere Gepäck in Wien. Ich weigere mich, auszusteigen."

Er hatte recht. Dasselbe hatte man mir in München erzählt, aber als Engländer war ich gewohnt, den Mund zu halten. Also stieg ich aus.

Im selben Moment näherte sich ein Beamter unserem Wagen und forderte den Franzosen auf, seinem Auftrag Folge zu leisten. Der Beamte war, muss man dem Pariser gegenüber fairerweise sagen, nicht sehr höflich, aber dieser schrie sofort und schüttelte die Fäuste: „Es war ekelhaft, und er wollte tun, was ihm gefiel!" Daraufhin stellte sich der Mann mit der roten Mütze mit schroffer Stimme als kaiserlicher Beamter vor und drohte seinem Gegner mit sofortiger Verhaftung. Ich versuchte, beide vom Streit abzubringen, aber der Franzose war taub für jede Vernunft.

Als endlich ein Polizist kam, verließ der nervöse kleine Mann voller Zorn den Waggon und stürmte zur Tür, die ins Bahnhofsgebäude führte. Was weiter mit ihm geschah, weiß ich nicht und der Leser wird es auch nie erfahren. Denn dieser Franzose war offenbar nur dazu geschaffen worden, einen bestimmten Eckplatz in meinem Eisenbahnwaggon freizumachen.

Aus verschiedenen Gründen, von denen einige in dieser Geschichte vorkommen werden, werde ich wahrscheinlich nie nach Österreich zurückkehren. Aber, lieber Leser, *Sie* können dieses schöne Land besuchen. Nun, wenn Sie zufällig in einem Erste-Klasse-Wagen mit der Nummer P.3.33 und im mit C gekennzeichneten Abschnitt reisen, begrüßen Sie die Ecksitze neben dem Fenster von mir. Nicht, weil ich zu Beginn meiner Geschichte auf einem dieser Ecksitze saß, noch weil der andere von dem jähzornigen kleinen Franzosen besetzt war, der bereits aus meiner Geschichte verschwunden ist, sondern wegen des Reisenden, der ihm folgte und der kein Geringerer war als die Heldin dieses Buches.

Und jetzt werde ich versuchen, Ihnen alles darüber zu erzählen, oder besser gesagt, über sie, vorausgesetzt, dass mich der Lärm der Granaten nicht allzu sehr stört. Denn Sie müssen wissen, dass ich in den Schützengräben schreibe. Schließlich bin ich an das Dauerkonzert gewöhnt und bin keine fünfzig Meter von einem Mann entfernt, der an einer Abhandlung über Chemie arbeitet.

ICH.

Ich hatte meine Kisten und Taschen geöffnet und sie wieder verschlossen, nachdem ein Zollbeamter so getan hatte, als würde er einen Blick auf die darin befindlichen Dinge werfen. Ich wollte jetzt zu meinem Wagen zurückkehren, aber man sagte mir, dass ich durch einen Nebenraum gehen müsse. Der Himmel weiß nicht warum; noch viel weniger tut es irgendjemand anderem. In diesem Raum, aus dem eine Glastür zum Bahnsteig führte, musste ich warten. Nicht viele Minuten, wurde mir versichert; aber ihre Qualität machte die Quantität wett. Es waren hasserfüllte Minuten. Da war ich, klebte (wenn ich das so sagen darf) an dieser Glastür und blickte auf das unerreichbare Ziel, meine Kutsche, die direkt vor mir stand.

Draußen gingen ein paar Reisende, die aus unbekannten Gründen entweder von den Beamten oder vom Schicksal bevorzugt wurden, gemächlich auf und ab, und ich bemerkte unter ihnen einen sehr eleganten Offizier mit einer großen Dame. Er umkreiste sie mit Höflichkeiten, die mich auf einzigartige Weise an die Komplimente eines Hahns an eine Henne erinnerten. Er hatte eine wundervolle Uniform, die ihm perfekt passte. Er hatte auch einen Schnurrbart, oh, was für einen Schnurrbart! Es gab mir eine Vorstellung davon, wie sein Pferd Curry haben muss. Und er trug ein einziges Brillenglas, was ihn zu den bezauberndsten Grimassen zwang. Er hielt sein Schwert am Griff, außer in solchen Momenten, in denen er es über den Boden schleifen ließ, um ein anmutiges Klirren zu erzeugen, das ich durch meine verfluchte Glastür hören konnte.

Endlich waren wir erleichtert und freigelassen. Ich eilte zu meiner Kutsche und stellte fest, dass der Gepäckträger, dem ich meine Taschen und Koffer anvertraut hatte, sie so abgestellt hatte, dass alle Sitze markiert waren. Ich wäre allein.

„Sind alle Plätze in diesem Bereich belegt?" fragte eine ziemlich rasselnde Stimme hinter mir.

Ich drehte mich um und sah meinen hübschen Offizier mit seiner Dame.

„Nein", antwortete ich, „ich glaube, ich bin allein", woraufhin die Dame sofort den Wagen betrat. Der Beamte blieb draußen und schloss die Tür, während sie das Fenster herunterließ und sich nach draußen beugte, um ihr Gespräch fortzusetzen. Ich vermutete, dass meine Reise *zu zweit* verlaufen würde , und fragte mich natürlich, ob sie jung und hübsch war. Ihr Begleiter war selbst eine so vollendete Schönheit, dass ich es tatsächlich versäumt hatte, sie anzusehen. Wie auch immer, was ich jetzt sah, war zwar nur die falsche Seite, die Rückseite der Medaille war, um der Höflichkeit halber zu sagen, überhaupt nicht zu verachten. Aber wäre der Kopf, wenn der Wurf gemacht wurde, des Schwanzes würdig?

Endlich war ein leises Pfeifen zu hören.

„Denken Sie daran zu schreiben!", rief der Beamte draußen, während der Zug sich rührte, ächzend vorwärtsfuhr und langsam aus dem Bahnhof rollte. Eine Weile blieb die Dame noch aus dem Fenster gelehnt und winkte mit ihrem Taschentuch. Dann setzte sie sich schließlich wieder auf ihren Platz, den Platz, den der kleine Franzose eingenommen hatte und von dem ihn sein Temperament (oder war es mein Glück?) vertrieben hatte.

Sie war ungewöhnlich hübsch, obwohl sie sofort eine gekünstelte Gleichgültigkeit annahm. Sie schmollte sogar ein wenig, aber das half nur, ihre fleischigen, roten Lippen besser zur Geltung zu bringen. Und ihre Gesichtszüge waren viel zu weich, als dass sie durch diese angebliche Gleichgültigkeit verdorben worden wären. Sie waren nicht sehr regelmäßig, diese Gesichtszüge, aber sie bildeten ein hübsches Ganzes. Und jetzt, als ein kleines Lächeln über sie huschte, erschien ein Grübchen, ein winziges, süßes Grübchen, nahe dem linken Mundwinkel.

Warum hatte sie gelächelt? Um dieses Grübchen und ihre schönen Zähne zu zeigen? Oder hatte sie an ihren Begleiter gedacht? War dieses Lächeln Koketterie oder eine angenehme Erinnerung? Oder hatte Spott sie zum Lächeln gebracht?

Was bedeutete sie diesem Beamten? Eine Schwester? Eine Ehefrau? Eine Geliebte?

Wie alt war sie? Ich wünschte, sie würde die Haube abnehmen. Hauben täuschen. Aus diesem Grund spielen sie im Leben der Frau eine so wichtige Rolle.

Ich wusste nicht viel über Hutmacherei, aber das hier war eher eine auffällige Haube. Ebenso der Rest der Toilette. Sie sah aus wie die Frau eines Offiziers. Außerdem hätte er, wenn sie seine Schwester gewesen wäre, kaum das Hahn-und-Henne-Spiel gespielt. Aber wenn sie seine Frau wäre, hätte er es wahrscheinlich auch nicht gespielt! Er hatte sich wie ein Verehrer verhalten.

Ich war an diesem Punkt meiner Betrachtungen angelangt, als sie ihre Handschuhe auszog und ich sah, dass sie keine Ringe an den Fingern trug. Und dann, als ob sie meinen Wünschen nachkommen wollte, nahm sie die Haube ab. Sie war blond, mit kupferfarbenem Schimmer im Haar und wahrscheinlich nicht älter als zwanzig.

Meine Scharfsinnigkeit, denn ich hielt mich für ziemlich schlau und scharfsichtig, brachte mich nun rasch zu folgender Theorie: *Sie* war eine junge Dame, ihre große Gestalt war ein Beweis ihrer vornehmen Herkunft.

Sie war wohlhabend, das prunkvolle Kleid und ihr Reisegepäck erster Klasse zeugten davon. Sie war gut erzogen, wie es sich für eine junge und edle Dame gehörte, denn sie trug keinen Schmuck. (Meiner Ansicht nach ist das Tragen von Schmuck unvereinbar mit der guten Erziehung einer jungen Dame.) Was den Offizier anging, so war er weder ihr Bruder, noch ihr Ehemann, noch ihr Liebhaber, sondern ein Freund oder Verwandter, der sie gerade zum Bahnhof begleitet hatte, um ihr mit ihrem Gepäck zu helfen usw.

Das alles beweist nur, dass ich damals ein unerfahrener junger Mann von 21 Jahren war, leichtgläubig und oberflächlich. Wenn ich Ihnen sage, dass ich Musiker war (ich sage nicht: ich *bin es*, ich sage: ich *war es*), werden Sie meinen Charakter vollkommen verstehen.

Ich musste meine Geschichte unterbrechen. Unser Vater, der im Kriegsministerium ist, hatte uns unsere tägliche Marmelade geschickt. Ich frage mich, ob mein hübscher österreichischer Offizier, den ich vor acht Jahren zum ersten Mal am Salzburger Bahnhof sah, noch lebt und ob er auch Marmelade hat? Und ob er von mir denkt, was ich von ihm denke und ob er sich an jenen Sonntagnachmittag erinnert, als er sie, meine österreichische Liebe, in meinen Eisenbahnwaggon setzte?

Sie saß da und sah aus dem Fenster. Es war nun eine Viertelstunde vergangen, seit wir Salzburg verlassen hatten, und der Zug hatte seine gleichmäßige, schnelle Geschwindigkeit erreicht, die er den ganzen Nachmittag beibehalten würde.

Ich wagte nicht, mit meiner schönen Comtesse zu sprechen. Das war der Rang, den meine Fantasie ihr zugeschrieben hatte. Wenn man auf Reisen nicht sofort ein Gespräch beginnt, wird man es im Allgemeinen nie tun. Also machte ich mir Sorgen. Ich hatte nichts zu lesen, nicht einmal eine Zeitung. Ich wollte nicht schlafen, außerdem konnte ich im Zug nie schlafen. Sie selbst bewegte sich kaum.

So war eine weitere Viertelstunde vergangen, als der Schaffner die Tür zum Korridor öffnete und nach unseren Fahrkarten fragte. Ich war überrascht, als ich den Mann sah, denn er sah ein bisschen wie ein Zwillingsbruder des kleinen Franzosen aus. Er war von gleicher Größe, hatte das gleiche schwarze Haar, den gleichen schwarzen Schnurrbart und den spitzen Bartbüschel am Kinn. Es war so auffällig, dass mein englisches Gehirn, das hauptsächlich mit Kriminalgeschichten aufgewachsen war, sofort ein Geheimnis witterte. Ich konnte es nicht lassen, mit ihm auf den Korridor zu treten, wo ich ihn fragte, was die nächste Haltestelle sei, um mich zu vergewissern, ob der kleine Franzose und der Schaffner nur eine Person waren. Er antwortete und begann zu plaudern. Es war eine ganz andere

Stimme, und während mein Franzose nur mit großen Schwierigkeiten Deutsch sprach, gab mir dieser Schaffner ein Beispiel für die Redseligkeit, mit der die Wiener ihren breiten, gutmütigen Dialekt sprechen. Das Geheimnis war nur Zufall.

„Ein nettes Mädchen", sagte der Mann lächelnd und mit halb geschlossenen Augen in Richtung der Comtesse blinzelnd.

„Wohin reist sie?", fragte ich.

„Wien", antwortete er. Und dann hob er die Augen mit einem verkuppelnden Ausdruck unter seinen schwarzen Augenbrauen. „Ich reise den ganzen Weg mit dir", sagte er. „Wenn du willst, werde ich versuchen, dich mit ihr allein zu lassen."

Ich verstand. Mein Bäckschisch wurde mir bald gereicht, woraufhin – nehme ich an – dieser Hohepriester der Eisenbahnkirche im Geiste die entscheidenden Worte sprach, die uns für die Dauer unserer Reise vereinen sollten.

Ich muss allerdings sagen, dass dieser Ehesegen keine unmittelbare Wirkung zeigte. Denn als ich zu meinem Platz zurückkehrte, hatte ich immer noch nicht den Mut, mit meinem schönen *Gegenüber zu sprechen* .

Sie hatte sich nicht bewegt und blickte mit verzweifeltem Gleichmut auf die Landschaft, die vor ihren Augen galoppierte.

Ich kam mir albern vor. Das tue ich oft.

Wie ein Kind beschäftigte ich mich mit dem Fensterband. In diesem Moment bemerkte ich das kleine weiße Schild an der Tür:

S. 3.33. C.

P. 3.33 war die Nummer des Wagens und C die Nummer des Abschnitts. Aber PC waren auch die Initialen meines Namens. Und da ich mich dem Leser noch nicht vorgestellt habe, nutze ich diese Gelegenheit, um ihm (oder ihr) zu sagen, dass mein Name Patrick Cooper aus London ist, Sohn von Daniel Cooper and Co., Ltd., Versicherungsmakler, (*und Co.* ist eine vernachlässigbare Größe, *Ltd. dagegen* nicht.

Ich nehme an, dass Musik und Aberglaube eine sehr enge Beziehung haben müssen. Selbst jetzt, obwohl ich kein Musiker mehr, sondern Obergefreiter bin (alle Ehre für mich!), lebt mein Aberglaube weiter. Zum Beispiel: Ich bin ein leidenschaftlicher Rattenjäger. Nun, wenn ich einen verpasse, können Sie sicher sein, dass die nächste Ladung Speck, die wir bekommen, schlecht ist.

Deshalb muss ich zugeben, dass die Entdeckung meiner Initialen auf dem Schild an der Kutschentür mich mit einer gewissen Ehrfurcht erfüllen musste. Doch nicht nur aus Ehrfurcht! Auch mit Neugier. Was bedeutete 3,33?

Ich verbrachte ein paar Minuten mit diesem hochinteressanten Rätsel, bis mir ein anderer Gedanke kam, nämlich: Wenn ich mich nicht bald auf ein Gespräch mit der Comtesse eingelassen hätte, hätte ich meine Scheiße umsonst ausgegeben.

Ich habe auf meine Uhr geschaut. Es war halb drei, was bedeutete, dass ich bereits fünfzig Minuten verloren hatte. In Ordnung! Die Zahlen 3,33 sollten eine Bedeutung haben. Wenn in drei Minuten, um 3.33 Uhr, nichts passieren würde, *würde ich reden* . Das Wetter könnte ein durchaus passendes Thema sein, wenn auch nicht neu oder in irgendeiner Weise sensationell, also zumindest überhaupt nicht anstößig. Ich habe mich entsprechend vorbereitet. Zwei Minuten. – Eineinhalb Minuten. – Eine Minute. – Eine halbe Minute....

Die Westinghouse-Bremse unter dem Wagen machte sich mit einem knirschenden, rauen Kreischen zu hören, ein Schock ging durch den Zug, und genau um 3.33 Uhr wurde die Comtesse von ihrem Sitz in meine Arme geschleudert, während eine meiner Taschen zu Boden fiel und der Zug kam plötzlich zum Stehen. In der nächsten Sekunde bewegte es sich jedoch mit einem gewaltigen Ruck rückwärts, und wir wurden beide von meinem Sitz auf ihren geschleudert.

"Was ist denn?" fragte die Schöne, nachdem wir uns aus unserer gegenseitigen Umarmung gelöst hatten.

Draußen begannen viele Menschen auf einmal zu weinen und man hörte hastige Schritte.

„Da stimmt etwas nicht", antwortete ich.

Tatsächlich war das so. An dieser Stelle war die Strecke aus technischen Gründen nur eingleisig, und Eisenbahnunfälle waren deshalb nicht ganz zu vermeiden.

Die Comtesse wollte sofort aussteigen, aber ich hielt sie zurück.

"Wozu?", fragte ich. "Geht es Ihnen hier nicht gut? Das Schlimmste ist vorbei. Wenn es überhaupt etwas zu sehen gibt, dann muss es höchst unangenehm sein."

Sie ließ sich wieder auf ihrem Platz nieder. Ihre Angst war offenbar groß gewesen, das urteilte man an ihrer Blässe und daran, wie sie mich mit weit aufgerissenen Augen ansah. Aus dem Sack, der aus dem Netz gefallen war, holte ich eine Flasche Brandy und einen kleinen Kelch.

„Trink das", sagte ich und bot ihr ein paar Tropfen an.

Sie akzeptierte und dann:

„Wie phlegmatisch Ihr Engländer seid!" sagte sie. „Sehen Sie sich diese Leute an..."

Die Aufregung draußen war unglaublich. Seltsame Stimmen waren zu hören. Passagiere und Eisenbahnbedienstete rannten auf höchst dumme und nutzlose Weise auf und ab. Zwei Herren schrien einander an; Sie waren in einer hitzigen Diskussion darüber, was zu tun sei. Eine Frau kniete und betete hysterisch am Fuße eines Telegraphenpfostens, den sie wahrscheinlich für ein Wegkreuz hielt. Und alle redeten und weinten. Das war umso lächerlicher, als tatsächlich nichts Bedeutendes passiert war. Sowohl die Motoren als auch die Gepäckwagen wurden schwer beschädigt, verletzt wurde jedoch niemand. Wenn ich mir vorstellen möchte, was es heutzutage bedeutet, wenn ich lese: „Österreicher besiegt" – dann muss ich mich nur an diese Szene der Panik und Unordnung erinnern, und ich weiß es sofort.

Es war sozusagen nichts passiert; aber die Männer, die alle ihre Geistesgegenwart verloren hatten, benahmen sich wie Schafe, blickten einander an und flehten um Hilfe, während die meisten Frauen blass und mit toten Lippen weinten.

In England wären alle ruhig gewesen, vielleicht ein wenig genervt, vielleicht amüsiert, aber auf jeden Fall kein bisschen verängstigt. Deshalb hatte mich die Comtesse als phlegmatisch bezeichnet. Ich hoffte, dass es meine Ruhe war, die sie auf meine englische Nationalität schließen ließ: Ich war zu stolz auf mein Deutsch, um zu vermuten, dass meine Aussprache mich verraten hatte.

Wie auch immer, das Eis war gebrochen und wir unterhielten uns nun gemütlich. Langsam ließ die Aufregung der anderen Passagiere nach und es folgte eine Zeit der Stille. Die Leute stiegen wieder in ihre Kutschen. Sogar der kleine Dirigent war verschwunden; Er ging zum nächsten Stellwerk, wo er um Hilfe rufen würde. Das Warten schien endlos zu sein.

Die Comtesse begann unruhig zu werden.

„Sie sehen immer noch ein wenig blass aus", sagte ich. „Fühlen Sie sich wohl?"

Sie nickte sanft.

„Aber nicht ganz wohl? Sie fühlen sich müde? Sie haben Kopfschmerzen?"

„Nein, nein!", protestierte sie lächelnd.

„Ich verstehe. Sie möchten noch etwas Brandy."

„Nein, nein", wiederholte sie.

Aber ich war nicht zufrieden. Sie schien verzweifelt.

„Sie machen sich Sorgen um Ihr Gepäck. Möchten Sie, dass ich nachschaue?"

„Ich habe kein Gepäck."

„Sie haben kein Gepäck?"

"NEIN."

Ich war überrascht. Denn sie hatte auch keines ins Auto mitgebracht. Aber das ging mich ja nichts an.

„Kann ich nichts für Sie tun?"

„Du darfst mir sagen, wie spät es ist."

"Es ist Viertel nach vier."

„Und seit wann sind wir hier?"

Ich habe den angedeuteten Moment benannt:

„3,33."

„Eine Dreiviertelstunde!" rief sie. „Aber wir werden zu einer unmöglichen Zeit in Wien ankommen."

Sie sah erschrocken aus.

Endlich, nach einer scheinbar endlosen Verzögerung, die in Wirklichkeit aber nur eine weitere halbe Stunde dauerte, kam eine Lokomotive an und beide Züge wurden zusammengebunden in den nächsten Bahnhof gebracht. Es folgte viel Manövrieren; der Zug, der in unseren gefahren war, musste zuerst entfernt werden und dann die beiden Lokomotiven, von denen nur noch die Räder in einem funktionsfähigen Zustand waren. Der Gepäckwagen wurde ersetzt und das Gepäck neu verpackt. Und schließlich, gegen sechs Uhr, setzten wir unsere Reise mit halsbrecherischer Geschwindigkeit fort.

Die junge Dame schien ziemlich bedrückt zu sein, wahrscheinlich durch Visionen von noch schrecklicheren Unfällen. Jedes Mal, wenn es einen Schalter gab, schien der Ruck, der beim Umsetzen des Wagens von einer Gleisreihe auf eine andere verursacht wurde, einen Schauder der Angst durch ihren Körper zu jagen. Dennoch erwies sie sich als eine sehr gesprächsbereite und angenehme Rednerin. Vielleicht war sie zu nervös, um zu schweigen, denn ich musste ihr jede Viertelstunde mitteilen, wie spät es war. Aber sie sagte mir nicht warum; ob jemand auf sie wartete oder ob es einen besonderen Grund für sie gab, ihre verspätete Ankunft zu fürchten. Ich habe auch nichts über sie erfahren. Sie blieb geheimnisvoll. Nach mehrstündigem Gespräch wusste ich nicht mehr über sie als damals, als ich sie zum ersten Mal gesehen hatte. Andererseits wusste sie alles über mich und ich vermute tatsächlich, dass ich es war, die am meisten redete. Auf diese Weise versuchte ich, ihr Selbstvertrauen zu gewinnen, indem ich mein Selbstvertrauen zeigte. Aber vergeblich.

Endlich erreichten wir Wien. Wir waren drei Stunden zu spät satt. Als sie mir erzählt hatte, wie schwierig es sei, ein Taxi zu bekommen, fragte ich sie, ob ich ihr nicht eins holen dürfe.

„Ja! Sie würde sich freuen!"

Nachdem ich eine bestimmte Säule in der großen Halle bestimmt hatte, wo sie mit meinen Taschen auf mich warten sollte, machte ich mich auf die Suche nach einem Jehu. (Ich weiß nicht, ob *Jehu in Wien* ein akzeptabler Spitzname wäre, aber egal.) Es war keine sehr leichte Aufgabe, und ich hatte genügend Zeit, mich auf die drei Fragen vorzubereiten, die ich ihr unbedingt stellen musste, bevor wir uns trennten : Ob, wann und wo ich sie wiedersehen sollte. Ich wusste, dass es in Wien Mode war, in einem solchen Moment einer Dame die Hand zu küssen. Und ich sah mich bereits über ihre Hand beugen, sie küssen und ihr die schicksalhaften Fragen stellen.

Aber als ich nach zehn Minuten zurückkam, war die schöne Comtesse gegangen. Meine Taschen standen einsam neben der Säule und begrüßten mich mit einem spöttischen Grinsen.

II.

Sergeant Young gibt ein paar Befehle und dreht sich dann zu mir um.

„Ich habe das erste Kapitel Ihres Buches gelesen", sagt er. „Für einen Mann ohne Erfahrung als Schriftsteller ist es nicht so schlimm. Aber natürlich ..."

Sergeant Young, mein besonderer Freund, ist der außergewöhnlichste Mann des Regiments. Nehmen Sie jeweils ein Pint Figaro und d'Artagnan, ein halbes Pint Halbgott, je einen Löffel Scotchman, Frenchman und South African, mischen Sie alles gut und geben Sie es in Khaki: Sie haben Sergeant Young gebrauchsfertig. Seit Beginn des Krieges träumt er von einem Auftrag, und, mein Wort, niemand hat jemals einen verdient, wenn er es nicht tut. Wir waren zusammen an den Dardanellen, und was von unserer Division übrig geblieben ist – obwohl es nicht viel ist – wurde von ihm gerettet.

Er ist ein komischer Mann. Man weiß nicht, ob er reich oder arm ist, denn an einem Tag benimmt er sich wie ein *Grandseigneur* und am nächsten Tag ist er mit dem Essen eines Bettlers zufrieden. Was er im bürgerlichen Leben ist, kann man nicht erraten. In einem Moment hält man ihn vielleicht für einen Börsenmakler, im nächsten für einen Kunstkritiker, einen Bauern, einen Gastwirt, einen Buchhalter, einen Pferdezüchter, einen Historiker oder einen Bergmann. Wir wissen nur, dass er ein großartiger Soldat und ein ausgezeichneter Kerl ist.

In seiner Eigenschaft als Kunstkritiker habe ich ihm das erste Kapitel meines Buches zu lesen gegeben.

„Sehen Sie", sagt er, „wenn ich ein Buch schreiben würde, würde ich mit dem Anfang beginnen."

„Ich beginne mit dem Anfang", erwidere ich, „nur gibt es ein paar vorläufige Fakten, die genauso gut im Verlauf der Erzählung erzählt werden können. Ich mag es, *medias res vorzugehen* ."

„Du brauchst nicht mit deinem Latein zu prahlen", antwortet er. „Sie erinnern mich an das Kriegsministerium. *Sie (er hat eine unbeschreibliche Art, das Wort „sie"* zu betonen, wenn er vom Kriegsministerium spricht) *mögen* auch junge Offiziere, die sich im Laufe der Erzählung mit den „vorläufigen Fakten" vertraut machen '; während meine Meinung ist: Ein Offizier muss mit dem Anfang beginnen, PC, angenommen, Sie wären der Heilige Moses gewesen, Sie hätten die Bibel so geschrieben: „Gott hat den Menschen nach seinem eigenen Bild erschaffen, nachdem er die großen Wale erschaffen hat." , und sogar zu einem früheren Zeitpunkt zwei große Lichter, ich kann Ihnen genauso gut sagen, dass er vorher gesagt hatte: Es werde Licht, und dass er ganz am Anfang Himmel und Erde geschaffen hatte."'

Und sehr streng fügt der Sergeant hinzu:

„Ich möchte wissen, warum Sie in München waren...?“

„Ich wollte mich in der edlen Kunst der Komposition verbessern.“

„Unterbrich mich nicht … und warum bist du nach Wien aufgebrochen?“

"Ich werde es dir sagen."

Er: „Noch nicht. Ich muss erst noch etwas anderes hören. Haben Sie gestern eine Ratte vermisst?“

Ich (*mit einem schuldbewussten Gesichtsausdruck*): „Das habe ich.“

Er : „Das dachte ich mir. Aber dieser Speck war gar kein Speck und konnte daher nicht schlecht sein. Für solche Dinge werden wir schnell Abhilfe finden. Schreiben Sie auf, was ich Ihnen diktieren werde.“

Ich nehme ein Blatt Papier und meinen Füllfederhalter. Ich habe ihn bei der Leiche eines toten Türken gefunden, aber meine Güte, er hat sich vielleicht einen anständigen gekauft, bevor er erschossen wurde.

Dies ist, was der Sergeant vorschreibt:

„An den Herausgeber der *Evening News* ,
London, EC“Sir,

„Der Feind ist in unserer Mitte und unsere tapfere Armee wird an außerirdische Schurken verkauft. Einige Deutsche haben Regierungsaufträge für Speck erhalten. Aber natürlich die Regierung, die nie weiß, was sie tun soll, wenn die *Evening News* es ihnen nicht vorher gesagt hat.“ , haben in diesen Verträgen ein einziges Wort weggelassen, das besagt, dass es sich bei Speck um Schweinefleisch handeln muss, weiß ich nicht, aber die deutschen Auftragnehmer wissen es.

"Ich bin,

"Herr,

"Mit freundlichen Grüßen...."

„Sie unterschreiben“, fügt er hinzu.

"Ihr Name?" Ich frage.

„Mein Name? Niemals!“ er weint.

Sein Name ist das Einzige, wovor er Angst hat. Wenn er nur an seinen Namen denkt, sinkt ihm das Herz. Sein Name ist sein Geheimnis. Er hat sich unter falschem Namen gemeldet. Er nennt sich Charles Young, ist aber in Wirklichkeit Friedrich Wilhelm Young.

Als mein Kumpel geboren wurde, stand sein Vater unter dem Einfluss der Taten des damaligen Kronprinzen, des Vaters unseres innig geliebten Big Willy. Es war damals Mode, den Deutschen zu bewundern, ja zu lieben. Die Liebe macht blind, und der alte Junge nennt den jungen Jungen: Friedrich Wilhelm.

Unter diesem Namen kämpfte er im Burenkrieg und stieg vom Private zum Captain auf, während sein Bruder Charles nur vom Private zum Corporal aufstieg. Nach dem Burenkrieg kehrte Friedrich Wilhelm zum normalen Zivilleben zurück, und der arme Karl – natürlich der echte Karl – wurde zu seinem Volk versammelt (um nicht grob zu sagen, dass er gestorben sei).

Als nun das Weltgefecht begann, wollte sich Friedrich Wilhelm erneut melden. Aber er fürchtete, sein Name könnte gegen ihn gerichtet sein und *sie* könnten ihm, indem sie ihn für einen Deutschen hielten, keine Chance auf einen Aufstieg geben. Also nahm er die Papiere seines Bruders und meldete sich als Corporal Charles Young. Er dachte, der Auftrag würde rechtzeitig kommen. Er wurde Sergeant; Der Auftrag blieb jedoch aus. Er vollbrachte Wunder, doch es gelang ihm nicht.

Eines Tages, als Lord Kitchener nach Frankreich kam und sich seine Männer ansah, sah er meinen Freund.

Kitchener hatte ein wunderbares Gedächtnis. Er erkannte ihn.

"Ihr Name?" er hat gefragt.

„Sergeant Young, Sir.“

„Irgendein Verwandter von Hauptmann Friedrich Wilhelm Young vom .. Regiment?“

„Sein Bruder, Sir.“

"Was macht er?"

„Er ist tot, Sir.“

„Das ist sehr schade. Ich bin sicher, dass er jetzt Oberst wäre. Er war Ihnen sehr ähnlich.“

Mehr kann man von einem Mann nicht verlangen, nicht einmal von Kitchener. Sergeant Young verlangte mehr, einen Offiziersposten, aber er bekam ihn nicht. Und seit jenem Tag ist er verärgert, unzufrieden und zornig auf seinen Namen. Er fürchtet sich geradezu davor. Er unterschreibt nie etwas, wenn er es vermeiden kann, und wenn er es tut, ist seine Unterschrift unleserlich. Nicht einmal ich darf für ihn unterschreiben.

Deshalb habe ich an das Ende des Briefes an die *Evening News meinen eigenen Namen gesetzt* , meinen Namen, Patrick Cooper, den der Sergeant zunächst zum PC, dann zum Police Constable und schließlich zum Privy Councillor gemacht hat.

Gerade als ich in der Eigenschaft eines Geheimen Rates zu meinem Kameraden spreche, bricht plötzlich ein heftiges Salvenfeuer los.

„Sagen Sie mal, Sergeant, meinen Sie nicht, dass wir einen verdammten Mangel an Handgranaten haben?"

Augenblicklich erwacht der Soldat in Charles Young.

„Wie kann das möglich sein?"

„Das kann ich dir nicht sagen."

Eine Minute lang überlegt er. Dann platzt es plötzlich aus ihm heraus:

"Die werden nie Vernunft lernen! So viele Handgranaten auf jeweils hundert Yards! Ob die hundert Yards mehr oder weniger exponiert sind, ist ihnen egal! Ohne dich, PC und mich wäre die Lage verzweifelt. Aber ich werde die Augen offen halten."

Da steht er aufrecht, die Nasenlöcher seiner großen Nase vibrieren, er ist gerötet und eifrig, mit dem Gehabe eines geborenen Anführers. Noch eine Minute überlegt er, und dann:

„Mach's gut!", sagt er und stampft davon.

„Ich werde dich nicht in einen solchen Granatsplitterhagel hinausgehen lassen", schreie ich und versuche, ihn zurückzuhalten. Aber er lässt sich nicht abbringen und stürmt in den prasselnden Granat- und Kugelhagel hinaus. Augenblicklich geht das Geräusch seiner Schritte im Tosen des eisernen Regengusses unter.

Ich halte einen Moment inne. Was kann ich tun? Das ist ein ganz alltäglicher Vorfall. Ein bevorstehender Tod ist nicht das Geringste Außergewöhnliches. Während sich also die verschiedenen Geräusche des Krieges zu einer einzigen Note vermischen, laut, gewaltig, kolossal, nehme ich mein Manuskript wieder auf und werde ein paar der „vorläufigen Fakten" erzählen, die Sergeant Young so gerne wissen möchte.

Natürlich wurde ich in Hampstead geboren. Das ist bei Söhnen von Versicherungsmaklern oft der Fall. Man kann keine Biographie Mozarts lesen, ohne einen Hinweis auf den Einfluss zu finden, den die schöne

Gegend um Salzburg (siehe erstes Kapitel) auf sein Talent hatte. Ich hatte mit Hampstead zu tun, genauer gesagt mit Belsize Park. Das Ergebnis ist offensichtlich. Mit fünf Jahren führte Mozart sein erstes Konzert öffentlich in der Aula der Universität Salzburg auf. Ich nicht. Trotzdem komponierte ich kleine Walzer. Mit sechs war Mozart so unschuldig und natürlich, dass er, nachdem er in Wien vor der Kaiserin gespielt hatte, ihr auf den Schoß sprang und sie herzlich küsste. Ich will Ihnen keine Märchen erzählen und behaupten, ich sei Königin Victoria auf den Schoß gesprungen, aber in einem Punkt war ich Mozart überlegen: Mit acht Jahren veröffentlichte ich (natürlich bezahlte mein Vater die Druckkosten) sechs Walzersätze für Klavier, während Mozart nur zwei Sätze Sonaten für Cembalo und Violine veröffentlichte.

Von diesem Moment an unterscheiden sich Mozarts Leben und meines immer mehr. Mozart kam nach London und wohnte in Cecil Court, St. Martin's Lane, während ich auf eine Vorbereitungsschule ging, deren Adresse ich vergessen habe. Danach zog Mozart in die Frith Street, Soho, und gab Konzerte in der Great Hall in Spring Gardens und in Ranelagh, während ich nach Harrow geschickt wurde.

Jahrelang interessierten mich Fußball und Cricket mehr als Musik. Entgegen der üblichen Verhältnisse glaubte meine Mutter nicht an mein musikalisches Talent, mein Vater dagegen schon. Warum! Hatte er nicht mehr als 30 Pfund für den Druck meiner Walzer ausgegeben (die übrigens zehn Jahre lang mein einziges *Werk blieben*)? Natürlich hatten sie sich nicht verkauft, aber das bewies, dass ich ein Genie war. Nur Schundliteratur verkaufte sich, dachte mein Vater. Hatten sich Wagners Werke von Anfang an verkauft? Ich war als Komponist geboren und sollte ein Komponist bleiben. Meine Mutter schüttelte den Kopf, aber mein Vater war es gewohnt, seinen Willen durchzusetzen. Also bekam ich jede Menge Klavierunterricht nach der Methode „Man muss nicht üben, um ein guter Pianist zu werden", und mit achtzehn fing ich von vorne an und komponierte weitere Walzer, natürlich viel kunstvoller.

Sie wurden gedruckt, und obwohl sie sich wieder einmal als das Werk eines Genies erwiesen, nämlich unverkäuflich, gelang es mir, einen schönen Gewinn damit zu erzielen. Daniel Cooper und Co., Versicherungsmakler, kehrten zu seinem Drucker zurück, der diesmal 44 Pfund verlangte. Der arme Vater war durchaus bereit, dafür zu blechen, aber ich fand die Summe absurd.

„Ich wette mit Ihnen", erklärte ich, „dass ich es für den halben Preis bekomme."

Daniel Cooper und Co. überreichten mir sofort einen Scheck über 22 £, und nach langem nutzlosen Herumlaufen ließ ich das Ding in Deutschland für 11 £ drucken, und das sehr schön.

In den folgenden zwei Jahren boten sich mir mehrere Gelegenheiten für ähnliche Transaktionen. Aber – ich werde rot, wenn ich es aufschreibe – war dies das einzige Geld, das ich verdiente.

Schließlich erklärte Mutter, dass sie die ganze Sache satt habe, dass ein Musiker gewisse Kenntnisse seiner Kunst haben müsse, dass Musik und Hampstead unvereinbar seien und dass Musik in Deutschland nicht nur billig gedruckt, sondern auch gut gelehrt werde.

Es vergingen jedoch Monate, bis ich schließlich weggeschickt wurde. Diese Verzögerung wurde durch die Idee meiner Mutter verursacht, dass ich nach Leipzig gehen und studieren müsse, weil meine Musik dort gedruckt würde, während ich nach Wien gehen wollte, wo die meisten großen Komponisten gearbeitet und verhungert hatten.

Da ich nun einerseits überhaupt keine Lust hatte zu verhungern und nur wenig Lust zu arbeiten und andererseits reichlich Taschengeld hatte, wird es niemanden wundern zu hören, dass ich den Beginn meines Studiums um einige Zeit verschoben habe Tage und warf einen Blick auf die Stadt Strauss und Lanner. Denn als solches kam mir Wien zunächst vor, und dieser Eindruck blieb bis zuletzt bestehen.

Von allen Städten Europas ist Wien die terpsichoreische Stadt. Die Wienerinnen und Wiener tanzen leidenschaftlich gern, und die Frauen, die sich durch Schönheit, Charme und Eleganz auszeichnen, frönen diesem Vergnügen auch auf Kosten soliderer Qualitäten. Und sie sind angezogen! In Paris ist Kleidung ein Luxus, in London ein Fehler, in Berlin eine Unhöflichkeit, aber in Wien ist es eine hohe Kunst. Ach, die Wienerinnen! Sie müssen sie bewundern, ob Sie nun die eleganten Damen sehen, die an einem Maifeiertag in ihren Kutschen durch die Hauptallee des Praters paradieren, oder die fröhlichen, ausgelassenen Mädchen, die im Oktober im Tanzsaal eines der dörflichen Wirtshäuser herumwirbeln, in denen die … Neuer Wein wird verkauft.

Und immer der gleiche Walzerschwung, immer melodisch, nie eintönig, derselbe in den großen Glanzcafés des Praters wie in den kleinen, bescheidenen Weinhandlungen.

Oh Wien! Stadt der Lieder und des Tanzes, wo ist dein Glück jetzt?

Wie diese fröhlichen, vergnügungssüchtigen, freundlichen Menschen, so voller *Bonhomie* und so deutlich anders als die bösen Berliner, diesen schrecklichen Krieg beginnen konnten, ist das Einzige, was jeden, der Wien auch nur ein wenig kennt, in Erstaunen versetzen muss. Ich möchte hier sagen, dass einer der Gründe, warum ich dieses Buch schreibe, gerade darin besteht, dass ich glaube, eine Erklärung für dieses Rätsel zu haben, das scheinbar kaum gelöst werden kann.

Diese ersten Tage in Wien kommen meiner Erinnerung wie eine Art Jubelsturm vor, als ein Sturm des Lachens und der Freudenschreie, des Geschreis und des Gesangs, des Tobens leichter Füße, des süßen Weinens der Geigen.

Und nur die Tatsache, dass ich in einem sehr mittelmäßigen First-Class-Hotel wohnte, trübte mir das Vergnügen. Es bedeutete viel Geld und wenig Komfort. Es bedeutete auch, dass ich von den schlechtesten Kellnern der Welt bedient wurde. Ich weiß nicht, was London je an dem deutschen oder, genauer gesagt, österreichischen Kellner gefunden hat. Glücklicherweise hat der Krieg ihn aus dem Weg geräumt. Und selbst dann war ein Fehler, ein Vorurteil notwendig. Denn wir sind ihn nicht los, weil er ein mieser Kellner war, sondern weil die *Evening News* dieses Geschöpf, das hirnloseste der Welt, für einen ... Spion hielt.

Nach einer Woche kam zumindest Reue. Hier in Wien sollte ich die sanfte Kunst der Musik erlernen und in Wirklichkeit das Geld von Daniel Cooper und Co., Versicherungsmakler, London, EC, ausgeben für ... Nein! Ich werde nicht über alle Einzelheiten erröten. Außerdem haben Sie genug Fantasie, um für mich zu erröten.

Aber während ich vom Erröten spreche, kann ich Ihnen genauso gut sagen, dass ich für nicht würdig befunden wurde, das *Konservatorium zu besuchen* . Dies bedauerte ich nur, weil ich von einer üppigen Flora hübscher Mädchen gehört hatte, die es dort gab. Aus allen anderen Gründen schien mir Privatunterricht der bessere Weg zu sein, mich mit den Geheimnissen der Harmonie und des Kontrapunkts vertraut zu machen.

Ich erkundigte mich und meine Wahl fiel bald auf einen Mann, der als Organist eine lokale Berühmtheit war, obwohl er als Komponist keinen großen Erfolg hatte. Sein Name war Robert Hammer, er war ein Genie und dementsprechend arm.

Als ich ihn besuchte, war ich wirklich schockiert, so groß schien seine Verzweiflung zu sein. Seine Wohnung im obersten Stockwerk eines Hauses in einem Vorort bestand aus einem kleinen Raum. Es gab ein kleines Eisenbett, das mit großen Manuskriptpaketen bedeckt war, und einen kleinen Flügel, der ebenfalls mit Notenpapier bedeckt war. Es gab einen schlichten Tisch aus Tannenholz, eigentlich einen Küchentisch, auf dem wiederum Papiere lagen, und zwei Holzstühle, die jeden Gedanken daran ausschlossen, es sich gemütlich zu machen. Die Wände waren mit altem, verfärbtem Papier behängt und bis auf einen Farbdruck, der den alten Kaiser Franz Joseph darstellte, völlig schmucklos.

Der Meister – er war fast siebzig – wirkte überaus schüchtern. Er schien von der Idee, einem Mozart Unterricht zu erteilen, nicht besonders begeistert zu sein, nicht einmal einem, der in Belsize Park geboren wurde. Er weigerte sich strikt, eine Zahl als Bezahlung für seine Mühen zu nennen, und ich musste meine nennen, die aus Sicht eines Versicherungsmaklers zwar billig war, für einen hungernden Wiener Musiker aber offenbar ein entscheidender Faktor war.

Er akzeptierte und der Unterricht begann.

Wie kann ich Ihnen eine Vorstellung vom alten Robert Hammer geben? Stellen Sie sich einen mittelgroß gewachsenen Bauern vor, der wie ein protestantischer Pfarrer aussah, mit dem Kopf eines römischen Kaisers, Claudius zum Beispiel; kahl, aber so kahl, dass es wie eine künstliche Glatze wirkte, eine übertriebene Glatze, die bis zum Hals und den Schläfen reichte; kein Bart, kein Schnurrbart, keine Augenbrauen. Er war immer schwarz gekleidet; seine Hose hatte die Form eines britischen Matrosen, der Mantel saß schlecht, war zu lang und zu weit, die Ärmel reichten bis zu den Fingerspitzen. Sein Kragen war so schmal, dass er kaum zu sehen war, und seine schwarze Krawatte ähnelte einem Schnürsenkel. Was seine Stiefel angeht, so glaube ich, dass er die Mode der zierlichen Dinger erfunden hat, die wir in den Schützengräben tragen. Er rollte immer ein wenig Schnupftabak zwischen seinen Fingern. Wenn er sich hinsetzte, um an der Orgel oder am Klavier zu improvisieren, bewegte er das kleine Schnupftabakstück geschickt von rechts nach links und wieder nach rechts und wieder nach links, je nachdem die eine oder andere Hand in der besseren Position war, um mit nur drei Fingern zu spielen. Natürlich ging dabei nach und nach der ganze Schnupftabak verloren und verteilte sich über die Tasten. Dann schaffte nur der alte Hammer das eigentlich Unmögliche, nämlich die imaginären Schnupftabakreste in seine Nase zu jonglieren.

Er war ein Genie und ein vollkommener Narr zugleich, ein alter Mann und ein Baby; er verfügte über jede erdenkliche Verfeinerung seiner Kunst und kannte keine davon im Leben; kein Organist erreichte jemals seine Vollkommenheit; Kein Musiker war ein schlechterer Lehrer.

Er war ein sehr freundlicher, freundlicher Mann, solange seine unglaubliche Geisteslosigkeit seine Freundlichkeit nicht beeinträchtigte. Er war einer der vielen Wiener Musikertypen, und ich glaube nicht, dass man auf der ganzen Welt einen finden könnte, der ihm ähneln würde.

Eines Morgens, zwei Wochen oder drei Wochen nach meiner ersten Unterrichtsstunde, erkundigte er sich nach meinem Leben. Und als ich mich über die Unannehmlichkeiten des Hotellebens beschwerte, fragte er mich, warum ich nicht ein möbliertes Zimmer mieten sollte.

„Man hat mich gewarnt", sagte ich, „dass das Leben im Hotel immer noch besser ist als das Leben mit Insekten."

Er verstand es nicht und ich musste es erklären.

„Es gibt nicht überall Insekten", antwortete er. „Man muss natürlich wissen, wo man übernachten soll. Da ist zum Beispiel mein Freund Doblana, der hat eine sehr schöne Wohnung. Seine Frau ist vor einem Jahr gestorben, und er hat jetzt ein Zimmer zu viel. Außerdem wäre sein Haus das Das Richtige für Sie, und Sie würden seine Gesellschaft genießen. Er ist ein Musiker, der auf äußerst charmante Weise Horn spielt. Sehen Sie, er ist ein Tscheche, und die meisten Tschechen haben dicke, fleischige Lippen, eine Besonderheit, die es ihnen ermöglicht, zu spielen Die Lippen sind das Wichtigste beim Hornspiel. Das ist der Grund für ihre unbeholfene Schreibweise. Die ersten, die erkannten, was mit dem Horn erreicht werden konnte geboren werden, um die neue perfekte Sprache dieses wunderbaren Instruments zu erfinden, das sinnlichste und keuschste."

Herr Doblana war vergessen und auch sein möbliertes Zimmer. Der gute alte Hammer schwärmte von den Qualitäten des Horns, von Meyerbeers Klugheit, dafür zu schreiben, und von den verschiedenen Arten, wie moderne Komponisten es verwendeten, insbesondere Wagner.

Aber wenn Hammer Doblana vergessen hatte, ich nicht. Die Möglichkeit, in dem anständigen Haus eines Musikers zu leben, war zu verlockend, und ich beschloss, ihn noch am Nachmittag aufzusuchen.

Ein schneller Schritt unterbricht mich. Es ist Sergeant Young, der zurückkommt.

„Schon gut, Polizist", sagt er (ich wette, er hat vergessen, dass mein richtiger Name Patrick Cooper ist), „um diese Handgranaten brauchen Sie sich keine Sorgen zu machen, wir haben sie in einem halben Monat. Ich habe erpresst." den Oberst auf die schamloseste Art und Weise, aber es ist mir gelungen."

Er nimmt meinen MS. und liest das zweite Kapitel.

„Das geht nicht", sagt er nach einer Weile. „Wenn Sie unsere Grabengeschäfte mit Ihren österreichischen Angelegenheiten vermischen, wie wollen Sie dann hoffen, dass der Leser sich zurechtfindet?"

"Er wird sich durchwursteln."

„Kein Verlag wird es in dieser Form akzeptieren."

„Nun, er wird es redigieren lassen. Redakteure müssen leben.“

Der Sergeant sieht, dass nichts zu machen ist und liest weiter.

„Sie haben nicht gesagt, warum Sie München verlassen haben“, bemerkt er schließlich.

„Oh!“, antworte ich leichthin, „weil ich ein Ticket nach Wien hatte.“

III.

Am Nachmittag ging ich, wie ich es beschlossen hatte, in die Karlsgasse, wo Herr Doblana wohnte. Da mein Hotel ziemlich weit von seiner Adresse entfernt war, nahm ich einen *Fiaker*, die anmutigste zweispännige Kutsche, die man sich vorstellen kann. *Fiaker* sind bekannt für ihre lustigen Taxifahrer. War es ihr Ruhm, der mich dazu brachte, diesen hier anzuschauen, oder war es sein Gesicht, das mich anzog? Ich kann es nicht sagen, aber als ich ihn ansah, war ich erschrocken. Denn ich kannte den Mann oder dachte es zumindest einen Moment lang. Er ähnelte einerseits dem jähzornigen Franzosen, den das Schicksal gezwungen hatte, der schönen Comtesse Platz zu machen (siehe Kapitel eins), und andererseits dem Schaffner, der bald darauf für bestimmte Dienste eine Schande angenommen hatte. Aber er schien etwas jünger zu sein und hatte die besondere Schicklichkeit der Unterschicht, die den Wiener Taxifahrer auszeichnet. Daraus kam ich zu dem Schluss, dass dies letztlich nur ein Zufall war. Dennoch war es außergewöhnlich, dass ich in so kurzer Zeit drei Menschen mit den gleichen schwarzen Haaren, dem gleichen schwarzen Schnurrbart und dem gleichen Spitzbartbüschel am Kinn und vor allem mit dem gleichen, etwas spöttischen Gesichtsausdruck sah.

Als ich in der Karlsgasse ankam, war ich noch immer so beeindruckt von meinem Taxifahrer, dass ich bei der ersten Begegnung mit Herrn Doblana das Gefühl hatte, auch er sähe jemandem, den ich kannte, sehr ähnlich. Das Komischste ist, dass er tatsächlich jemandem ähnelte; aber bei dieser ersten Begegnung konnte ich mich unmöglich erinnern, wer es war.

Ich traf einen älteren, kultivierten Mann mit einem äußerst traurigen Gesichtsausdruck. Dieser Ausdruck wurde durch seine Rede noch verstärkt. Er sprach sein Deutsch mit tschechischem Akzent aus, was die Leute in einer Art traurigem Singsang sprechen lässt. Viele Slawen scheinen immer so zu sprechen, als würden sie einen Beileidsbesuch abstatten.

Nun trauerte Herr Doblana wirklich. Und ich musste mir mit einigen Details die Geschichte von Frau Doblana anhören, die er vor einem Jahr verloren hatte. Sie war zunächst Komikersängerin gewesen und hatte später mit Gesangsunterricht gutes Geld verdient. Dadurch wurde mir klar, wie es möglich war, dass sich ein Hornist, selbst der erste Hornist der Kaiserlichen Oper, eine so schöne Wohnung leisten konnte. Denn es war tatsächlich eine hübsche Wohnung.

Die Kenntnis seiner Anordnung, lieber Leser, ist von gewisser Bedeutung für das Verständnis der Ereignisse, die ich Ihnen zu gegebener Zeit mitteilen werde. Am einfachsten wäre es, einen Plan der Wohnung zu zeichnen, aber irgendwie bin ich zu stolz, um gegen meine Unfähigkeit als Zeichner anzukämpfen, und ich erinnere mich, dass Conan Doyle sich immer den Umständen stellt, wenn es um die Beschreibung eines Ortes geht . Warum sollte ich es dann nicht tun?

Sie wissen, dass Sie in einem anständig gebauten englischen Haus von jedem Raum aus direkt auf den Flur oder einen Treppenabsatz gelangen können. In Wien ist das anders. Je feiner die Wohnung und je größer die Anzahl der Räume, desto geringer ist die Möglichkeit, aus der Wohnung direkt ins Vorzimmer zu gelangen. Die Unannehmlichkeiten sind wirklich ideal.

Außer der Eingangstür gab es in Herrn Doblanas Flur nur zwei Türen, eine führte zu den Vorderzimmern, die andere zu den Hinterzimmern. Vorne waren es vier. Derjenige, den man betrat, wenn man vom Flur kam, war der *Salon* , rechts davon befand sich mein Zimmer, in dem Fräulein Doblana bis zum Tod ihrer Mutter gelebt hatte. Links vom *Salon* befand sich zunächst das Zimmer des Musikers und dann das seiner Tochter, das letzte der vier Zimmer, die früher Frau Doblana gehört hatten. Die Witwerin hatte die Leere ihrer Wohnung offenbar nicht ertragen können. Aus diesem Grund wohnte nun Fräulein Doblana dort. Im Moment ging es ihr ziemlich schlecht und sie war auf ihr Zimmer beschränkt.

Ich würde sicher zurechtkommen und meine Privatsphäre haben, sagte Herr Doblana. Ich hätte einen Haustürschlüssel und könnte durch den *Salon* in die Wohnung hinein- und hinausgehen, ohne jemanden zu stören. Auch wenn ich arbeiten wollte, würde ich nicht gestört werden. Miss Doblana hatte Gesangsunterricht, sie nahm ihn im Haus ihres Herrn. Zu Hause im Salon übte sie nur eine halbe Stunde am Tag. Den Rest der Zeit könnte ich über das Klavier verfügen.

Ich erklärte, dass ich kein großer Arbeiter sei (ich ahnte nicht, dass ich in der Wiener Karlsgasse die einzige Partitur von Bedeutung und Wert komponieren würde, die ich je geschrieben habe und wahrscheinlich schreiben werde). Wenn Herr Doblana, von dem ich wusste, dass er ein hervorragender Komponist ist, das Klavier haben wollte, würde ich ihn bestimmt nicht vertreiben.

Mein Gastgeber, sichtlich geschmeichelt von dem „herausragenden Komponisten", führte mich ins Vorzimmer und von dort in die hinteren Räume seiner Wohnung. Dort befanden sich ein Esszimmer und sein Atelier, weiter weg die Küche und das Dienstmädchenzimmer.

"Hier", sagte Herr Doblana, als wir sein Studio betraten, "habe ich meine glücklichsten Stunden verbracht. Hier komponiere ich, ohne Instrument. Es kommt nur sehr selten vor, dass ich ans Klavier gehe und einen Effekt ausprobiere, und wenn ich es überhaupt tue, dann eigentlich nur aus Faulheit oder als kleine Entspannung."

Welch ein Unterschied zwischen Doblanas gemütlichem kleinen Studio und Hammers armseliger Behausung! Und doch war Hammer ein Genie, der die Orgel in St. Stephen's spielte wie wohl niemand zuvor, aber *gratis pro Deo* (buchstäblich, um es zu verstehen!). Er pflegte zu sagen: „Sogar der alte Hammer muss von Zeit zu Zeit ein wenig Freude haben, und die hat er, wenn er in St. Stephen's spielt; und sogar Gott, zu dem alle Menschen, mich eingeschlossen, klagend und klagend kommen, sogar Gott muss von Zeit zu Zeit ein wenig Freude haben, und auch er hat sie, wenn Hammer in St. Stephen's spielt. Warum sollte ich also Geld annehmen? Ist es für mein Vergnügen oder für Seins?"

Was Doblana betrifft, so verdanke ich das wenige, das ich weiß, ihm und nicht dem alten Hammer; aber das hindert mich nicht im Geringsten daran, die Fadheit der hübschen Melodien anzuerkennen, die er für seine Ballette schrieb, die in der Oper aufgeführt wurden, die leichten Ballette in der Grand Opera, mit denen er eine ganz anständige Summe Geld verdiente. Und er spielte auch nicht um Himmels willen Horn. Er war ein findiger Mann, Anton Doblana, er bekam seine Gehälter an der Oper, an der Kaiserkapelle und am Konservatorium, er bekam seine Tantiemen und eine Zeit lang auch mich.

„Es wird Ihnen hier gut gehen", versicherte er mir bei meinem Abschied, „und wohlgemerkt, ich bin nicht immer so ein launischer Kerl wie jetzt. Ich bin wegen eines sehr hässlichen Vorfalls, der mir vor einiger Zeit widerfahren ist, verärgert. Ich hoffe, ich werde ihn bald vergessen."

Was mit ihm passiert war, erzählte er mir nicht, und ich ging weg, froh, ein Quartier gefunden zu haben, was fast ideal zu sein schien. Und ich fragte mich immer noch, wo ich einen Menschen kennen konnte, der ihm so ähnlich war, dass ich immer den Eindruck hatte, Doblana schon einmal gesehen zu haben.

Als ich am nächsten Tag einzog, wurde ich von Fanny, dem Dienstmädchen, einem ziemlich rundlichen kleinen Kerl, hereingeführt. Sie war eine junge, gesprächige, aber freundliche Person. Herr Doblana war draußen und *Fräulein* war nicht zu sehen; aber sie, Fanny, würde es mir bequem machen, was sie tatsächlich mit großer Hilfsbereitschaft tat. Infolgedessen erhielt sie ein entsprechendes Trinkgeld.

Ich war nämlich nicht gerade das, was man verwöhnt nennen würde. Erst ein Jahr zuvor, als ich einen Monat lang bei den Dicks in Bedford gewohnt hatte (Dicks Senior ist ein enger Freund des Seniorpartners von Daniel Cooper & Co., Ltd. und hat eine einzige Tochter sowie ein schönes Anwesen in Bedford), wurde ich ebenfalls von einem Hausmädchen hereingeführt, das mich jedoch behandelte, als wäre sie eine Herzogin, was sie vielleicht auch war, und das mir das heiße Wasser brachte, als wäre sie der Erzbischof von Canterbury, der den König salben würde. (Übrigens: Gott schütze ihn und schenke ihm den Sieg!) – Wenn ich dieser Göttin aus den Midlands nun Gold als Trinkgeld gegeben hatte, warum sollte ich mich dann nicht mit der einfachen Fanny auf Silberbasis anfreunden?

Fanny küsste mir die Hand, und ich kam mir albern vor. Ich war noch nicht an die schamlose Art gewöhnt, mit der sich Wiener der Unterschicht auf jede Hand werfen, die sie für küssbar halten, nämlich zurückküssen können, wobei der Kuss einer Hand hart und rund ist und metallisch klingt, wenn man sie fallen lässt.

Wie auch immer, diese beiden Kronenstücke haben Fanny erobert. Wenn Eltern dies lesen, sollten sie sich nicht über die Extravaganz ihrer Kinder ärgern. Eine österreichische Krone ist weniger wert als ein Schilling, und dabei denke ich nicht nur an die Kaiserkrone. – Als ich eine Stunde später ging, um meine Lektion beim alten Hammer zu nehmen, waren meine Sachen und alles, was ich hatte, in Ordnung Was ich tun konnte, war, meinem Wunsch, Fanny noch einmal ein Trinkgeld zu geben, heldenhaft zu widerstehen, als ich sie bat, meine Tür zu ölen, die stark knarrte.

Du weißt, dass ich zum Ausgehen den *Salon durchqueren musste* . Als ich mittendrin war, wurde die Tür gegenüber von mir, die zu Herrn Doblanas Zimmer führte, plötzlich geschlossen. Vielleicht hatte es durch das Öffnen der Tür meines eigenen Zimmers zu Zugluft geführt, da es in Wien immer windig war, und so war die gegenüberliegende Tür zugeschlagen worden. Aber instinktiv hatte ich das Gefühl, dass da noch etwas anderes war. Fräulein Doblana, der es vielleicht gar nicht so schlecht ging, wie ihr Vater gerne sagte, hatte zweifellos einen Anfall von Neugier gehabt und mich beobachtet. Ich stellte mir vor, dass sie sich mit Lockenwicklern in den Haaren (ich wusste damals noch nicht, dass diese Errungenschaft der westlichen Zivilisation das orientalische Wien noch nicht erreicht hatte) schnell meiner Aufmerksamkeit entzog.

Ich muss Ihnen sagen, dass das völlig unnötig war. Es gab in Wien viele hübsche Mädchen, die ich mir ansehen konnte, aber irgendwie hatte ich für sie kein Interesse. Und schon gar nicht für eine alte Jungfer, die, dem Alter ihres Vaters nach zu urteilen, wahrscheinlich zehn Jahre älter war als ich und Lockenwickler trug. Tatsächlich hatte ich meine schöne, berühmte Salzburger Comtesse nicht vergessen können und lebte in der unaufhörlichen Hoffnung, sie wiederzusehen.

Eine Stimme zu meiner Rechten ruft meinen Namen. Aber zu meiner Rechten ist niemand. Und dann ertönt zu meiner Linken ein lautes Gelächter. Es ist Private Pringle, der im Zivilleben Bauchredner ist und solche Streiche gern spielt. Wir auch. Heute spielt er außerdem die Rolle eines Postboten und hat einen Brief für mich. Er ist von Daniel Cooper und Gemahlin. Die Gemahlin behandelt mich wie einen unartigen Jungen, weil ich so wenig schreibe, und könnte ich ihr nicht eine nette Geschichte über den Krieg erzählen? Und ob ich vorsichtig war und diese bösen Granaten vermieden habe?

Der Pater möchte wissen, ob etwas Notenpapier willkommen wäre; ich sollte einen guten Militärmarsch schreiben, damit die englischen Soldaten endlich aufhören, österreichische Märsche zu spielen.

Und beide erzählen mir, dass Bean vor Angst um mich einfach gestorben ist. Bean ist Violet Dicks. Sie hasst Blumennamen und ist lieber ein Gemüse. In Kriegszeiten sind Gemüse offensichtlich wertvoller als Blumen, aber diese verrückte Idee hatte sie schon in Friedenszeiten, von dem Tag an, als ihr kleines Gehirn zur Weisheit erwachte. Und trotzdem ist sie in mich verliebt. Wenn sie wüsste, dass ich die Geschichte eines anderen Mädchens schreibe! Nein, kleine Bean, nein! Jedenfalls noch nicht – wenn überhaupt! Und so kehre ich nach Wien zurück.

Ich hatte es mir zur Regel gemacht, jeden Abend ins Theater zu gehen. Die Theater sind wunderschön und die Aufführungen im Allgemeinen ausgezeichnet. Heute Abend, am ersten Tag meines Aufenthalts in der Karlsgasse, ging ich ins *Burgtheater*, *um mir Macbeth* anzusehen. Ich hatte mit Herrn Doblana vereinbart, dass wir uns nach der Vorstellung in einem bestimmten Café treffen würden.

Ich fand ihn dort an einem großen runden Tisch sitzend, inmitten seiner Freunde, einem Dutzend oder mehr, die alle Schauspieler oder Künstler waren oder irgendwie mit der Bühnenwelt zu tun hatten. Einer von ihnen war Offizier, schien aber trotzdem zur Truppe zu gehören. Sie nannten ihn „*Herr Graf*". Doblana saß links von ihm und schien einen Platz neben sich für mich freigehalten zu haben.

Auf meiner Reise nach Wien hatte ich in verschiedenen Städten Deutschlands Halt gemacht, hier ein paar Tage, dort ein paar Wochen, und war einigen dieser Gesellschaften vorgestellt worden. Aber während in Deutschland Frauen zugelassen waren, meist Schauspielerinnen, waren wir in Wien nur Männer. Das mag erklären, warum die Unterhaltung im Allgemeinen viel ernster war. Es gab nur einen einzigen Menschen, einen Ungaren, der mit lauter und misstönender Stimme lustige Geschichten erzählte und versuchte, die allgemeine Aufmerksamkeit auf sich zu ziehen. Er war ein Theateragent namens Maurus Giulay und fiel durch die Menge seines schwarzen Haares auf, das in seiner Nase statt auf dem Kopf wuchs, und durch die Menge an Diamanten, die seine groben, fettigen Finger schmückten. Sein Bauch war ziemlich hervorstehend. Ebenso eine Fettrolle, die über die Rückseite seines Kragens hinausragte. Er missfiel mir sehr, und ich konnte ihn sofort nicht leiden.

Da ich niemanden kannte, der anwesend war, beteiligte ich mich nicht an dem Gespräch. Außerdem war ich mit den besprochenen Themen nicht vertraut. So geschah es, dass ich schweigend und unfreiwillig einen Teil des Dialogs mithörte, der gerade zwischen Doblana und dem *Herrn Graf stattfand* ... Mein Gastgeber bat seinen Nachbarn, eine bestimmte Angelegenheit nicht so auf die leichte Schulter zu nehmen wie er es tat.

„Immerhin", sagte er, „ist Ihr Anteil so groß wie meiner, und Ihr Interesse sollte es auch sein!"

„Wenn es um Geld geht", erwiderte der andere, „obwohl ich Ihnen nichts schulde, wissen Sie, dass Sie von mir mit einer Entschädigung für das Unglück rechnen können, das Ihnen widerfahren ist."

„Ich weiß, dass Sie immer großzügig sind", antwortete Doblana, „und ich danke Ihnen von ganzem Herzen. Aber es geht hier nicht um Geld. Denken Sie nur: das Ergebnis der Arbeit eines ganzen Jahres, und es wurde der Presse bekannt gegeben ..."

„Sie wissen, dass ich immer gegen diese Ankündigung war."

„Ich weiß es und bedaure es. Denn das ist die Erklärung für Ihre jetzige Gleichgültigkeit. Sie hatten ein Vorurteil gegen die Sache. Aber sollte es deshalb ganz verloren sein?"

„Nun", sagte der *Herr Graf* hochmütig, „das ist mir egal, und ich habe von der ganzen Sache genug gehört."

Daraufhin wirkte Herr Doblana sehr betrübt und sein Gesichtsausdruck war noch unaussprechlicher traurig als der, der mir bei meiner ersten Begegnung aufgefallen war.

In diesem Augenblick traf ein neuer Gast ein, offenbar ein beliebter Ritter dieser Tafelrunde, denn alle schüttelten ihm gern die Hand. Auch wenn es sich dabei nicht um König Artus selbst handelte, so handelte es sich doch um etwas, das dieser erhabenen Persönlichkeit sehr nahe stand: nämlich Wiens berühmtester Schauspieler Alfred Bischoff.

Der Tisch war ziemlich voll, aber er schaffte es, sich zwischen Doblana und mich zu drängen. Dabei stieß er einige Worte der Entschuldigung aus. Ich hatte diesen glattrasierten Mann mit seinen schweren Augenlidern und tief eingezogenen Gesichtszügen nicht erkannt, aber ich erinnerte mich sofort an seine unvergleichliche Stimme. Auch wenn ich kein großer Musiker bin, habe ich doch immerhin gute Ohren, was für einen Komponisten ein kleines Detail ist, wenn man an Beethoven denkt.

„Herr Bischoff", rief ich, „ich habe gerade eines der großartigsten Erlebnisse gehabt, das man sich vorstellen kann: Ihren Macbeth. Wie glücklich bin ich, Ihre Bekanntschaft zu machen!"

Er sah mich an.

„Sie sind ein Engländer", sagte er, was mich zu dem Schluss brachte, dass mein Akzent, wenn man alles gesagt hätte, ausgeprägter sein müsste, als es meiner Eitelkeit lieb gewesen wäre; doch obwohl ich verärgert war, antwortete ich sanftmütig und bejahend.

„Dann", fuhr er fort, „besteht keine Gefahr, dass Sie ein Antisemit sind und Ihre Bewunderung zurückziehen, sobald Sie von Alfred Bischoff selbst gehört haben, dass er weder ein Bischof noch überhaupt ein Christ ist, sondern ein …" einfacher Jude namens Aaron Cohn."

Der *Herr Graf* verzerrte seine Gesichtszüge ein wenig.

„Sehen Sie", fuhr der große Schauspieler fort, „unser Freund Alphons Hector …" und er nickte dem *Herrn Graf* zu, „riecht so etwas wie Schwefel. Schließlich würde er mich am liebsten verbrennen lassen." Und er fügte lachend hinzu: „Es liegt im Blut, *Herr Graf*, und es lässt sich nicht ändern. Und zu denken, dass Sie der Beste von allen sind!"

Herr Bischoff – denn ich nenne ihn lieber bei diesem Namen, den er so berühmt gemacht hat – wandte sich an mich und sagte:

„Ihr Engländer seid eine großartige Nation. Freiheit ist Ihr Motto. Freiheit in allem – Freiheit sogar in der Religion. Ein Jude ist bei Ihnen ein ebenso vollständiger Mensch wie ein Christ. Sie haben keinen Antisemitismus."

„Darf ich es annehmen", fragte ich ihn, „dass in Ihrer meisterhaften Interpretation unseres Shakespeare ein wenig Dankbarkeit steckt?"

„Nein", antwortete er, „nicht im Geringsten. Unsere Kunst ist Kunst um der Kunst willen. Und wenn es mir gelingt, Shakespeares Bedeutung wiederzugeben, liegt das daran, dass wir über gute Übersetzungen seiner Werke verfügen."

„Das mag sein", erklärte ich, „aber die deutsche Sprache eignet sich ja so gut für Übersetzungen."

Sofort flog er wütend auf. Und derselbe Mann, der uns gerade eine große Nation genannt hatte, benutzte die beleidigendsten Ausdrücke gegen uns.

„Als ob irgendeine Sprache für Übersetzungen ungeeignet wäre. Aber natürlich, mit Ihnen, mit diesen gemeinen Ladenbesitzern, mit Ihnen und Ihrer geldgierigen Einstellung, wie sollen da gute Übersetzungen zustande kommen? Ich wurde von einer Ihrer englischen Firmen gebeten, ein englisches Theaterstück zu übersetzen, natürlich ein schlechtes. ‚Normalerweise zahlen wir sieben Schilling und sechs Pence pro tausend Wörter‘, schrieben sie, ‚aber in Anbetracht Ihres Ruhms würden wir bis zu zehn Schilling pro tausend bezahlen.‘ Als ob dies ein entscheidender Faktor sein könnte! Als ob es nicht vor allem notwendig wäre, sich vom Original inspirieren zu lassen! Und so war es schon immer. Ein Arbeiterlohn für eine Arbeiterarbeit, während Übersetzen in Wirklichkeit die schwierigste Tätigkeit in der Literatur ist. Wissen Sie, wer *Macbeth* ins Deutsche übersetzt hat? Wieland, ein Klassiker, Voss, ein Klassiker, Schiller, ein Klassiker, und schließlich Schlegel und Tieck, zwei Klassiker, deren Übersetzung Sie heute Abend gehört haben. Goethe übersetzte die Tragödien von Voltaire und Romane von Diderot und Cellinis Memoiren. Und Schiller übersetzte Vergil und eine griechische Tragödie und Racines *Phaedra* sowie französische und italienische Komödien. Glauben Sie, sie haben das für sieben Schilling und sechs Pence pro tausend Worte oder sogar für zehn Schilling getan? Nein! Sie haben es aus Begeisterung getan, aus dem einen Gefühl, das alles Große in der Kunst schafft. Sie dachten, ihre Mission sei eine heilige, und so haben sie unter anderem die Kunst des Übersetzens begründet. Denn Übersetzen ist für uns eine Kunst, während es für uns eine Kunst ist. mit dir im Topf kochen."

Er blieb etwa eine Minute lang still.

„Ja", sagte er dann etwas gelassener, „wir haben hervorragende Übersetzungen von *Macbeth* , wundervolle Übersetzungen. Aber wir wissen nicht, wie man es spielt."

„Was meinst du?", fragte ich ziemlich erstaunt.

„Zum Beispiel", antwortete er, „wenn im ersten Akt die Hexen zu mir sagen:

„Heil, Macbeth! Heil dir, Thane von Glamis!
Heil, Macbeth! Heil dir, Thane von Cawdor! Heil, Macbeth! Du sollst
künftig König sein!"

der Bühnenmanager machte an diesem Abend etwas Lärm mit einem Gong und zerstörte diesen Moment großer Wirkung, in den Banquo hineinmurmeln soll:

„Guter Herr, warum erschrecken Sie und scheinen
Dinge zu fürchten, die so schön klingen?"

Tatsächlich schien es mir, als ob ich erschrocken wäre, nicht wegen der Prophezeiung, sondern wegen des Gongs. Und Klein, der, Gott weiß, ein guter Schauspieler ist, war gezwungen, seine Worte laut auszusprechen, anstatt sie zu murmeln. Die Szene war verdorben. Und so ging es den ganzen Abend. Die gesamte Tragödie ist ein Gewebe des Schreckens, des Zitterns, der ängstlichen Vorahnungen, des schrecklichen Schweigens, und sie wurde heute Abend in Stücke gerissen. Aber das Schlimmste von allem war die Lady Macbeth.

Ich armer! Wie schwierig schien es, Herrn Bischoff zufrieden zu stellen. Ich hatte die Aufführung außergewöhnlich gefunden. Ich war so beeindruckt von der geheimnisvollen Art und Weise, wie das Ganze gespielt wurde. In einem Moment hatte ich nicht unterscheiden können, ob Macbeth geseufzt hatte oder ob der Nachtwind im Schornstein heulte. Alles schien mir nur eine Seele zu sein. Als Macbeth nach dem Mord gekommen war und seine blutigen Hände betrachtete, hatte er gemurmelt:

„Das ist ein trauriger Anblick."

Ich hatte das Gefühl, als hätte ich die Tat selbst mit ihm vollbracht. Und Lady Macbeth! Wie schrecklich sie gewesen war, besonders in der Traumszene.

„Lady Macbeth!" Herr Bischoff fuhr fort: „Natürlich ist es Goethe, der den großen, fatalen Fehler gemacht hat, als er sie eine Superhexe nannte. Unsere Schauspielerinnen machen ein Monster aus ihr. Ich habe mich heute Abend nicht von unserer Lady Macbeth verführt gefühlt. Sie sollte es tun." schmeicheln, um mich zu beschwichtigen, sie sollte vor Liebe zittern und vor ihren schrecklichen Gedanken und Worten zittern. Und am Ende, wenn sie im Schlaf geht, tue ich es nicht Ich möchte, dass sie kommt und deklamiert. Ich möchte, dass sie krank und fiebrig und schwach ist, ja, wie ein Kind, das mit kindlicher, sanfter Stimme sagt.

„Dennoch ist hier ein Platz."

und ich möchte, dass sie weint, wenn sie sagt:

„Wer hätte gedacht, dass der alte Mann so viel Blut in sich hat?"

Ich möchte, dass sie eine gebrochene, ruinierte Frau ist, und ich möchte, dass Sie, der Zuschauer, Mitleid mit ihr haben."

Ich hörte überrascht zu, denn was er sagte, schien mir wahr.

"Sehen Sie, Sir", fuhr er fort. "Sie sind Komponist oder werden einer. Es hat für einen Musiker nie eine herrlichere Aufgabe gegeben, als ein musikalisches Drama über *Macbeth zu schreiben* , alles auszudrücken, was der Dichter unausgesprochen ließ, dieses Verbrecherpaar als arme Menschen darzustellen und ihr Gift in Tränen zu verwandeln."

Am nächsten Tag war ich ganz erfüllt von diesen Ideen: Sie sättigten mein Gehirn. *Macbeth – Macbeth, eine Oper* – eine Oper von Patrick Cooper, eine Oper mit original schottischen Melodien, vielleicht mit Dudelsäcken, eine Oper mit einer Lady Macbeth voller Charme statt voller Abscheulichkeit, eine Oper mit seltsamen, geheimnisvollen Klängen … Für Als ich zum ersten Mal dachte, dass ich Hammers außergewöhnliche Theorie verstand, dass es keine Harmonien, sondern nur Stimmen gab …

Ich glaube, ich war damals ein lächerlicher Jugendlicher. Jedenfalls gefällt mir Khaki besser. Und seltsamerweise hat auch die Musik, die ich jetzt höre, das Dröhnen der Waffen, ihre furchteinflößende Schönheit.

Ich glaube, der Herausgeber wird das streichen. Natürlich ist es nicht leicht, in einer solchen Umgebung ein Buch zu schreiben. Ich würde gerne sehen, wie Sie es versuchen. Manchmal bewundere ich mich selbst. Aber dann muss ich nur an den Mann denken, der an der chemischen Abhandlung arbeitet, und Sie sollten sehen, wie schüchtern ich werden kann.

Nun, um auf mein Thema zurückzukommen, der Tag danach ähnelte ziemlich dem *Vorgänger* , denn am Morgen wurde ich wieder durch die halb geöffnete Tür beobachtet, und am Abend ging ich in die Oper, wo sie *Tannhäuser spielten* . Herr Doblana hatte mir eine Karte gegeben, damit ich ihn seine Rolle spielen hören konnte.

Am Abend zuvor war Herr Bischoff von *Macbeth alles andere als begeistert gewesen* . Ich habe versucht, ihn in Bezug auf *Tannhäuser* nachzuahmen . Ich fand die Leistung nicht besonders außergewöhnlich. Venus hätte mehr Charme haben sollen, und ihr rosafarbenes Hemd (oder war es ein Festgewand?) bot nicht die Illusion, die ich suchte. Tannhäuser war eher älter und schien das Problem der heiligen Liebe *gegenüber* der profanen Liebe nicht verstanden zu haben. Und er behandelte Venus, als wäre sie seine „Missus", und Elisabeth, als wäre sie seine „feine Dame"; und doch war es Venus, die die „schicke Dame" war. Aber das Schlimmste war Elizabeth. Sie war eine schöne, blonde Perücke, groß und schwankend, mit einer stattlichen Dame vorne; das Ganze hatte eine starke Stimme, die auch schwankte. Ich hatte mir Elizabeth immer als junges Mädchen vorgestellt, mit langen, üppigen Zöpfen, die ihr über die Schultern geworfen waren, ein Mädchen, nett und rein und noch überhaupt nicht weiblich. Während die Person, die ich sah, eine Tante des Landgrafen zu sein schien und nicht seine Nichte.

Herr Doblana und ich trafen uns nach der Vorstellung wieder. Doch bevor wir nach Hause gingen, aßen wir nur schnell in einem Restaurant zu Abend.

Denn es war schon spät, und der Hornist hatte eine schwere Probe vor sich, die am nächsten Morgen um zehn Uhr beginnen sollte.

Das Haus war sehr ruhig, als wir ankamen. In der Karlskirche schlug gerade Mitternacht. Es gab kein Lebenszeichen. Im *Salon* brannte eine winzige Gasflamme. Wir trennten uns und wünschten uns gegenseitig eine gute Nacht. Herr Doblana löschte die kleine Gasflamme und ging in sein Zimmer, ich in meines.

Dort habe ich meinen Kronleuchter angezündet. Dabei bemerkte ich deutlich sichtbar auf meinem Tisch einen Umschlag mit meinem Namen. Ich kannte die Schrift nicht, sie war dünn und spitz, eine Frauenhandschrift. Ich riss den Umschlag auf. Darin standen auf einem halben Blatt Papier die Worte: „Verriegeln Sie Ihre Tür heute Nacht nicht." Es gab keine Unterschrift.

Und nun, lieber Leser, stellen Sie sich bitte meine Gefühle vor.

Da war ich nun in einem fremden Haus und in einer fremden Stadt, wo ich keine weiblichen Bekannten hatte. (Ich bitte Fanny um Verzeihung, aber da ich ihr erst am Tag zuvor ein Trinkgeld gegeben hatte, zählte es nicht.) Und da war eine Frau, die mir befahl, meine Tür nicht zu verriegeln.

Stellen Sie sich weiter vor, ich hätte in der Nacht zuvor wenig geschlafen, da das Sitzen im Café bis in die frühen Morgenstunden gedauert hatte. Stellen Sie sich vor, ich hätte den ganzen Tag gedanklich hart an „*Macbeth*"gearbeitet , einer Oper in fünf Akten von Patrick Cooper. Stellen Sie sich auch vor, ich hätte eine ausgedehnte, ermüdende Aufführung von „*Tannhäuser*" gehört und wäre schläfrig und wenig geneigt, Besuch zu empfangen. Aber stellen Sie sich auch vor, dass ich einundzwanzig war und nach Abenteuern dürstete; Dennoch war ich schlau genug, um zu vermuten, dass die Dame, die mich sehen wollte, diese ältere Jungfer, Fräulein Doblana, mit ihren Lockenwicklern war, ein Detail, das das Abenteuer weniger wünschenswert machte. Denken Sie an all das und dann an eine Idee, die meinem klugen Gehirn kam, nämlich dass es vielleicht doch nicht Fräulein Doblana war, die dieses nächtliche Interview wollte, denn in diesem Fall müsste sie das Zimmer ihres Vaters durchqueren. Dass die geheimnisvolle Dame also in einem der Hinterzimmer versteckt war, wohin sie mit Hilfe von Fanny gelangt sein musste. Dass es nur eine Dame gab, die so viel Interesse an meinem Aufenthaltsort hatte, dass sie sich die Mühe gemacht hätte, herauszufinden, wo ich wohnte; eins, die Comtesse! Denn da ich ihr den Namen des Hotels genannt hatte, in dem ich übernachten würde, und da ich bei meiner Abreise aus dem besagten Hotel meine neue Adresse hinterlassen hatte, war nichts natürlicher und einfacher, als mich zu finden. Aber nichts war unnatürlicher, als mich mitten in der Nacht zu besuchen. NEIN! Es war nicht die Comtesse, sondern die Tochter meines Hornisten.

Es gab ein weiteres Dilemma. Soll ich meine Stiefel ausziehen? Konnte man zu dieser Stunde eine Dame in Pantoffeln erwarten? Ich hatte in solchen Angelegenheiten nicht viel Erfahrung.

In meiner Verzweiflung benutzte ich Schimpfwörter, warf mich in einen Sessel und nahm meinen Shakespeare. Das Schicksal hatte mich gezwungen, es mitzunehmen, als ich Hampstead verließ. Seit heute Morgen lag es für den Notfall auf dem Tisch. Ich öffnete es und begann, *Macbeth zu lesen* .

Dann geschah etwas Komisches. Lady Macbeth war bei dem berühmten Bankett nicht mehr anwesend, aber sie leitete in dem ebenso berühmten Saal einen Wettstreit schottischer Barden, die versuchten, Wagner auf ihren Dudelsäcken zu spielen. Als ihnen das nicht gelang, sagte der Landgraf höchst grob: „Geht zu ... Venus!", woraufhin sie alle verschwanden. Lady Macbeth wurde im selben Moment zur schönen Landgräfin Elisabeth, aber nicht zu der, die ich an diesem Abend in der Oper gesehen hatte, denn sie hatte zwei wunderschöne Zöpfe über die Schultern geworfen, die ihr auf die Brust fielen, genau wie ich es mir gewünscht hatte, und sie war jung und ungewöhnlich hübsch. Sie trug eine Kerze, die mir das komischste Detail erkennen ließ, nämlich eine gewisse Ähnlichkeit, mit wem, weiser Leser, meinen Sie? Mit der Comtesse.

Ein leises Geräusch ließ mich zusammenzucken, und Shakespeare stürzte zu Boden. Neben der Tür stand meine Comtesse, mit einer Kerze in der Hand, genau wie Lady Macbeth in der Traumszene erscheinen sollte, ein verlassenes Kind – und genau so gekleidet, wie ich mir Elizabeth gewünscht hatte, in einem langen weißen Kleid, mit langen, reichen, hellen Zöpfen, die ihr über die Brust fielen. Als sie sah, dass ich aus meinem Traum erwachte, legte sie ihren linken Zeigefinger auf ihre dicken, fleischigen Lippen und flüsterte besorgt:

„Sprich nicht laut."

Ich wollte ihr Licht nehmen, meine Hände drücken, ja, ihr küssen, aber sie verhinderte es.

„Ich bin gekommen", sagte sie, „um Sie zu bitten, meinem Vater auf keinen Fall zu sagen, dass Sie mich in Salzburg getroffen haben."

„Das verspreche ich, Miss Doblana ..."

Sehen Sie, kluger Leser, ich hatte die Situation ebenso schnell erfasst wie Sie, ich hatte erkannt, wer die geheimnisvolle Person war, der Herr Doblana so sehr ähnelte, dass es mir schon bei meinem ersten Besuch in der Karlsgasse aufgefallen war; ich hatte erraten, dass SIE weder eine Comtesse noch eine ältliche Jungfer mit Lockenwicklern, nicht Lady Macbeth und nicht einmal die Landgräfin war, wie ich sie mir gewünscht hatte, sondern Fräulein Doblana, die anscheinend nicht so krank war, wie ihr Vater mir erzählt hatte, aber sehr blass.

„Ich verspreche es, aber warum?"

Dieses „Warum" war nicht gerade ritterlich, und man könnte es sogar indiskret nennen, aber Miss Doblana hatte mit dieser Frage offensichtlich gerechnet.

„Morgen früh", antwortete sie, „hat mein Vater eine lange Probe in der Oper. Er fährt hier um Viertel vor zehn ab und kommt erst um zwei nach Hause. Ich werde die ganze Zeit seiner Abwesenheit im *Salon sein* . Wenn Sie es wünschen, erzähle ich Ihnen dann alles."

Es war ein kaum hörbares Flüstern. Ohne ein Geräusch öffnete sie die Tür und verschwand. Nicht einmal die Tür knarrte. Fanny hatte ihre Pflicht getan.

Aber war es Fanny?

IV.

Wie lange schreibe ich schon? Ich weiß es nicht. Aber Sergeant Young kommt zurück.

„Machen Sie sich lieber bereit", sagt er, „es wird einen Angriff geben. Die Deutschen kommen hier herüber."

„Ah!", antworte ich leise und beginne, mich vorzubereiten.

„Ich wage zu behaupten", fährt der Sergeant fort, „dass die Deutschen sehr hunnenkundig sind. Es wird ein hunnenfreundlicher Job für sie sein."

Wenn er mit diesen Wortspielen beginnt, ist das ein Zeichen dafür, dass er gut gelaunt ist.

„Wenn sie denken, dass sie die Hunnen in unsere Schützengräben bringen, begehen sie einen glaubwürdigen Fehler. Diese Schützengräben sind für die Hunnen zugänglich."

Aber die Zeit vergeht, zehn Minuten, zwanzig Minuten, und es kommt kein Befehl. Sie können sich nicht vorstellen, wie gelangweilt man sich in den langen Stunden des Wartens zwischen den Anfällen fühlt, aber die Angst, die den Momenten wirklicher Gefahr vorausgeht, gleicht diese ermüdenden Phasen aus.

„Hast du noch etwas geschrieben?" fragt schließlich Charlie.

Schweigend biete ich ihm die Blätter an und er beginnt zu lesen. Mittlerweile überlege ich, dass ich Papa schreiben und ihm sagen sollte, dass ich wegen des Donnerns der Geschütze, die nie den Takt halten, keinen Marsch in den Schützengräben organisieren kann – und Mama, dass es nichts einfacheres gibt, als den Granaten auszuweichen; Sie brauchte nicht zu wissen, dass sie uns nicht immer aus dem Weg gehen konnten – und für Bean gab es überhaupt keinen Grund zur Sorge, da der Krieg nur ein übertriebenes Picknick war und die Opfer eine Art Verdauungsstörung verursachte.

„Ich sage", erklärt Sergeant Young, der das Kapitel in kürzerer Zeit als nötig gelesen hat, „ich sage, Ihre Miss Doblana benimmt sich ziemlich hunnmädchenhaft. Mitten in der Nacht einen jungen Hunnen zu besuchen." -verheirateter Mann, mit ihren Haaren Hun-fertig! Ich fürchte, das Publikum wird es hun-konventionell und sogar hun-verzeihlich finden. Natürlich war sie in den hübschen Salzburger Offizier verliebt.

„Sie ziehen voreilige Schlüsse. Ich glaube nicht, dass meine Geschichte irgendetwas darauf schließen lässt."

„In diesem Fall, was hielten Sie von ihrem Besuch?"

„Ich dachte ..., dass sie gezwungen gewesen wäre, durch das Zimmer ihres Vaters zu gehen, und dass sie dies nicht ohne eine Notwendigkeit getan hätte. Ihre Angst war groß gewesen, nach ihren großen Augen und ihrer Blässe zu urteilen. Hätte sie irgendein Risiko auf sich genommen, wenn es irgendeine Möglichkeit gegeben hätte, es zu vermeiden?"

„Natürlich – wenn es vermeidbar war! Und was hast du gefühlt?"

„Vielleicht glauben Sie, dass ich mich sehr glücklich fühlte? Sicherlich war es eine Freude, sie wiedergefunden zu haben. Und wie ich bereits geschrieben habe, war da auch der Wunsch, ihre schönen Hände zu küssen. Aber über allem, über meiner Überraschung, meiner Freude und meinem Wunsch, stand die Befürchtung, ihr Vater könnte ihre Abwesenheit bemerkt haben, könnte man ihre Schritte, so leicht sie auch waren, in der tiefen Stille der Nacht hören. Was hätte ich getan, wenn sich die Tür geöffnet hätte und der traurige alte Mann erschienen wäre und mir Vorwürfe gemacht hätte, ich hätte seine Gastfreundschaft verletzt?"

„Ich verstehe. Du hattest ein leichtes Frösteln, so wie damals, als du zum ersten Mal die Kugeln um dich herum pfeifen hörtest und den Wind spürtest, der von den Granaten verursacht wurde. Es ist ein bisschen hunnisch und man fröstelt ein wenig, aber man macht weiter. Hast du?"

„Das tat ich. Aber es war keine leichte Angelegenheit. Denn zunächst einmal war unser Gespräch am nächsten Morgen verdorben. Es war das erste Mal seit meiner Ankunft in seinem Haus, dass Doblana mehrere Stunden abwesend war. Und während er an den beiden vorhergehenden Tagen die Tür seines Zimmers offen gelassen hatte, hatte er diesmal seine Tochter eingesperrt. Ich wartete eine ganze Weile im *Salon*, vergebens."

„Es muss hunnengemütlich gewesen sein."

„Endlich hörte ich ein leises Geräusch an Mr. Doblanas Tür, als ob ein kleiner Hund daran kratzen würde. Und ein Stück Notizpapier wurde durch den Spalt an der Unterseite der Tür in den *Salon geschoben*. Sofort eilte ich dorthin. Als ich zur Tür kam, hörte ich eine mir wohlbekannte Stimme, *ihre Stimme*, durch die Tür sprechen."

„,Sind Sie das, Mr. Cooper?' – ,Ja.' – ,Sind Sie allein?' – ,Ja.' – ,Können Sie diese Tür öffnen?'

„Ich habe es versucht. Es war verschlossen."

„,Ich kann nicht.' – ,Ich kann es auch nicht. Nimm den Brief, den ich unter die Tür geschoben habe. Lies ihn und vernichte ihn dann. Auf Wiedersehen.'

„Ich habe versucht, weiter zu reden, aber es kam keine Antwort. Also habe ich den Brief gelesen. Er lautete etwa so:

„Mein Vater hat mich eingesperrt. Durch die Tür kann ich dir nichts sagen." Aber du kannst Fanny vertrauen. Für ein Trinkgeld würde sie alles tun. Ich habe kein Geld, aber du hast es.'

Und es war mit Mitzi D signiert.

Ich schaue den Sergeanten an. Er scheint sich für meine Geschichte nicht mehr zu interessieren, als wenn ich in einer Sonntagsschule eine Predigt halten würde. Die Fortsetzung behalte ich natürlich für mich, nämlich wie Fanny und ich uns verschworen, einen Schlosser zu rufen, der versprach, innerhalb von zwei Stunden einen Schlüssel anzufertigen, aber vergaß, uns zu sagen, dass diese zwei Stunden erst drei Tage später beginnen würden. Pünktlichkeit ist eine Tugend, deren sich kein Arbeiter jemals rühmen möchte, nicht einmal in Österreich.

Der Sergeant wirkt, als würde er träumen, manchmal nimmt er einen geistesabwesenden Eindruck an. Wenn er so visionär ist, kann ihn nichts dazu bringen, den Gedanken anderer Leute zu folgen. Aber er macht kein Geheimnis aus seinen Ideen, und früher oder später erfahren wir, was in seinem Kopf vorgeht. Also warte ich in dem respektvollen Schweigen, das ein Lance-Corporal seinem Vorgesetzten schuldet.

Plötzlich springt er auf.

„PC", ruft er, „ich bin fest davon überzeugt, dass ich heute noch meine Provision bekomme!"

Es war an der Zeit, dass er es endlich bekam! Er hat bereits dreimal eine Offiziersausrüstung gekauft. Zweimal hat er es verloren. Hoffen wir, dass der Dritte dienen wird.

„Und woher kommt dieser Glaube?" Ich frage ihn.

„Ich habe Ihnen gesagt, dass ich durch die Erpressung des Colonels eine zusätzliche Menge Handgranaten bekommen habe. Nun ist mir in den Sinn gekommen, dass ich den gleichen Trick ausprobieren könnte, um meinen Auftrag zu erhalten. Wo Schutz, Können und Mut versagt haben, könnte die Erpressung Erfolg haben ."

„Ja", antworte ich etwas zweifelnd, „aber wie willst du ihn erpressen?"

„Das", erklärt er feierlich, „ist natürlich ein Geheimnis zwischen ihm und mir!"

Herr Leser wird mich verstehen, wenn ich behaupte, dass ich neugierig geworden bin.

„Ist da eine Frau dahinter?"

Sie hätten den Lachanfall des Sergeants hören sollen. Er lacht nicht sehr oft, unser Charlie, aber wenn er es tut, ist es das lauteste Lachen der Welt. Develish nennen wir es. Es ist tatsächlich ein großartiges Lachen, lang und unwiderstehlich. Endlich wird er jedoch in der Lage sein, einige Worte zu sagen. Diesmal sagt er:

„Nein! Meine Güte, nein! Da war keine Frau dahinter – nein! Da war etwas ganz anderes!"

In diesem Moment kommt der Befehl, auf den wir eine Stunde lang gewartet haben. Im Gänsemarsch marschieren wir durch die Kommunikationsgräben.

Wenn Sie nun, ungeduldiger Leser, denken, dass ich Sie mit einer detaillierten Beschreibung des Angriffs verärgern werde, irren Sie sich gewaltig. Erstens haben Sie zweifellos viele solcher Beschreibungen in der Zeitung gelesen und möchten keine weitere. Zweitens konnte ich den Angriff nicht schildern, weil ich eine andere Aufgabe als die des Beobachtens hatte, da Lance-Corporals im Allgemeinen keine Sonderkorrespondenten sind. Schließlich haben Sie keine Ahnung, wie leicht man die Details vergisst. Sie werden im Nebel des Krieges schnell schwächer.

Dennoch erinnere ich mich, dass die Deutschen sehr nahe an uns herankamen und zurückgeschlagen wurden. Und ich erinnere mich auch an folgende Vorfälle:

Unterwegs erzählt mir der Sergeant, dass es heute zwei Jahre her ist, seit er *Parsifal* in London gesehen hat, was er nicht nur für ein hunnisch schmackhaftes, langweiliges Werk, sondern auch für ein hunnisch-christliches Werk hält, das die Messe verspottet und nur von dort akzeptiert wird aus Sicht der Hunnen als pangermanische Propaganda. Daraufhin hören wir von irgendwoher die Glocken des Heiligen Grals läuten. Es ist natürlich Pringle, der Bauchredner, der sie liefert.

Cotton, der Chemiker, der ganz natürlich den Spitznamen Guncotton genießt und der gewöhnlich eine spezielle Sprache spricht, die niemand versteht (denn sie ist vollgestopft mit chemischen Formeln), beginnt mit einer tollen Schnüffelvorstellung. Schließlich erklärt er, dass es einen deutlichen Geruch von H_2SO_4 gibt und Wunder, Wunder, Wunder.

Sein Erstaunen ist auch nicht unverständlich. H_2SO_4 ist Schwefelsäure, und was er riecht, ist in Wirklichkeit Kohl, der irgendwo in einem benachbarten Graben gekocht wird.

Später erinnere ich mich an das Werfen von Handgranaten. Der Sergeant ist sehr geschickt in diesem Spiel, das er mit Anfällen seines teuflischen Lachens begleitet. Als in unserer Nähe eine Granate explodiert, ohne jemanden zu verletzen, lacht er erneut und imitiert damit eher das Lachen von Mephisto im dritten Akt von *Faust*.

Der Colonel ist ganz in unserer Nähe und Charlie an seiner Seite. Es gibt ein Periskop und der Colonel kann sehen, was wir erreichen.

Der Sergeant wirft eine weitere Handgranate.

„Ha, ha, ha, ha, ha, ha!" Er lacht: „Noch ein Hun Hun-fertig!"

„Das war schön", sagt der Colonel.

„Was ist mit meiner Provision, Sir?" riskiert Charlie.

Aber er hat kein Glück. Im selben Moment wird das Periskop des Obersts von einer unfreundlichen Granate zerschmettert. Spontan lacht Charles Young.

Der Oberst, der kein Feigling ist, klettert sofort die Brustwehr hinauf.

„Was machen Sie da, Sir?" schreit Charlie.

Keine Antwort.

„Du wirst im Handumdrehen getötet werden!"

Keine Antwort.

„Aber das ist Wahnsinn! Komm zurück!"

Der Colonel ruft etwas, was wir in dem Lärm nicht verstehen können, wahrscheinlich „Shut up!" und steht inmitten der Kugeln, die direkt auf ihn gerichtet sind.

„Du verdammter Idiot!" donnert Charlie, „kommst du runter?"

Diesmal dreht sich der Colonel um und schreit so laut, dass ich die Worte hören kann:

„Dafür werden Sie vor ein Kriegsgericht gestellt!"

Doch im nächsten Moment rennt Charlie auf ihn zu:

„Das ist mir egal! Und wenn Sie nicht sofort runterkommen, verrate ich der Gesellschaft Ihr Geheimnis."

Er hat den Arm des Colonels gepackt und zieht ihn nach unten in relative Sicherheit. Und es folgt ein weiterer Lachanfall.

Ich frage mich. Hat er seinen Auftrag gewonnen oder ihn endgültig verloren? Aber zum Grübeln bleibt keine Zeit. Eine große Granate, eine Jack Johnson, fällt in unseren Schützengraben. Es gibt eine gewaltige Explosion, und ich sehe, wie Charlie drei oder vier Meter hoch in die Luft geschleudert wird und zurückkommt.

Sonst ist niemand verletzt, obwohl wir alle ein bisschen zitterten. Sogar der Colonel.

Da liegt er, mein Kumpel, mein Charlie, ganz blass, weiß wie eine Leiche, bis auf das Blut, das seine große Nase bedeckt. Jemand beugt sich über ihn und sagt:

„Schnell etwas Wasser!“

Guncotton rennt los und schreit:

"H$_2$O!"

Aber nach einer Minute kommt er mit echtem Wasser zurück. Niemand sagt ein Wort, während Charlies Nase gewaschen wird. Schließlich sagt der Colonel sehr gerührt:

„Er hat aufgehört zu fluchen und zu lachen. Der arme Kerl, er hat endlich sein Schicksal erlitten.“

Und feierlich – denn er ist ein sehr religiöser Mann – fügt er hinzu:

„Möge der Herr seiner Seele gnädig sein.“

Ist es nun die Rede des Obersten, die ihn aufrüttelt, oder ist es die Wirkung des Süßwassers? Doch die Antwort kommt sofort:

"Unsinn!", sagt der Sergeant, "ich bin ganz verwundet!" und lacht noch einmal. "Wo bin ich? In der Hölle?"

Der Colonel ergreift die Flucht, obwohl er, ich wiederhole es, kein Feigling ist.

Ich bin wieder in meinem Schützengraben und die Zeit der Langeweile ist wieder gekommen. Also kehre ich nach Wien und zu Mitzi Doblana zurück und entschuldige mich bei Bean, falls sie dieses Buch jemals lesen sollte.

Ich glaube, Sie haben bemerkt, wie schwierig es für mich war, Miss Mitzi kennenzulernen. Zuerst litt ich unter einer verschlossenen Tür und dann unter einem Schlosser von bemerkenswerter Pünktlichkeit. Als ich mir endlich den Schlüssel besorgt hatte, der nicht nur die feindliche Tür öffnen, sondern auch ein Rätsel lösen sollte, hatte meine Vermieterin für ein paar Tage keine lange Probe. So war fast eine Woche vergangen, seit sie mir ein

Treffen versprochen hatte, und in all diesen Tagen ergab sich nicht die geringste Gelegenheit, einen Blick auf sie zu erhaschen.

Wenn Sie die geringste Ahnung von den besonderen Eigenschaften des Herzens eines jungen Mannes haben, werden Sie wissen, dass dieses Warten das Richtige ist, um es zu entflammen, nämlich das Herz. Stellen Sie sich daher meine Freude vor, als wir uns schließlich trafen, als ich sah, wie sie auf mich zukam und mir eine ihrer schönen Hände mit einem süßen „Endlich!" überreichte.

Ja, endlich! Endlich ließ sie mich ihre Hand küssen – wie es mir zustand, seit sie an jenem Sonntagabend meine Taschen und Koffer und mich selbst im Stich gelassen hatte. Ich brauche Ihnen nicht zu sagen, dass ich mich herzlich dafür entschuldigte und dass ich diese liebliche Hand, während ich sie küsste, gründlich küsste. Es war eine bezaubernde Hand mit anmutigen Nägeln und einer weichen, faszinierenden Haut. Und, meine Güte, was für eine Seife sie benutzte, eine betörend duftende Seife.

Fußnote des geneigten Lesers: PC, fahren Sie mit Ihrer Geschichte fort!

Das werde ich. Allerdings ist es nicht meine, sondern Miss Mitzis Geschichte!

Übrigens ist Mitzi die wienerische Verkleinerungsform von Marie, und ich sollte es mit Pussy übersetzen, da es gleichermaßen für Katzen und Mädchen verwendet wird, was beweist, dass die Wiener über ein gewisses Maß an Kenntnissen der Psychologie verfügen.

Ich begann damit, dass ich ihr sagte, dass keine Gefahr bestanden habe, dass ihr Vater mir Fragen über die Salzburg-Reise stellen würde. Wie hätte er ahnen können, dass wir gemeinsam von Salzburg nach Wien gereist waren?

Ihre Antwort war, dass sie so etwas nie befürchtet hätte. Sie hatte Angst vor mir.

„Vorläufig bin ich eingesperrt, wie du bemerkt hast; aber früher oder später werde ich freigelassen. Mein Vater wird uns dann einander vorstellen, und ich wollte nicht, dass du in diesem Moment ausrufst: ‚Oh! Aber wir kennen uns doch schon.'"

„Seien Sie versichert, dass mir nicht der kleinste Fehler unterlaufen wird."

„Nun", fuhr sie fort, „nehme ich an, dass Sie eine Erklärung wünschen."

„Ich kann nicht leugnen, dass ich neugierig bin. Aber ich werde nicht wissbegierig sein …"

„Und ich werde ganz offen sein. Nicht um Ihre Neugier zu befriedigen, bin ich bereit, Ihnen eine Erklärung zu geben, sondern weil ich hoffe, dass Sie mir helfen. Sie sind wahrscheinlich der einzige Mensch, der das kann."

Ich bin sicher, dass meine lieben Leser Patrick Cooper nicht so viel Vertrauen entgegenbringen wie Miss Doblana. Ich möchte niemanden in die Irre führen, indem ich unterstelle, ihr Glaube an meine Fähigkeiten sei in irgendeiner Weise gerechtfertigt. Aber eines muss ich sagen: Mein Herz hüpfte vor Freude. Wir sollten nicht nur ein Geheimnis teilen, sondern ich sollte ihr auch helfen dürfen! Ich versprach ihr also, was Sie erwarten können: Diskretion und Hilfe.

„Ich muss am Anfang beginnen."

(Heiliger Sergeant Young, Sie werden mit dieser jungen Dame, die Ihre Grundsätze teilt, zufrieden sein.)

„Ich nehme Gesangsunterricht. Die Leute sagen, ich habe eine schöne Stimme. Sie ist nicht stark, aber ausdrucksstark. Mein Ziel ist es, Opernsängerin zu werden, obwohl mein Vater dagegen ist. Das ist seltsam, denn meine Mutter war selbst Sängerin. Doch so seltsam es auch erscheinen mag, es gibt einen Grund dafür. Als meine Mutter heiratete, sagte sie ihm nicht, dass sie die Schwester von niemand Geringerem als La Carina war. Natürlich kennen Sie La Carina?"

Ich habe das nicht getan und dachte, es wäre das Beste, mich schuldig zu bekennen.

„Du kennst La Carina nicht?", rief Mitzi. „Aber dann – dann – dann muss ich von vorne beginnen."

(Heiliger Sergeant Young usw. usw., wie zuvor.)

„La Carina war eine gefeierte Tänzerin, außerordentlich schön und klug und berühmt für ihre bezaubernden, winzigen Füße sowie für ..."

Sie zögerte.

"Also?" fragte ich und versuchte ihr durch meine Frage zu helfen.

Miss Mitzi errötete und beendete ihren Satz flüsternd:

„... Was ihren Liebhaber betrifft. Es scheint kaum zu glauben, dass Sie nie von ihren Abenteuern mit dem Erzherzog Alphons Hector gehört haben sollen."

Nun, verehrter Leser, da Sie über ein besseres Gehirn verfügen als ich, werden Sie sich zweifellos an diesen Namen Alphons Hector erinnern. Und Sie werden sagen: Alphons Hector, so wurde der *Herr Graf* am *Macbeth -Abend* von Bischoff, dem Schauspieler, genannt.

Leser sollen gute Erinnerungen haben. Ich habe offenbar einen schlechten. Als ich hörte, wie Miss Mitzi diese beiden Namen „Alphons Hector" aussprach, riefen sie keinerlei Erinnerung in mein Gehirn.

„Wie meine Tante Kathi – das war La Carinas richtiger Name – mit dem Erzherzog durchgebrannt ist, wie er sie heiraten wollte, wie der Kaiser diesen Plan vereitelt hat, ist eine Geschichte, die so oft erzählt wurde, dass ich wirklich überrascht bin, dass Sie das nicht tun sollten es wissen."

„Vielleicht durfte ich nicht…"

„Aber stand es nicht in den englischen Zeitungen?"

„Englische Zeitungen mischen sich nie in eheliche Angelegenheiten ein, außer wenn sie das Scheidungsgericht erreichen."

Fräulein Mitzi lachte.

„Nun", sagte sie, „diese Angelegenheit kam zwar nicht vor das Scheidungsgericht, war aber ein Skandal genug. Dennoch hätte mein Vater nie unsere Verbindung zum Königshaus erraten, wenn meine Mutter nicht, als ich neun war, beschlossen hätte, mich auf eine gewisse Oberschule zu schicken, die man ohne Schutz nicht betreten durfte. Also schrieb meine Mutter an Tante Kathi, deren Tochter auf dieser Schule unterrichtet wurde."

Bei der Erwähnung der Tochter der Tänzerin muss ich ein überraschtes Gesicht gemacht haben, denn Miss Mitzi fügte hinzu:

„Ja! Der Erzherzog und Tante Kathi hatten zwei Kinder, einen Jungen und ein Mädchen, beide älter als ich, der Junge drei Jahre und das Mädchen zehn Monate. Sie hießen *Franz von Heidenbrunn* und *Augusta von Heidenbrunn* . Ihre Mutter war *Frau von Heidenbrunn* , und ihr Vater sollte ein *Graf von Heidenbrunn sein* .

"Ich besuchte diese Schule und freundete mich mit Augusta an. Wir wurden bald unzertrennlich; und mein Vater hatte damals auch nichts dagegen, dass wir uns häufig trafen. Nach und nach lernten sich beide Familien kennen, und Vater war sehr erfreut, dass ein Erzherzog, wenn auch nur inkognito als Graf, in seine bescheidene Wohnung in der Karlsgasse hinaufstieg. Sie - der Erzherzog und mein Vater - wurden sogar so freundlich, bei einem Ballett zusammenzuarbeiten - es hieß *Fata Morgana* - und ich vermute, dass meine Tante Kathi ihre Finger im Spiel hatte. Doch was passieren musste, geschah, als dieses Ballett aufgeführt wurde. Bis zu diesem Zeitpunkt war meinem Vater die Beziehung zwischen den beiden Schwestern unbekannt geblieben. Aber an diesem Abend gratulierte jemand meinem Vater zu seinem einflussreichen Schwager ... und natürlich war die Sache ins Rollen gekommen.

„Es ist unmöglich, sich die Wut meines Vaters vorzustellen. Dass er von seiner Frau in seinem eigenen Haus betrogen wurde! Er verbot meiner armen

Tante und ihren Kindern, die Tür zu betreten, und wenn er nicht das Gleiche tat." Mit dem Erzherzog war es nur so, weil er nicht den Mut dazu hatte. Doch das Ergebnis war dasselbe: Auch der Erzherzog hörte auf, uns zu besuchen, und unser netter Verkehr war vorbei, bis auf Augusta und mich, die blieben freundlich und wurde wahrscheinlich sogar noch freundlicher als zuvor.

„Vor drei Jahren starb Tante Kathi und ihre Kinder verließen Wien nach Salzburg …"

"Ah!" sagte ich.

Ich überlasse es Ihnen, dieses „Ah!" zu interpretieren. wie es Dir gefällt. War es Ausdruck meiner Freude, mich in ihrer Geschichte zurechtzufinden, oder meiner Trauer über die Entdeckung, wer und was die hübsche Beamtin in Salzburg war?

„Vor etwas mehr als einem Jahr", fuhr Fräulein Mitzi fort, „folgte meine Mutter ihrer Schwester. Auf ihrem Sterbebett bat sie ihren Vater, sich mit dem Erzherzog und seinen Kindern zu versöhnen. Aber er gab ihrem Gebet nicht nach, obwohl ich." Ich glaube, dass er sie sehr liebte und schlug vor, ein weiteres gemeinsames Ballett zu schreiben, das sie Griseldis *nennen* sagt, dass sie als Tochter eines Erzherzogs zu hoch für mich und als Tochter von La Carina zu niedrig geboren sei.

„Ich verstehe", rief ich, „ich verstehe, was du in Salzburg gemacht hast."

Sie sah mich wehmütig an, als wollte sie sagen, dass ein einfacher Mann immer kurzsichtig sein würde.

„Ich wurde nicht nur von meinem liebsten Freund getrennt, ich durfte auch niemanden treffen, der zur Theaterwelt gehört. Und wenn ich Gesangsunterricht nehme, dann unter der Voraussetzung, dass ich nie ein professioneller Sänger werden werde."

"Wie gemein!"

„Ja, grausam", wiederholte das liebe Mädchen, und die Ränder ihrer Augenlider wurden ganz rosa, als würde sie gleich schreien. Wenn ich es gewagt hätte, hätte ich sie in meine Arme genommen und ihr gesagt ... ich wusste nicht was. Man muss ziemlich erfahren sein, um zu wissen, was man einem süßen Geschöpf sagen soll, das einem sein Herz, sein trauriges Herz, öffnet.

„Jetzt", fuhr sie fort, „gibt es unter den Leuten, die glauben, dass ich Talent habe und ein erfolgreicher Opernsänger werden könnte, einen Theateragenten, Herrn Maurus Giulay."

„Ich kenne ihn", rief ich, „einen dicken Ungarn mit Diamanten an den Fingern und ..."

"Oh ja!" sagte Fräulein Mitzi eifrig, „ist er nicht ein charmanter Mann? So voller Witz und so freundlich und so ein Geschäftsmann!"

Der Leser wird gut daran tun, diese Wertschätzung von Herrn Giulay durch Miss Doblana mit meiner eigenen zu vergleichen, wie sie im dritten Kapitel beschrieben wird, und zu beurteilen, ob ich Recht hatte, als ich eine sofortige Abneigung gegen ihn empfand.

„Herr Giulay", fuhr Fräulein Mitzi fort, und ich bin mir sicher, dass ihre Augen beim Sprechen leuchteten, „Herr Giulay sagt, ich habe nicht nur ein großes Talent als Sängerin, sondern auch als Schauspielerin."

Und sie fügte mit leiser Stimme hinzu, als würde sie mir ein Geheimnis verraten:

„Er hat mich spielen sehen."

Sie blieb einen Moment wie im Traum und fuhr dann fort:

„Natürlich soll ich ihn überhaupt nicht kennen. An jenem Sonntagmorgen, als Sie mich zum ersten Mal sahen, spielte Vater ein Konzert in Prag. Die Proben waren am Freitag- und Samstagabend davor. Am Freitagmorgen reiste er also nach Prag ab. Ich begleitete ihn zum Bahnhof, um ihn vorzuführen. Er wusste nicht, dass er mich allein mit dem Haushalt zurückließ; denn Fanny hatte mich gebeten, sie gehen zu lassen, um ihre sterbende Mutter zu besuchen. Jedes Mal, wenn sie ihren jungen Mann sehen will, wird ihre Mutter schwer krank; und obwohl ich genau weiß, dass ihre Mutter vor vielen Jahren gestorben ist, ließ ich Fanny gehen, weil sie sonst unerträglich wird. Ich war also ganz allein, und Sie können mir glauben, es hat mir keinen Spaß gemacht. Ein bisschen Singen, ein bisschen Kochen, ein bisschen Lesen und viel Ermüdung, so verging fast der ganze Tag. Aber am späten Nachmittag geschah etwas. Ein Telegramm kam. Ein Telegramm für mich. Es kam aus Salzburg und lautete folgendermaßen:

> „Eine großartige Gelegenheit für Sie. Wir treffen uns
> morgen Abend um sechs am Bahnhof Salzburg. Giulay."

„Ich hatte kein Geld. Es ist eine Eigenart meines Vaters, mir so wenig Geld wie möglich zu hinterlassen. Was, glauben Sie, habe ich getan? Ich ging hinaus und verpfändete meinen Ring. Einen schönen Ring, den mir meine Mutter geschenkt hatte. Ich schäme mich, Ihnen zu sagen, wie wenig sie mir dafür gaben. Es reichte nicht einmal für eine Rückfahrkarte; aber egal, Augusta würde mir das Rückfahrticket leihen. Ich würde nicht nach Salzburg fahren, ohne sie gesehen zu haben."

„Ich verbrachte die Nacht in einem Zustand unbeschreiblicher Aufregung und ging am Samstagmorgen zum Westbahnhof, nahm meine Fahrkarte und fuhr los. Nun stellen Sie sich meine Gefühle vor, als bei meiner Ankunft in Salzburg kein Giulay da war!"

Sie machte eine Pause. Wahrscheinlich erwartete sie, dass ich meine Überraschung zum Ausdruck bringen würde; aber ich habe es nicht getan. Ich schwieg. Wenn ich etwas gesagt hätte, wäre es gewesen, ihr zu sagen, dass ich nicht erstaunt war. Ich wusste, dass ich ihn nicht mochte. Aber wie soll man eine solche Meinung einem Mädchen gegenüber zum Ausdruck bringen, das mir gerade erzählt hatte, dass sie ihn bezaubernd fand?

„Ich habe eine Stunde gewartet, ich habe zwei Stunden gewartet, und es kam kein Giulay. Also ging ich zu meinen Freunden, wo ich die Nacht verbrachte, und am nächsten Tag kehrte ich halb wütend und verwirrt und halb amüsiert über meinen kindischen Eifer nach Hause zurück. Sicherlich Giulay würde mir jedoch eine Erklärung geben, aus demselben Grund, der mich daran gehindert hat, dich zu sehen: Ich bin eingesperrt.

"Aber warum?" Ich fragte.

„Das, meine Freundin" (wie süß von ihr, mich „Freundin" zu nennen!) „Ich weiß es nicht, und ich möchte, dass du es herausfindest."

„Aber dein Vater muss dir einen Grund genannt haben."

"Er hat nicht."

„Er ist wahrscheinlich wütend, weil du nach Salzburg gegangen bist."

„Er weiß es nicht."

"Wie ist das?"

„Als ich gerade noch rechtzeitig nach Hause kam, war Fanny angekommen und hatte natürlich große Angst um mich. Ich habe ihr alles erzählt und bin mir sicher, dass sie mich nicht verraten hat. Eine Viertelstunde später kam mein Vater Er hatte einen großartigen Erfolg und schien sehr glücklich zu sein. Wir aßen etwas zu Abend und ich schlief sofort ein mein Zimmer, blass und mit verzerrten Gesichtszügen.

„Mitzi", rief er mit einer Stimme, die ich kaum wiedererkannte. „Wer hat Sie während meiner Abwesenheit besucht?"

„Ich sagte ihm, dass es niemand wusste. Aber er machte eine schreckliche Szene und bestand darauf, dass er alles wusste, während er offensichtlich nichts wusste, und dass ich in meinem Zimmer eingesperrt sein würde, bis ich ihm die Wahrheit gesagt hätte. Und seit diesem Tag bin ich es." hier, und jeden Morgen kommt er und fragt mich:

„‚Wirst du gestehen?‘

„Und ich weiß wirklich nicht, was passiert ist und auch nicht, was er von mir will.“

„PC“, ruft Guncotton. (Ich frage mich, ob das in der Chemie irgendeine Bedeutung hat.) „Hier ist ein Brief von Sergeant Young für Sie.“

Das schreibt Charlie:

„Meine Nase ist gebrochen, aber das ist mir egal. Ihr bescheidener Diener hat die Ehre, in Depeschen erwähnt zu werden. Ich hatte einmal einen Bruder namens Friedrich Wilhelm. Er wurde während des Burenkrieges in Depeschen erwähnt und erhielt bald darauf seinen Auftrag.

"Dein,

" CHARLIE ."

Es gab nie so viel Glauben wie den des tapferen Sergeant Young.

V.

Ich hatte bereits Gelegenheit, Ihnen zu erzählen, dass ich hauptsächlich mit Kriminalgeschichten aufgewachsen bin. Ich dachte daher, dass es nicht schwer sein würde, den Fall von Miss Doblana zu lösen. Kurz gesagt, dieser Fall war wie folgt: Sie war sicher, dass niemand vorbeigekommen war, während ihr Vater vom Gegenteil überzeugt schien. Woher wusste er das? Er sagte es nicht. Der mysteriöse Besucher hatte keine Karte hinterlassen, sonst hätten entweder Mitzi oder Fanny sie bei ihrer Ankunft gefunden, was einige Zeit vor Mr. Doblanas Rückkehr war. Außerdem trägt eine Karte normalerweise einen Namen, und die Frage des Hornisten an seine Tochter war gewesen: „Wer hat dich während meiner Abwesenheit besucht?", was bewies, dass er nur wusste oder zu wissen glaubte, dass jemand vorbeigekommen war, aber nicht wusste, wer dieser Jemand war.

Wir klingelten nach Fanny. Hatte Herr Doblana ihr im Zusammenhang mit der Affäre etwas gefragt?

„Ja", sagte sie, „am Montagmorgen fragte er mich, wer während seiner Abwesenheit angerufen hatte, und ich sagte: ‚Niemand.'"

Daraufhin wollte Fräulein Doblana wissen, warum Fanny nicht die Wahrheit gesagt habe, nämlich, dass sie es nicht wisse.

„Er war sehr böse", antwortete das Mädchen, „und ich dachte, vielleicht hat jemand angerufen und das *Fräulein* wollte nicht, dass Herr Doblana davon erfährt."

„Du hast eine gute Meinung von mir, Fanny. Aber was hat er getan, als du gesagt hast, dass niemand angerufen hat?"

„Er hat nichts getan. Er hat geschworen. Er sagte, ich sei an der Verschwörung beteiligt und wir beide würden ihn täuschen."

„Unter diesen Umständen hättest du ihm sagen können, dass du die ganze Zeit abwesend warst."

„Und was hätte das für einen Sinn gehabt? Er hätte gedacht, dass *Fräulein* mich absichtlich entfernt hätte."

Ich erkannte, dass Fanny ziemlich viel gesunden Menschenverstand hatte. So auch Mitzi, denn es geschah etwas Außergewöhnliches: Sie bat Fanny um Rat. – Denken Sie an eine junge englische Dame, die einen General oder sogar ein Zwischenmädchen um Rat fragte.

Fräulein vor allem ihre Freiheit wiedererlangen müsse.

"Aber wie?" riefen Mitzi und ich *unisono* .

Fanny sah uns an und schien Mitleid mit uns wegen der offensichtlichen Hilflosigkeit unseres Gehirns zu haben.

„Der junge Herr" (das war ich) „wird in einer Stunde in die Oper gehen. Die Probe ist zu Ende, er wird zufällig Herrn Doblana treffen, der das Theater verlässt, und sie werden gemeinsam nach Hause gehen. In der Zwischenzeit." *Fräulein* wird sich angezogen haben und ausgehen, und zufällig wird sie auch die beiden Herren auf der Straße treffen.

„Aber", mischte sich Mitzi ein, „er wird einen fürchterlichen Krach machen!"

"Auf der Straße?" sagte Fanny. „Keine Angst. Ein kaiserlich-königliches Mitglied der Hofkapelle wird keinen Krach auf der Straße machen. Er wird euch einander vorstellen, und der junge Herr" (das war natürlich wieder ich) „wird sich bei *Fräulein erkundigen.* "Gesundheit, und *Fräulein* wird antworten, dass es ihr jetzt ganz gut geht und sie nie mehr eingesperrt werden wird.

Was für eine Schande, dass solche Gehirne an Dienstmädchen verschwendet werden! Und der Herausgeber der *Evening News* wird beim Lesen dieser Seite sagen: Was für ein Glück, dass eine gewisse Regierung diese Fanny nicht kannte! Für sie hätte man eine spezielle Abteilung geschaffen: Sie wäre zur Präsidentin des Geheimdienstes ernannt worden.

Bis heute frage ich mich, woher sie alles über Mitzis Reise nach Salzburg und über das Giulay-Telegramm wusste. Ihre junge Herrin hatte ihr im Gespräch mit ihr keine Einzelheiten verraten, aber sie wusste Bescheid. Sie wusste es und hielt es sogar für wünschenswert, dass *Fräulein* mit Herrn Giulay Kontakt aufnahm, ihn besuchte und ihn nach dem Telegramm fragte.

„Ich weiß", fügte sie hinzu, „dass es einen Monat her ist, seit er Wien das letzte Mal verlassen hat, und sei es nur für einen halben Tag."

„Wie hast du das gelernt?", fragte Mitzi.

„Aber", sagte Fanny mit einem Anflug von Verachtung, „ich wollte es wissen. Also freundete ich mich mit der Köchin seiner Mutter an."

Ich war überwältigt. Fanny entpuppte sich als ein wirklich überlegenes Wesen. Sie können mir daher glauben, dass ich ihre Anweisungen fast mit Ehrfurcht entgegennahm.

„Der junge Herr", sagte sie, „tut gut daran, mit Herrn Doblana auf vertraute Füße zu treten, denn wir müssen wissen, was ihn daran hindert, deutlicher zu werden. Wenn der junge Herr sein Vertrauen gewinnen könnte, könnten wir erfahren, was in der Stunde zwischen seiner Rückkehr nach Hause und seiner Erklärung gegenüber *Fräulein* , dass jemand sie besucht haben müsse, vorgefallen ist. Irgendetwas muss ihn zu dieser falschen Schlussfolgerung geführt haben. Und der junge Herr könnte nicht nur herausfinden, was es war, sondern auch, warum Herr Doblana so vage bleibt."

„Und wie kann ich sein Vertrauen gewinnen?"

Fanny kratzte sich. Zum ersten Mal wirkte sie etwas ratlos. Aber das Kratzen half bald.

„Ich kenne einen Weg", erklärte sie, „aber es wird schrecklich sein. Der junge Herr muss lernen, Horn zu spielen."

Staatsmänner sind gnadenlos.

Evening News lesen, wissen Sie, dass Staatsmänner oft Ideen haben, die zwar blendend aussehen, sich aber, alles in allem, als eher haltlos erweisen. Sie funktionieren ganz gut, aber die Ergebnisse sind gering. Es sind scheinbar sehr kluge Ideen, aber irgendwie treffen sie nicht den Kern der Frage. Es tut mir leid, sagen zu müssen, dass Fanny in dieser wie auch in anderer Hinsicht ihrer Mitstaatsmänner würdig war und dass ihre Ratschläge, so brillant sie auch erschienen und so praktikabel sie auch waren, zu keinem eindeutigen Ergebnis führten. Der Leser braucht also nicht zu befürchten, dass die Lösung des Falls von Miss Doblana vor den letzten Kapiteln erreicht sein wird.

Doch die äußere Versöhnung zwischen dem geilen Vater und seiner Tochter fand noch am selben Tage in genau derselben Form statt, wie Fanny es vorausgesehen hatte, und Mitzi gewann ihre Freiheit zurück. Von da an hatte sie wieder die Freiheit ihrer Bewegungen und ich das Vergnügen, sie ungezwungen zu sehen. Aber das brachte sie der Erkenntnis dessen, was ihr Vater ihr vorwarf, keinen Schritt näher. Er schwieg hartnäckig. Sie fragte ihn, warum er verdächtige, sie habe während seiner Abwesenheit Besuch empfangen, und er antwortete streng:

„Das wissen Sie, und Sie sollten mir besser sagen, wer es war."

Und das war alles.

Am nächsten Tag besuchte sie Giulay, kam aber sehr enttäuscht nach Hause. Er schwor unter Eid, dass er das Telegramm aus Salzburg nicht abgeschickt habe, dass er Wien nicht verlassen habe und dass es keinerlei günstige Gelegenheit gegeben habe, die ihn dazu hätte bewegen können, das Telegramm zu schicken.

„Entweder lügt Giulay", erklärte ich Mitzi, als sie mir diese Geschichte zu Ende erzählt hatte, „oder dieser Draht ist der Schlussstein des ganzen Geheimnisses."

„Ich bin mir sicher", war ihre Antwort, „dass Giulay nicht nur die Wahrheit sagt, sondern auch unfähig ist, überhaupt zu lügen."

Heiliger Moses! Ein Agent, insbesondere ein Theateragent, galt hier als vertrauenswürdig. Nun, vielleicht waren meine Zweifel unberechtigt – vielleicht waren wir gerade erst bei dem Kapitel angelangt, das gemeinhin den Titel „Das Geheimnis verdichtet" trägt und ohne das sich kein Detektivroman verkaufen würde.

„Wenn Giulay die Wahrheit sagt", fuhr ich fort, „dann ist es offensichtlich, dass jemand anders dieses Telegramm geschickt hat, jemand, der genau wusste, dass dieses spezielle Telegramm Sie dazu veranlassen würde, die Reise nach Salzburg anzutreten. Wer kann diese Person sein? „Was könnte sein Ziel gewesen sein? Warum gerade nach Salzburg?"

„Wollen Sie damit sagen, dass es meine Cousine Augusta war, die es geschickt hat?"

„Der Vorschlag liegt bei Ihnen."

„Das ist unmöglich. Erstens, wenn sie mir etwas Bestimmtes zu sagen hätte, wäre ich genauso gut gekommen, wenn sie mich mit ihrem eigenen Namen und nicht mit dem von Giulay unterschrieben hätte. Und zweitens, selbst wenn sie das befürchten würde." Mein Vater hätte meiner Reise zu ihr widersprochen, und wenn sie den Grund meiner Reise nach Salzburg vor ihm verbergen wollte, wäre sie bei meiner Ankunft am Bahnhof gewesen, um mich abzuholen, anstatt mich dort eine Weile warten zu lassen ein paar Stunden und hätte mir die Wahrheit mitgeteilt, aber sie war wirklich überrascht, als sie mich sah, und obwohl sie sich freute, ein paar Stunden mit mir zu verbringen, gab es nicht den geringsten Grund, warum sie mich hätte anrufen sollen Salzburg."

Ich wagte nicht, ihr zu sagen, dass nach dem Verhalten des Herrn Doblana etwas Schlimmes vorgefallen sein musste und dass Augusta von Heidenbrunn meiner Meinung nach nicht frei von Verdacht war. Menschen denken manchmal sehr schlecht über ihre Freunde, erlauben anderen aber nicht, diese Gedanken auszudrücken. Daher schwieg ich zu diesem Punkt.

Die kluge Fanny wurde erneut konsultiert.

„ *Fräulein sollte an den Herrn Leutnant* schreiben " (das war Franz von Heidenbrunns Dienstgrad). „Männer können in solchen Fällen mehr tun als Frauen. Und bitten Sie ihn, herauszufinden, wer dieses Telegramm geschickt hat. Dann werden wir alles wissen."

Wieder einmal schien der Rat gut zu sein, und Mitzi folgte ihm. Die Antwort des Leutnants kam von selbst; er würde es versuchen, und er war sich ziemlich sicher, dass es ihm gelingen würde. Nach etwa einer Woche kam jedoch ein weiterer Brief, in dem stand, dass er versagt hatte. Er hatte das Telegrafenamt gefunden, von dem das Telegramm abgeschickt worden war, aber der Name des Absenders war unbekannt, und der Beamte, dem es übergeben worden war, konnte sich nicht einmal erinnern, ob der Absender ein Mann oder eine Frau gewesen war. Wir waren also nicht klüger als zuvor.

In der Zwischenzeit war ich Fannys drittem Vorschlag gefolgt, nämlich durch Unterrichtsstunden Freundschaft mit meinem Gastgeber zu schließen.

M'ja!

Was die Menschen, die unter und über uns lebten, über meine ersten Prüfungen am Horn gedacht haben müssen, weiß ich nicht, und ich möchte es auch nicht wissen. Ich wage zu behaupten, dass meine Prüfungen eine Prüfung für sie waren.

Es gibt eine kleine Melodie, die jeder Engländer kennt, denn sie dient dazu, Hunde zu rufen, wenn sie auf Tournee durch die Straßen gehen. Diese Melodie ist das Thema, das der junge Siegfried fröhlich im Wald singt; zumindest soll er es tun; in Wirklichkeit ist es der erste Hornist, der in die Kulissen des Theaters gestellt wird. Das Horn dort veranschaulicht entzückte Lebenskraft. Sie hätten mich und meine Lebenskraft hören sollen – oder nein! Nein! Sie sind ein freundlicher Mensch, Sie haben dieses Buch gekauft oder es zumindest aus Ihrer Leihbücherei ausgeliehen, jedenfalls lesen Sie es; Sie sind ein Freund, und es gibt keinen Grund, Ihnen Böses zu wünschen, nicht einmal im Nachhinein. Niemand kann sich im Geringsten vorstellen, was ich mit dem Horn erreicht habe. Zuerst konnte ich überhaupt keinen Ton hervorbringen, aber dann, als es mir gelang! ... Wie wären die Hunde von Belsize Park eifersüchtig gewesen, wenn sie mein Bellen gehört hätten. Und ich habe gesungen, nicht als wäre ich der junge Siegfried, sondern ein junger Drache, nein! ein alter!

Dieses Genie aus zweiter Hand der modernen deutschen Musik (aus zweiter Hand bis hin zu seinem Namen, denn der erste Besitzer dieser Musik war der große Johann Strauss), nun, Richard Strauss sagte einmal, wenn er Bizet gewesen wäre (was er Gott sei Dank nicht war), hätte man im letzten Akt von *Carmen* das Brüllen des Stiers als Kontrapunkt zum berühmten Duo zwischen Carmen und Don José gehört. Ich weiß nicht, ob er diesen Part jemals für den Stier geschrieben hat – aber mit meinem echten Talent konnte ich ihn nach drei Stunden spielen. Es tut mir leid, dass Richard mich nicht gehört hat, es war herrlich schrecklich.

Es gibt seltsame Zufälle. Während ich da sitze, an meinem Bleistift lutsche (mein türkischer Füllfederhalter ist verschwunden) und mich an meine ersten Versuche erinnere, Horn zu spielen und später dafür zu schreiben, fällt mir etwas auf. Ein Vater (zumindest ein anständiger) erkennt seine Kinder immer wieder, und wenn ich auch kein großer Komponist war, kann ich zumindest sagen, dass ich ein anständiger war. Was ich höre, ist Musik, gespielt von einer Militärkapelle. Und was spielen sie? Was, wenn es nicht meine eigene Paraphrase des „Pibroch o' Donuil Dhu" ist? Ja, irgendwo im Hintergrund spielt eine Militärkapelle, und was die Hörner angreifen, ist das Thema des „Pibroch o' Donuil Dhu", so vertont, wie Doblana es mir gesagt hatte.

Sie fragen mich, unwissender Leser, was dieser „Pibroch o' Donuil Dhu" ist. Der älteste Militärmarsch, der jemals auf diesen nebligen Inseln Großbritanniens komponiert wurde, zu einer Zeit – zu einer Zeit – nun ja, früher. Es ist eine schottische Melodie, wild und stolz, das Richtige, woran man in unserer wilden und stolzen Zeit denken sollte. Ich habe ein Arrangement davon als Zwischenakt komponiert, als ich meine Oper „*Lady Macbeth*" schrieb . Aber ich darf nicht vorgreifen. Wie ich dazu kam, *Lady Macbeth zu schreiben* (nicht *Macbeth* , wie Sie bemerken werden, sondern *Lady Macbeth*), das werde ich zu gegebener Zeit erzählen.

Im Moment höre ich zu und erinnere mich. Dieser schottische Marsch, diese seltsame Melodie erinnert mich an all die Tage in Wien, an die ganze Geschichte, die ich gerade schreibe.

Und während sie spielen, summe ich die Worte, die Sir Walter Scott zu der alten Melodie schrieb:

Pibroch o' Donuil Dhu,
Pibroch o' Donuil, erwecke deine wilde Stimme von neuem, rufe den Clan Conuil. Kommt her, kommt her, hört die Vorladung, kommt in eurer Kriegsordnung, ihr Edelleute und einfachen Leute!

Kommen aus tiefen Schluchten und von so felsigen Bergen.
Kriegspfeife und Wimpel sind in Inverlochy. Kommen alle Bergvölker und treuen Herzen, die eines tragen. Kommen alle Stahlklingen und starken Hände, die eines tragen.

Lasst die Herde unbeaufsichtigt
und die Schafe ohne Unterschlupf, die Leiche unbestattet und die Braut vor dem Altar. Lasst den Hirsch und den Ochsen zurück. Lasst Netze und Kähne zurück und kommt in eurer Kampfmontur, mit Breitschwertern und Schilden.

Komm, wie die Winde kommen, wenn Wälder zerrissen werden,
komm, wie die Wellen kommen, wenn Flotten gestrandet sind. Komm

schneller, komm schneller, schneller und schneller, Häuptling, Vasall, Page und Stallknecht, Pächter und Herr!

Schnell kommen sie, schnell kommen sie.
Seht, wie sie sich versammeln, weit wehen die Adlerfedern, vermischt mit Heidekraut. Werft eure Plaids aus, zückt eure Klingen, alle Männer vorwärts, Pibroch o' Donuil Dhu, Totenglocke zum Angriff!

Ich frage mich. Wie kommt es, dass sie meinen Marsch hier spielen? Ich weiß nicht einmal mehr, ob ich die Partitur in Wien gelassen oder mitgenommen habe.

Jetzt spielen sie andere Musik, natürlich die Ouvertüre von *„Poet and Peasant"*, *und den Walzer aus „ Lustige Witwe"* und andere Dinge – alles Wiener, mein Gott! –, als ob sie es mir noch schwerer machen wollten, daran in diesen Tagen zu denken Wien, diese schönen Tage der Freude und des Kummers, sollten für immer, für immer vorbei sein! – Und dann, dann spielen sie noch einmal das „Pibroch o' Donuil Dhu" und dann nichts weiter. Nichts. Ich träume, ich frage mich, und eine Stunde vergeht.

"Post!"

Dieser Schrei würde einen Siebenschläfer wecken. Im Vordergrund stehen nur drei Dinge. Lange Phasen der Langeweile, kurze Phasen der Angst und Post.

Zwei der Briefe sind für mich und der erste ist von Papa. Gerade eben hatte ich mich über die seltsame Darbietung des „Pibroch o' Donuil Dhu" gewundert. Hier ist die Lösung des Rätsels.

"Mein Junge,

„Ich verstehe durchaus, dass das Komponieren unmöglich ist, wenn man in der Schusslinie steht, und ich bereue es, Sie beunruhigt zu haben. Deshalb schicke ich Ihnen das Notenpapier nicht. Aber ich habe vor ein paar Tagen die Teile Ihres schottischen Marsches an Sie weitergeleitet Regimentskapellmeister. Ich möchte, dass einer Ihrer Märsche gespielt wird, wenn Sie auf dem Weg zum Sieg sind. Und da Sie keinen anderen komponieren können, kann es auch der „Pibroch" sein Die Musik spielte für mich nur eine Band der Heilsarmee, ich konnte nichts anderes finden. Wir gingen dorthin, um sie zu hören, deine Mutter und ich und Bean, der sich gerade in London aufhielt war wunderschön, und es erinnerte mich an die alten Zeiten. Wenn ich die ganze Oper nur noch einmal hören könnte, weinte Bean, aber weinte wie ein Brunnen, und ich ... nun, ich ließ sie aufführen Dreimal gab ich dem Kapellmeister einen Scheck über zehn Guineen. Er sagte zunächst, es sei eine Freude gewesen, so schöne Musik zu spielen, und

entschuldigte sich für die beiden kleinen Fehler, die gemacht worden seien.
"

(Glücklicher Mann! Er hatte nur zwei gehört!)

„... Und dann hat er den Scheck trotzdem eingesteckt. Mutter schickt Dir herzliche Küsse. Ich auch.

" DANIEL COOPER. "

Papa! Guter Papa! Es gibt auf der ganzen Welt keinen Papa wie dich.

Der andere Brief ist von Bean. Er ist ziemlich kurz.

„Lieber Pat" (laut dort), „ich habe gerade deine wunderschöne Musik gehört. Ich bin völlig überwältigt. Wenn unsere Soldaten solche Klänge in den Ohren haben, wie können sie dann in Richtung eines anderen als des Sieges marschieren? Ich fühle, dass auch ich etwas tun muss. Mein Herz treibt mich voran.

„Das Mädchen, das du zurückgelassen hast,

" BOHNE ."

Und Bean, es gibt auf der ganzen Welt keinen Bean wie dich.

Ich habe einen ganzen Tag damit verbracht, mich zu erinnern und nachzudenken. Das wäre ziemlich schlimm gewesen, wenn dieses Buch im Auftrag eines Verlags geschrieben worden wäre. Aus dem einen oder anderen Grund sind Verlage immer in Eile. Dann gehören sie aber zu den höheren Tierordnungen. Ein einfacher *Tommyius subterraneus* hat viel Zeit.

Aber vielleicht hast du es nicht getan. Deshalb beeile ich mich, zu den schönen Tönen zurückzukehren, die ich früher aus einem unglücklichen Horn herausgeholt habe. Ich habe absichtlich das Wort „Extrakt" verwendet, das Sie an Zahnschmerzen erinnern soll. Das Gleiche gilt für mein Hupen. Es war erbärmlich, aber dennoch heroisch. Denn in Wahrheit hatte ich keine Lust, von diesem geilen Studium meinen Lebensunterhalt zu verdienen. Es war alles der charmanten Mitzi zuliebe. Wäre ich nur im Besitz ihrer fleischigen Lippen gewesen!

Mir fällt auf, dass dieser letzte Satz einen doppelten Sinn hat. Einerseits bedeutet das, dass ich dünne Lippen habe und daher große Schwierigkeiten hatte, irgendwelche Töne auf dem Horn hervorzubringen. Andererseits verdeutlicht dieser Satz aber auch mein sehnliches Verlangen, Mitzis rote Lippen mein Eigen zu nennen. Ich hatte mich vom ersten Tag an in sie verliebt, von dem Moment an, als ich im Eisenbahnwaggon von den schönen Konturen von ... von ... der Rückseite der Medaille angezogen wurde. Ich war inzwischen an dem Punkt angelangt, an dem der bloße Name Mitzi mein Gehirn mit einem glühenden Gefühl erfüllte, an dem ich gerne alles andere vergaß und mich ausschließlich mit ihr beschäftigte und mich an die Gleichmäßigkeit der Umrisse ihrer Figur und ihre weibliche Anmut erinnerte , ihre schlanken, schmalen Füße. Dennoch hatte ich keine Erfahrung mit Frauen, meine Gefühle waren intensiv, aber meine Gedanken waren vage, meine Liebe war eine formlose Abstraktion und Mitzi eine wahrnehmbare Tatsache. In Wahrheit wusste ich nicht, dass ich verliebt war, und es musste einige Zeit vergehen, bis mir das klar wurde.

Inzwischen blies ich mit meinem Atem ins Horn. Trotzdem gewann ich Herrn Doblanas Vertrauen nicht. Sein Umgang mit seiner Tochter schien auf das Notwendigste beschränkt zu sein, und ich konnte nicht herausfinden, was für eine Beleidigung er ihr vorwarf. Wenn ich auch sein Geheimnis nicht erfuhr – denn es war offensichtlich ein Geheimnis –, hatte ich doch Gelegenheit, seinen Charakter zu studieren.

Nach etwa einem Dutzend Unterrichtsstunden gab er zu, dass ich als Hornist hoffnungslos sei. Er riet mir dringend, es aufzugeben. Aber nachdem er einmal mein Geld probiert hatte (oder, um dem Cäsar zu geben, was dem Cäsar gehörte, das Geld von Daniel Cooper & Co., Ltd., Versicherungsmakler, London, EC) und es schmackhaft und genießbar fand, beschloss er, noch eine Portion davon zu nehmen.

„Mr. Cooper", sagte er – er sprach meinen Namen immer mit einem Bindestrich zwischen den beiden o aus, was ihn wahrscheinlich durch eine mysteriöse Etymologie mit dem Ursprung der Genossenschaften in Verbindung brachte – „Mr. Cooper, Sie haben Talent nur als Komponist; aber Ich befürchte, dass Sie von den Lektionen, die Sie bei Hammer erhalten, nur sehr wenig profitieren werden. Er ist ein Genie, und ich gönne ihm das wenige Geld, das Sie ihm geben, nicht mehr durch das Lernen mit einem praktischeren Mann wie mir. Natürlich könnte es nicht die gleiche Zahl sein ..."

Da er nicht wusste, was ich Hammer bezahlte, konnten sich diese letzten Worte nur auf seinen eigenen Unterricht beziehen, die berühmten Versuche, mir das Horn beizubringen, und das war bereits doppelt so teuer wie Hammers Unterricht. Aber es stimmte, dass ich mit den lockeren und unklaren Erklärungen des Organisten, die tatsächlich eher faszinierend als nützlich waren, wenig Fortschritte machte; und ich war nur zu froh, von der Folter befreit zu sein, die ich mir und der Nachbarschaft zufügte. Außerdem hatte ich nicht sozusagen die Pflicht, meine Freundschaft mit Herrn Doblana zu pflegen?

Also nahm ich an und erhielt bei einem Tschechen Wiener Unterricht in der edlen Kunst der Komposition zu Londoner Konditionen. Ich musste meine Entscheidung auch nicht bereuen, denn Herr Doblana erwies sich als ein überaus wertvoller Lehrer. Ich habe bereits gesagt, dass ich ihm alles verdanke, was ich weiß, so wenig es auch sein mag.

Ich war nicht nur sein Schüler, sondern auch sein Lehrling, was die beste und sicherste Art des Lernens ist, denn sie erfordert eine ständige Verbindung zwischen dem Meister und dem Schüler.

Herr Doblana komponierte gerade ein neues Ballett namens *Aladdin* , und viele Seiten dieses Werks wurden von mir nach seinen Skizzen ausgeschnitten.

Griseldis arbeitete , dessen Wortbuch – wenn ich das verwenden darf Euphemismus „Buch der Worte" – wurde von Erzherzog Alphons Hector oder dem *Herrn Graf* , welchen Namen Sie auch immer für diese erhabene Person bevorzugen, bereitgestellt. Auch das Buch *Aladdin* war mit Joseph Dorff, dem Pseudonym des Erzherzogs, signiert.

Da ich mich nicht nur als Komponist, sondern auch als Detektiv ausbildete, dachte ich, dass dieser Widerspruch von Bedeutung sein könnte, und legte ihn dem gemeinsamen Rat von Mitzi und Fanny vor. Mitzi gab sich nur ihrem Kummer hin. Früher hätte sie alles darüber gewusst, während ihr Vater sie jetzt mit solcher Gleichgültigkeit behandelte! Aber Fanny erklärte den Vorfall für unwichtig: Das erste Ballett „Vater *Morgana* " hatte am Anfang auch einen anderen Namen gehabt.

„Ja", sagte Mitzi, „zuerst hieß es *Daphnis und Chloe* ."

„Wie ist das möglich?", fragte ich. „Die beiden Themen scheinen völlig unterschiedlich zu sein – so unterschiedlich wie *Griseldis* und *Aladdin* ."

"Oh!", erklärte Mitzi leichthin, "das ist beim Ballett nicht wichtig. Die gleiche Musik kann immer für die unterschiedlichsten Zwecke verwendet werden. Als Vater *Daphnis und Chloe* in *Fata Morgana verwandelte* , sagte er, er müsse nur ein paar Quinten zum Bass hinzufügen und ein paar seltsame Trommeln und Tamburine, um seine Musik von abendländisch nach orientalisch zu verändern."

Das schien mir sehr tiefgründig und wahrscheinlich wahr. Also wurde der Vorfall abgetan. Doch ich war nie auch nur annähernd auf die Spur gekommen! Mir hätte zumindest auffallen müssen, dass Herr Doblana nicht nur ein musikalisches Gewand aus seiner abendländischen Mode in ein orientalisches verwandelte, sondern dass er, musikalisch gesprochen, seine

Ballettfiguren mit echten alten Teppichen aus Bagdad oder einem anderen ähnlichen Ort schmückte.

Eines Abends – er und ich verbrachten seine freien Abende zusammen – gingen wir in eine Taverne namens „Tobacco Pipe", eines jener Lokale, die ein Londoner Gastwirt nicht versäumen würde, „Ye olde..." zu nennen. Die gesamte Runde traf sich dort einmal im Monat in einem hübschen, verrauchten Hinterzimmer. Es war ein großer Raum, der aufgrund seiner Ausmaße niedriger schien, als er wirklich war. Er war mit alter dunkler Eiche getäfelt, und an der Decke waren schwere schwarze Balken sichtbar. Die Tische, die keine Tischdecke schmückten, waren aus alter Eiche, ebenso wie die Stühle und das übrige Mobiliar. Altmodische, an den Balken befestigte Öllampen verliehen dem ganzen Ort eine angenehme Gemütlichkeit, obwohl diese Öllampen elektrisch betrieben wurden. Man sagte mir, dieser Raum sei mehrere hundert Jahre alt und das neue moderne Haus sei um ihn herum gebaut worden. Dieser Raum war bei Gesellschaften aller Art sehr gefragt und konnte von einer einzigen Gesellschaft nicht öfter als für einen Abend im Monat gemietet werden, denn wenn man der Mode gerecht werden wollte, mussten in jedem Gewerbe und Beruf die Entscheidungen im „Tobacco Pipe" getroffen werden.

Das Programm des Runden Tisches an diesem Tag bestand darin, Mittel zur Verteidigung gegen die wachsende Invasion von Amateuren im Theater- und insbesondere im Musikberuf zu finden. Alle Leute, die ich kannte, waren da und natürlich noch viele mehr.

Der arme Hammer, der Vorgesetzte der Firma, hielt die erste Rede. Er fing ganz gut damit an, von Kunst um der Kunst willen zu sprechen, verlor aber bald das Thema und erklärte, bevor irgendjemand wusste, wie es dazu gekommen war, den grundlegenden Unterschied zwischen mittelalterlichem und modernem Kontrapunkt. Durch einstimmige Zustimmung wurde ihm die Befugnis entzogen, seine Rede fortzusetzen, und er setzte sich zutiefst erstaunt.

Herr *Graf* sagte, er sei selbst eine Art Amateur und verteidige ihre Sache. Er verstehe durchaus, dass hoffnungslose Fälle daran gehindert werden sollten, ihre Arbeit öffentlich zu präsentieren, aber diese Regel könne nicht auf alle angewendet werden. War Wagner nicht als Amateur bezeichnet worden? Der einzige Ausweg sei die Schaffung eines speziellen Tribunals für solche Streitigkeiten.

Ein älterer Herr, der stotterte, sagte der Versammlung, wenn Wagner unterdrückt worden wäre, wäre das keine Schande gewesen. Er wurde durch Zischen zum Schweigen gebracht, und Herr Bischoff erklärte, solche Worte seien antideutsch, ein Angriff auf den Wagnerismus bedeute einen Angriff auf das Deutschtum, Wagners Ziel sei die Befreiung der Oper von ihren traditionellen und konventionellen französisch-italienischen Formen gewesen und sein einziges Gesetz: dramatische Angemessenheit.

Daraufhin erhob sich ein anderer Redner. Er war von Beruf Arzt und hieß Doktor Bernheim. Er erklärte, das Thema des Deutschtums sei völlig fehl am Platz und Herr Hammer habe die richtige Art und Weise aufgezeigt, wie man das Thema angehen könne.

Sofort stand der alte Mann auf, verbeugte sich unbeholfen und bot dem Doktor seine Schnupftabakdose an, der fortfuhr: Natürlich gab es zwei verschiedene Klassen von Künstlern. Es gab Kunst um der Kunst willen, Musik, die nur das eine Ziel hatte, schön zu sein, und dazu zählte er auch Kunst um der Technik willen. Die andere Klasse war Kunst zum Ausdruck einer Idee, seiner Meinung nach die höhere Form der Kunst, obwohl er zugab, dass seine Meinung sehr wenig zählte. Nur diese beiden Künstlerklassen zählten überhaupt, und es war die Aufgabe des Publikums, nicht des Künstlers, zu entscheiden, wer in die eine oder andere Kategorie eingeordnet werden konnte und wer in keine von beiden. Der Kampf gegen Amateure musste nicht durch die Einrichtung eines Tribunals geführt werden, sondern durch die Schaffung von Werken, die entweder so meisterhaft oder so inspiriert waren, dass kein Amateur mithalten konnte.

Als Herr Doblana sich entschied, an der Diskussion teilzunehmen, schien Doktor Bernheim die Oberhand zu behalten. Seiner Meinung nach hatte der Doktor einen Fehler gemacht, indem er Kunst um der Technik willen in Kunst um der Kunst willen einschloss. Technik könne man lehren, und Lernen allein habe nichts mit Kunst gemein. Er, Doblana, kenne Komponisten für das Gehirn und Komponisten für das Herz; nur letztere seien Künstler von Gottes Gnaden, die einzigen, die er zuließe. Das Publikum könne nicht entscheiden, wer diese Qualifikation verdiene. Aber allein die Tatsache, dass ein Komponist in der Lage sei, neue Melodien zu erfinden, echte Melodien, würde ihn dazu berechtigen, Künstler genannt zu werden.

Mir gefiel Doblanas Sicht der Frage nicht, dennoch hätte ich alles gegeben, um ihm die Antwort zu ersparen.

Es war ausgerechnet Giulay, Maurus Giulay, der aufstand und den Hornisten angriff.

„Jedermann", sagte er, „weiß, dass Herr Doblana ein guter Geschäftsmann ist. Tatsächlich gibt es in ganz Wien keinen anderen Musiker mit solch geldgierigen Gewohnheiten. Er weiß, dass sich Melodien, kleine Melodien, auszahlen. Es gibt nur eine Entschuldigung für Herrn Doblanas kleinliche

Ansichten: seine Nationalität. Er ist Tscheche und als solcher bar aller Ideale. Es ist nicht seine Schuld, wenn er die ganze Frage missversteht. Es ist die seiner Nationalität!"

Doblana war ganz blass geworden.

„Was weißt *du* von der Frage, du Magyare!", rief er.

Sofort kam es in der ganzen Gesellschaft zu einem gewaltigen Ausbruch. Niemand hätte es eine Minute zuvor geahnt. Fast alle Mitglieder des Runden Tisches wandten sich gegen Doblana, der nur von zwei weiteren Tschechen, drei oder vier Italienern und einem Deutschen, dem alten Hammer, unterstützt wurde. Als ich den *Herrn Graf* suchte, um zu sehen, wie er sich seiner Partnerin gegenüber verhielt, stellte ich fest, dass er verschwunden war.

Man kann sich nicht gut vorstellen, wie heftig der Ausbruch war. Mein ruhiges englisches Gehirn konnte dieses wilde Gerede, diese wütenden Schreie überhaupt nicht verstehen. Ich war schockiert, das muss ich gestehen, und ich kam mir ein wenig albern vor. Offensichtlich gab es heute Abend keine Möglichkeit mehr, zu einer Entscheidung zu kommen. So überredete ich Doblana mit viel Reden, mit mir zu gehen.

Da es noch nicht sehr spät war, schlug ich einen Spaziergang vor, der meinen aufgeregten Gastgeber beruhigen würde.

Der Abend war einer von denen, die wir auf unserer nebligen Insel nie erleben, ein herrlicher Frühlingsabend, hinreißend und leidenschaftlich wundervoll. Sie kennen den üblen Geruch, der die meisten großen Städte gerade zu dieser Jahreszeit erfüllt. In Wien ist das nicht der Fall. Es gibt einen Hauch von Duft, der dem Frühling seine wahre Bedeutung verleiht.

Als wir zuerst den Boulevard oder Ring, wie er in Wien genannt wird, hinuntergingen und dann, nachdem wir den Fluss überquert hatten, die breite Straße, die zum Prater führt, stellte ich mir vor, wie glücklich ich wäre, wenn ein gewisses blondes Mädchen anstelle ihres mürrischen Vaters an meiner Seite ginge. Auf der Brücke stand ein hübsches Blumenmädchen, das wahrscheinlich durch ein kleines Missgeschick aufgehalten worden war, mit einem Korb voller roter Rosen und weißer Maiglöckchen. Ich hätte einige für Mitzi gekauft ... Und jetzt bot ich dem Hornisten einige an ...!

War es nicht völlig lächerlich, meine sonnige Jugend zu verlieren, als ich Seite an Seite mit einem alten Mann ging, der noch immer von dem schmerzte, was er als Beleidigung empfand, und noch mehr schmerzte, als an dem, was über ihn gesagt worden war, etwas Wahres dran war?

Wir unterhielten uns kaum und ich konnte frei über die Ereignisse dieses Abends nachdenken, die mehr oder weniger eng mit dem zusammenhingen, was mich am meisten interessierte.

Ja, es stimmte durchaus, dass Doblana ein Geldgieriger war. Und Geld war die wichtigste Frage in seiner ganzen Kunst ... in seinem ganzen Leben, sollte ich sagen. Zumindest in dieser Hinsicht hätte er ein Engländer, ein Londoner, ein Stadtmensch sein können.

Und plötzlich kam mir ein Gedanke.

Bisher war ich davon ausgegangen, dass Herr Doblana seine Tochter einer Liebesaffäre verdächtigte. Hatte ich selbst nicht so etwas wie Misstrauen gespürt?

Doch warum hat er das nicht gesagt? Warum, wenn er sich wirklich so für Geldfragen interessierte, warum machte er dann so viel Aufhebens um eine Liebesbeziehung?

Daher kam ich zu dem voreiligen Schluss, dass bei Herrn Doblana keinerlei Verdacht auf geheime Liebesaffären bestand. Was ihn verärgert hatte, hatte sicherlich etwas mit seiner Geldschwemme zu tun.

Wir waren jetzt im Prater. Noch nie war mir dieser riesige Park so schön vorgekommen. Eine Bank schien uns mit offenen Armen zu einem kurzen Besuch einzuladen. Und eine Bank, die in dieser lustigen deutschen Sprache eine Frau darstellte, akzeptierten wir. Künstler sind unverbesserlich.

Sobald wir uns gesetzt hatten, begann Herr Doblana zu klagen.

„Ich habe Pech", sagte er, „dieser Streit heute Abend hätte nie passieren dürfen. Irgendwie habe ich das Gefühl, von Feinden umgeben zu sein. Es muss eine ganze Bande von ihnen sein. Ich bin in diese Diskussion hineingelockt worden, und Jetzt habe ich die ganze Clique der Deutschen gegen mich, Herr Cooper, welche Intrigen es in der Theaterwelt gibt. Sie sind alle neidisch, weil ich mit meinen Balletten ein wenig Geld verdiene Und ich habe nicht nur sehr viele Mitglieder der Theater- und Musikwelt gegen mich, sondern auch die meisten Hofkreise. Die Mehrheit des Hofes sieht es nicht, wenn Erzherzog Alphons Hector Ballettbücher für mich schreibt Er erniedrigt sich selbst. Natürlich kann er es nicht ertragen, aber meine ganze Existenz hängt davon ab.

„Kann ich Ihnen nicht helfen?", sagte ich und dachte, dass sich nun endlich eine Gelegenheit ergeben hatte, das Vertrauen zu gewinnen, um das ich wochenlang gekämpft hatte.

Er schwieg. Ich habe Ihnen bereits gesagt, dass ich wenig Erfahrung mit Frauen habe. Aber ich muss gestehen, dass ich in diesem Moment bemerkte, dass ich noch weniger Erfahrung mit Männern hatte. Ich war überzeugt, dass ich gewusst hätte, was ich sagen sollte, wenn ich mit einem netten Mädchen zusammen gewesen wäre – ich wünschte, er wäre ein nettes Mädchen gewesen und kein mürrischer alter Mann. Tatsächlich sind nicht viele Worte nötig. Aber ich konnte weder den Mond noch diese milde Mainacht nutzen, ich konnte unmöglich meinen Arm um seine Taille legen und ihn an meine männliche Brust drücken …

Nach einer langen Weile sagte ich schließlich:

„Können Sie mir nicht vertrauen, Herr Doblana?"

„Ihnen vertrauen? Ihnen vertrauen?", antwortete er. „Ich kann nicht einmal meiner eigenen Tochter vertrauen, die mit dieser Bande gegen mich arbeitet! Und ich soll Ihnen vertrauen, einem Fremden? Nein, nein, Mr. Cooper."

Und bitter lachend schlug er vor:

„Komm, lass uns nach Hause gehen."

Wir standen auf und gingen. Ich hatte nichts gelernt. Ich war genauso unwissend wie zuvor. Aber...

Sie werden im Laufe dieser Geschichte sehen, dass man sich Frauen nie anvertrauen kann. Und eine Bank ist im Deutschen eine Frau. Diese hier war genauso heimtückisch wie alle anderen. Ich hatte mir eine Erkältung eingefangen. Oder besser gesagt ... die Erkältung hatte mich erwischt.

VI.

Wir hatten ein paar Tage lang sehr harte Kämpfe. Es war schockierend. Krieg mag eine notwendige Beschäftigung sein, aber er ist kaum eine respektable. Ein Gentleman sollte vor allem sanft sein. Als ich mich anmeldete, dachte ich, dass es viel Sport geben würde. Es gibt sehr wenig. Ich dachte auch, dass es meine Trauer lindern würde. Aber ich bin immer noch beschämt, auch wenn Sie mir wahrscheinlich nicht glauben, wenn ich das behaupte. Und ich habe das Gefühl, dass nach dem Krieg alles anders sein wird und dass es eine ganz andere Welt geben wird, die aber nicht besser sein wird. Dennoch bin ich ein Schaf in einer Herde, und ich muss tun, was die anderen Schafe tun, nämlich dem Beispiel unserer Vorbilder folgen, obwohl ich sicher bin, dass Schafe keine geborenen Mörder sind.

Und zumindest hätten wir auf die Genesung von Sergeant Young warten sollen. Er muntert uns auf. Er glaubt daran. Und er kämpft für etwas: für seinen Auftrag. Wir haben uns ohne ihn sehr einsam gefühlt. Lustig, sich in einer Schlacht einsam zu fühlen.

Nachdem wir uns also ein paar Tage ausgeruht haben und nach hinten befohlen wurden, etwa ein paar Meilen von der Schusslinie entfernt, beschließen wir, Cotton, Pringle und ich, zu dritt, Charles Young aufzusuchen. Wir hatten Recht, das zu tun, denn er ist so anregend wie ein Muntermacher.

"Hallo!" Er weint, sobald er uns sieht, und sein Verband über der ganzen Nase verleiht ihm einen amerikanischen Akzent. „Das ist nett von euch beiden, dass ihr anruft.“

"Zwei?" fragt Cotton erstaunt und versucht, uns drei zu zählen. „Ich denke, wir sind mehr.“

„Was nützt das Denken?“ antwortet der Sergeant: „Denken ist der Nachteil aller gelehrten Männer. Ihr seid zwei.“

"Wir sind zu dritt."

„In der Theorie vielleicht. Aber Ihre Theorie kämpft vergeblich gegen die Fakten. Ich bin mir ebenso sicher, dass Sie zwei sind, wie ich sicher bin, meinen Auftrag zu bekommen.“

"Wie ist das?" Fragen Sie uns drei (denn wir sind trotz seiner Ablehnung drei).

„Nun, der Chirurg, der meine Nase arrangiert hat, übrigens ein sehr kluger Kerl, hat mir versprochen, seinen Einfluss beim ersten General geltend zu machen, der verwundet werden würde. Das kann nicht lange dauern , oder?"

„Ich möchte Sie nicht enttäuschen", betont Cotton, „aber Sie sollten mir besser sagen, warum wir zwei und nicht drei sind. Wenn es wahr ist, werde ich an die Ankunft Ihres Auftrags glauben."

"Rechts!" sagt Charlie. „Patrick Cooper ist ein PC, und Pringle Cotton gibt einen anderen PC, also seid ihr drei zwei PCs. Es ist so klar wie eine chemische Formel."

„Da ist etwas dran", antwortet Guncotton ernst.

„Sonst ist Ihr Gehirn nicht betroffen?" fragt Pringle voller Angst.

„Ich bin nicht sicher", antwortet der Sergeant und nimmt eine so geheimnisvolle Miene an, wie sein Verband es zulässt. „Ich schätze" (dies in seiner amerikanischsten nasalen Aussprache), „dass irgendetwas mit meinem Gehirn nicht stimmt. Erzähl mir, als ich neulich versuchte, leichter als Luft zu sein und hochflog, nur um zu zeigen, dass ich es war." schwerer als Luft und fiel mir auf die Nase, wie lange war ich ... Hun bei Bewusstsein?"

„Drei Minuten", sagt Cotton.

„Vier", korrigiere ich.

„Fünf", behauptet Pringle.

"Ist das alles?" fragt Charlie nachdenklich. „Ich hätte denken sollen, dass die Vision, die ich hatte, nur wenige Stunden entfernt war. Vision oder Traum, wie man es nennen könnte."

"Oh!", sagt Cotton, "das braucht Sie nicht im Geringsten zu beunruhigen. Die große Schnelligkeit des Traumdenkens ist oft bewiesen worden, zum Beispiel durch eine Erfahrung von Lord Holland, der einschlief, als er seiner Sekretärin beim Vorlesen zuhörte, einen langen Traum hatte und doch rechtzeitig aufwachte, um das Ende des Satzes zu hören, der ihn in den Schlaf gewiegt hatte und an dessen Anfang er sich erinnerte."

„Nach der Länge dieses Satzes zu urteilen", bemerkt Pringle, „muss die Sekretärin ein deutsches Buch gelesen haben."

"Meiner Meinung nach", fährt Cotton fort, "hängt die Geschwindigkeit des Traumgedankens von der Art der Nahrung ab, die man zuletzt zu sich genommen hat, und von der Menge ihrer verschiedenen chemischen Bestandteile. Nehmen wir an, Sie hätten etwas Methylalkohol, $CH_3.HO$ ..."

„Quatsch!", unterbricht ihn der respektlose Pringle und wendet sich an den Sergeant. „Erzählen Sie uns Ihre Vision."

„Nun, es war so:

„Wir waren an einem bestimmten Ort, der einen bestimmten Namen hatte, den ich aus Angst vor der Zensur nicht bei seiner wirklichen Bezeichnung nennen kann, den unsere Jungs aber Mince nannten, nach der Menge an Deutschen, die dort viele Tage lang zu Hackfleisch zerhackt worden waren. Und denken Sie daran, unsere Männer hatten es dieses Mal ohne die Hilfe von St. George und seinen Agincourt-Bogenschützen geschafft. Vor unseren Linien lagen Tausende toter Deutscher, und der Feind schickte noch mehr Männer und noch mehr Gewehre, aber die Männer wurden von uns zerschmettert und die Gewehre zu Schrott zerschlagen.

„Endlich, als es Abend wurde, ließ der Donner nach. Wenn wir gewollt hätten, hätten wir durchbrechen können, aber wir hatten keinen Befehl vorzurücken. Ich nehme an, unser General wollte, dass Mince seinem Namen noch mehr gerecht wurde.

„Sie erinnern sich, wie viele Deutsche die Engel von Mons umgebracht hatten. In Deutschland, einem Land, in dem wissenschaftliche Prinzipien herrschen, dachte man zunächst, wir hätten ein unbekanntes Giftgas eingesetzt. Doch die *Evening News* und insbesondere Arthur Machen verrieten das Geheimnis. Und dann wussten die Deutschen Bescheid.

„Nun, um auf den schrecklichen Tag von Mince zurückzukommen: Es war schon dunkel und ich döste, als ich plötzlich zwei Männer in roter Uniform mit schwarzen Kragen und einer roten Feder auf der roten Mütze sah. Der eine hatte einen krummen Schnurrbart und der andere einen sehr hohen Kragen.

„,Vater', sagte dieser, ,diese Angelegenheit scheint nicht ganz so zu laufen, wie wir es geplant hatten. Was sollen wir tun?'

„,Kleiner Dummkopf', antwortete der mit dem krummen Schnurrbart, ,ich habe etwas von meinem Prestige verloren, aber ich weiß immer noch, welches Kostüm ich zu welchem Anlass anziehen muss. Wenn die Engländer die Engel von Mons zu Hilfe gerufen haben, werden wir mit einer neuen Furchtbarkeit antworten. Sie sehen unsere Kostüme. Verstehen Sie, dass wir die Teufel von Mince rufen werden.'

„,*So eine* Furchtbarkeit!!', sagte der kleine Silly zustimmend.

„,Herbei, Beelzebub! Herbei! Lieber Teufel, komm uns schnell zu Hilfe!', rief der mit dem krummen Schnurrbart.

„Sofort hörte ich eine gewaltige Stimme:

„Hier bin ich, Monseigneur, Allerhöchster Superteufel, hier bin ich, Satan!"

„Und ein kleiner Mann mit scharfen Augen und einem großen Spazierstock, aber ansonsten wie die beiden anderen in Rot und Schwarz gekleidet, erschien. Eine weitere Beschreibung brauche ich Ihnen nicht zu geben, denn Sie können sie in Macaulays Aufsatz über Friedrich den Großen nachlesen.

„Der mit dem krummen Schnurrbart sagte sofort:

„‚Urgroßvater, ich habe dich gerufen, um uns zu helfen. Komm jetzt und hilf uns.‘

„Darauf antwortete Beelzebub-Friedrich:

„‚Sohn, du bist der Superteufel, und obwohl ich ein größerer General war, als du es je sein wirst, wage ich nicht, dir Ratschläge zu geben, insbesondere, da ich keine zu geben habe.‘

„Der Allhöchste Superteufel zuckte mit seinen imperialen Schultern und rief erneut:

„‚Hierher, Mephistopheles! Hierher! Komm und gewähre uns gute Erlösung.‘

„Und ein anderer Teufel erschien, ein unbedeutend aussehender. Aber er antwortete:

„'Monseigneur, so wahr mein Name auf Erden auch Treitschke war, ich bin nur gut darin, über das Schreckliche zu schreiben; aber ich bin kein praktischer Teufel.'

„Wieder rief der Superteufel:

„‚Hierher, Asmodeus! Hierher! Süßer Teufel, hoher Chevalier, verteidige uns!‘

„Diesmal kam ein sehr großer Kerl, massig und fett, der nicht in der Lage war, seine ganze Glatze unter seiner roten Federmütze zu verbergen.

„‚Monseigneur‘, sagte er süß, ‚ich hätte gerne ein neues Ems-Telegramm für Sie ausgeheckt; aber als Sie Ihren satanischen Thron bestiegen, war Ihr erster Schritt, mich in die Hölle zu schicken, wo ich immer noch wohne. Bismarck weigert sich, Ihnen zu helfen !'

„Der Allhöchste Superteufel rief noch viele weitere – allerdings ohne Ergebnis. Nietzsches Entschuldigung war, dass er verrückt geworden sei. Moltke erklärte, dass er, da er während seines ganzen irdischen Lebens ein schweigsamer Mensch gewesen sei, jetzt, da er in der Hölle lebe, nicht reden wolle. Und so hatte jeder von ihnen eine Entschuldigung.

„Zuletzt flüsterte der kleine Silly seiner satanischen Majestät etwas ins Ohr.

„,Diesmal hast du recht, mein Junge', antwortete der mit dem krummen Schnurrbart, ,nimm meinen kaiserlichen Dank entgegen. Ich werde dir zusätzlich ein Eisernes Kreuz aus echtem Gold geben, wenn noch eines übrig ist. Möge unser alter Gott dich segnen.'

„Dann rief er noch einmal:

„,Nun denn, süßer Teufel, Messire, Böser, Feindseliger, Starker, du wahrer Versucher, komm uns schnell, schnell zu Hilfe!'

„Tiefe Glocken begannen zu läuten, und schon erschien ein weiterer Teufel. Er war sehr klein, hatte einen großen Kopf und trug einen Matrosenbart unter dem Kinn. Er hatte keine rotgefiederte Mütze auf dem Kopf wie die anderen Teufel, sondern eine weiche Samtmütze." .

„,Sie haben mich nicht so behandelt, wie ich es verdient habe', sagte er feierlich. ,Ich hatte so viel Aufhebens um meine Werke gemacht, dass vier Fünftel der Welt mich für einen echten Komponisten hielten. Sie haben meine erhabenen Musikdramen zu einem Mittel gemacht.' der Propaganda, der alldeutschen Propaganda. Sie haben diesen Unsinn von Richard Strauss als gleichwertig mit meinem eigenen unsterblichen Werk akzeptiert, und manche nennen ihn vielleicht den Zweiten Nie zuvor. Und du hast meine arme Familie im Stich gelassen, als du dich geweigert hast, das Urheberrecht an meinen Werken zu verlängern, meine arme Frau, die meinem Mann zuliebe so heldenhaft untreu gewesen ist, meinen armen Sohn, der das Urheberrecht trotz meiner unbestreitbaren Vaterschaft nicht hat Und außerdem hast du gegen meinen Willen zugelassen, dass mein *Parsifal überall gespielt wird, und so der Welt seinen* wahren Wert offenbart. Dennoch werde ich dir helfen und dir gleichzeitig die Stärke meines *Parsifal zeigen* Schrecklichkeit, die Einzige, die den Engländern Angst machen wird.'

„Vier junge Ritter der Hölle näherten sich ihm und trugen ein Glasgefäß. Es war nicht mit Blut gefüllt, wie Sie vielleicht glauben, nicht mit dem heiligen Blut des Grals, sondern mit reinster Erdbeermarmelade.

„,Entdecken Sie den Stau!' sagte Wagner, während er die letzte *Parsifal-Szene spielte* und nicht bemerkte, dass das Glasgefäß nicht abgedeckt war. Er begann zu beten, und alle Teufel schrien:

„,Oh Wunder! Wunder der höchsten Schrecklichkeit!'

„Dann stieg, wie bei *Parsifal* die weiße Taube, diesmal eine schwarze Krähe herab und blieb über Wagners Kopf schweben, der triumphierend ausrief:

„'Hurra! Hurra! Monseigneur! Die ganze Erdbeermarmelade Englands wird in Pflaumenmarmelade verwandelt – Pflaumenmarmelade mit Steinen, um zu beweisen, was es ist!'

„Ich wurde ohnmächtig. Dann schüttete mir jemand Wasser ins Gesicht und ich wachte wieder auf."

„Sie müssen zu viel Speck zum Frühstück gegessen haben", sagt Cotton, „nach der Geschwindigkeit Ihres Traums zu urteilen. Die chemische Zusammensetzung …"

kurz vor Beginn der Aktion über *Parsifal* gesprochen haben ."

Und ich füge hinzu:

„Sergeant, ich habe großen Respekt vor Ihnen, aber ich muss sagen, Sie haben Ihrem Wagner-Teufel eine meiner Lieblingsideen zum Reden gegeben, und ich behaupte, Sie haben sie mir gestohlen."

„Verwenden Sie keine Kraftausdrücke."

„Na gut, Sergeant, aber das Gegacker über Richard II. und Strauss II. ist mein geistiges Urheberrecht."

Als ich ein kleiner Junge war, erzählte mir die Mutter immer die Geschichte eines Hirten, der mit seinen tausend Schafen zu einer Brücke kam, die so schmal war, dass jeweils nur ein Schaf den Bach überqueren konnte, über den sie spannte. „Und jetzt, kleine Pat", würde sie sagen, „du musst warten, bis alle tausend Schafe vorbei sind, und in der Zwischenzeit kannst du gehen und mit deinem Ball spielen."

Nun, Herr Leser, Sie halten sich für mächtig schlau, weil Sie denken: Ha, ha! Das ist der Trick, den er angewandt hat, und während er uns Charlie Youngs Traumgarn erzählte, hat er vielleicht selbst seine Erkältung losgeworden. Nun, Sie irren sich. Es ist kein Trick, und das Intermezzo der vorhergehenden Seiten hat seine Bedeutung. Die Geschichte meiner Erkältung wird Ihnen auch nicht erspart bleiben, und das Einzige, was ich für Sie tun kann, ist, Ihnen zu wünschen, dass sie sich nicht ansteckend erweist.

Es war eine schlimme Erkältung.

Nun, eine Erkältung, bei der Sie nur weinen und niesen und schnüffeln und sich die Nase putzen, die nach und nach einem brennenden Zeppelin ähnelt – übrigens, wenn Sie noch nie einen brennenden Zeppelin gesehen haben, nutze ich diese Gelegenheit, um Ihnen mitzuteilen, dass es so ist: Natürlich, wie die prächtige, strahlende, leuchtende, grelle Nase eines Menschen, der eine solche Erkältung hat – eine solche Erkältung kann man eine schlimme Erkältung *nennen , aber das ist sie* nicht. Es ist ein Schnupfen. Es handelt sich um eine Erkältung im Kopf, einem unwichtigen Teil des menschlichen Körpers, wenn es sich bei der betreffenden Stelle um eine Erkältung handelt. Mit so einer Erkältung macht man sich nur mehr oder weniger lächerlich.

Aber wenn Sie anfangen zu husten und zu spucken, wenn hohes Fieber einsetzt, wenn Sie glauben, dass Sie noch nicht sterben möchten, vor allem nicht an einer Lungenentzündung, und wenn Ihr Herr Doblana mit echtem Bedauern erkennt, dass er den Unterricht unterbrechen muss und wird nicht in der Lage, Ihnen die verlorene Zeit in Rechnung zu stellen; Wenn der Arzt gerufen werden muss und man sich nach zwei Wochen zu erholen beginnt, sich aber immer noch schwächer als ein Kind fühlt, dann hat man eine schlimme Erkältung, eine dieser perfiden Erkältungen, die man sich im Mai einfängt.

Wenn Sie jedoch eine dieser sonnigen Naturen besitzen, auf die ich stolz bin, wenn Sie wissen, wie man Rosen zwischen Dornen findet, wenn Sie sich an den alten Juden erinnern können, der immer zu sagen pflegte: „ *Gamsoo l'towvo* “, was bedeutet: „Auch dies führt zum Besten“ – wissen Sie, da ich auf der klassischen Seite bin, wurde mir in der Sonderklasse Hebräisch beigebracht, und ich habe diesen Satz nie vergessen – dann, mein Lieber, werden Sie sich nur daran erinnern, dass diese schlimme Erkältung sehr war schön, insofern es dich deiner geliebten Mitzi näher gebracht hat. Sie werden sich immer an den süßen Kontakt erinnern, der Ihre schlimme Krankheit zu einer Zeit anhaltender Freude gemacht hat.

Es kam mir vor, als hätte ich erst seit meiner Krankheit zu leben begonnen, und ich war mir sicher, dass auch sie zum ersten Mal ein großes, primitives Gefühl verspürte und dass es für sie nichts anderes gab, woran sie denken sollte. Sie kümmerte sich um mich und schien durch diese ihr auferlegte Verpflichtung eine große Ehre zu sein. Und doch sprachen wir nicht, wir waren voller Ehrfurcht, alle Worte schienen vergeblich.

Der Arzt, der sich um mich kümmerte, war Doktor Bernheim, derselbe, den ich im Tobacco Pipe kennengelernt hatte. Er war ein sehr intelligenter Kerl, und wir hatten so viel Mitgefühl, wie so etwas zwischen zwei Individuen mit einem Altersunterschied von dreißig Jahren möglich ist. Er war ein Mann, der sich sowohl für Politik als auch für Kunst interessierte, und was noch bemerkenswerter ist, er war dennoch ein guter Arzt.

Eines Tages erzählte ich ihm, wie völlig unverständlich mir der Streit zwischen Doblana und den anderen Mitgliedern der Tafelrunde erschienen war. Dies war der Beginn einer Reihe von Gesprächen, in denen mir Doktor

Bernheim zunächst die komplizierte Frage der österreichischen Nationalitäten, den Kampf zwischen den verschiedenen Rassen, erklärte.

Vor allem gab es einen ständigen Machtkampf zwischen der westlichen (österreichischen) und der östlichen (ungarischen) Hälfte der Monarchie. Dann gab es in beiden Teilen interne Kämpfe, denn weder die Bevölkerung Österreichs war vollständig deutsch, noch die Ungarns vollständig magyarisch. In beiden Landeshälften gab es einen hohen Anteil an Slawen, unter denen das aufstrebende tschechische Volk sowohl intellektueller als auch in industrieller Hinsicht nicht zu vernachlässigen war. In den letzten Jahren war der deutsche Einfluss spürbar geworden, und in Österreich gab es nun eine ausgeprägte pangermanische Tendenz. Zwischen der deutschen und der ungarischen Bevölkerung bestand eine stillschweigende Übereinkunft, deren Ziel die Unterdrückung aller tschechischen Bestrebungen war.

Dann gab es eine polnische Frage – die galizischen Polen forderten, mit den russischen und deutschen Polen zu einem Königreich vereinigt zu werden – eine italienische Frage – Triest und Görz sowie das Trentino wollten Italien einverleibt werden – eine rumänische, eine ruthenische und eine serbische Frage.

Doch das war noch nicht alles. Die klerikale Partei hatte eine heftige antisemitische Bewegung ins Leben gerufen, die eifersüchtig auf die stets rege Geschäftstüchtigkeit der zahlreichen Juden war - zu denen auch der Doktor selbst gehörte.

Mit einem Wort: Überall herrschten Gegensätze und Streit, Zwietracht und Zwietracht.

Mitzi, der manchmal bei unseren Gesprächen anwesend war, war sehr unnachgiebig. Sie hatte einen angeborenen Hass auf alles, was Deutsch und Ungarisch war, obwohl Deutsch ihre Muttersprache war. Im Herzen war sie eine Tschechin. Von der modernen Musik liebte sie nur Italienisch, Französisch und Tschechisch, aber sie verabscheute die modernen Deutschen wegen ihres völligen Mangels an Gefühl. In diesem Punkt herrschte wie in so vielen anderen völlige Übereinstimmung zwischen ihr und mir. Ich hatte selbst beobachten können , dass der unangefochtene Ruf Wiens als *Musikstadt schlechthin* vor allem von italienischen und slawischen Musikern getragen wurde. Die Deutschen spielten, obwohl sie viel Aufhebens um sich machten, eine untergeordnete, wenn nicht gar zweitrangige Rolle.

Ich glaube, ich hatte eine gute Zeit. Die meisten Menschen kennen den Ablauf der Dinge, wenn sich eine Übereinstimmung von Zuneigung nach und nach in ... Zärtlichkeit verwandelt. Ich wage also zu behaupten, dass Sie auf meine Beschreibung verzichten können.

Doch eines Tages geschah etwas. Es war ein ganz unbedeutender Vorfall, aber ich kann ihn nicht vergessen. Es war einfach so, dass Mitzi mir etwas vorsang. Es war der vierte oder fünfte Tag, seit ich das Bett verlassen durfte. Abgesehen von ein paar Übungen hatte ich sie nie zuvor gehört.

Ihre Stimme ist nicht sehr stark, aber es gab nie eine, die so warm und ausdrucksstark war. Sie ging mir sofort ins Herz, so wie Mitzi selbst an jenem Tag in mein Leben trat. Was sie sang, spielte keine Rolle, kurze Volkslieder, glaube ich, ganz einfach, doch ihre Stimme hat diese unvergleichliche Fähigkeit, alles, was sie singt, in reinstes Gold zu verwandeln, wie Midas es mit allem tat, was er berührte.

Ja, es war ein eher unbedeutender, kleiner Zwischenfall. Auch in mir fand keine Revolution statt. Nein, aber eine Entwicklung begann. Langsam, vage kamen Gefühle in mich. Gefühle, keine Gedanken. Sie waren alle in meiner Brust und – mein Wort – sie taten weh. Mitzi hatte mit ihrem Gesang eine goldene Saite angeschlagen, die in meinem Herzen vibrierte.

„ *Fräulein* Mitzi", sagte ich, denn ich hatte noch nicht gelernt, sie nur bei ihrem Namen zu nennen, „wenn Sie mir ein wenig helfen und mich ermutigen, werde ich eine Oper für Sie schreiben. In Ihrer Stimme liegt etwas ungemein Zartes und Eindrucksvolles, etwas Kindliches ... Ich bin sicher, Sie werden mich inspirieren, Sie werden meine Muse sein."

Möglicherweise stellst du dir vor, sie sei geschmeichelt oder zumindest erfreut gewesen. Nichts dergleichen, meine Liebe. Sie sah nur zweifelnd aus. Sie hätte sofort mit der Ermutigung beginnen sollen, die ich ihr vorgeschlagen hatte. Ein kleiner Satz wie zum Beispiel „Das wäre nett!" hätte sie nicht viel gekostet. Jedes englische Mädchen hätte ihn gesagt. Es hätte allerdings auch nicht viel bedeutet, und sie war kein englisches Mädchen. Und doch – ich schulde dir etwas Offenheit, nicht wahr? – war ich etwas enttäuscht. Wenn ich mich nicht sehr irre, rümpfte sie ein wenig die Nase, als sie sagte:

„Sind Sie sicher, dass Sie eine Oper schreiben können?"

„Für Sie, *Fräulein* Mitzi, bin ich zu allem bereit!"

Tatsächlich war das mein Gefühl. Ja, gerade ihre Gleichgültigkeit ermutigte mich. So ist der Mensch, wenn er verliebt ist. Ihre Apathie ließ mich leiden, und mein Elend spornte mich nur an. Natürlich wollte ich ihr zeigen, wozu ich fähig war. Ihre Gefühllosigkeit verstärkte meine Gefühle nur.

„Es gefällt mir nicht, dass Sie meine Stimme kindisch nennen, und wenn Sie etwas für mich komponieren, muss es heroisch sein.“

„Ich habe nie gesagt, dass du eine kindliche Stimme hast.“

"Du machtest."

„Das habe ich nicht. Ich sagte ‚kindlich‘.“

„Es gibt keinen großen Unterschied.“

So begann unser Streit. Und ich darf wohl sagen, dass in derselben Stunde, in der meine Liebe geboren wurde, auch der Ursprung ihres Endes keimte.

Die Zunge der Damen ist vielseitig einsetzbar. Unter anderem stechen sie damit. Und dafür lieben wir sie.

So wichtig dies auch sein mag, es interessiert Sie sicherlich nicht, für den meine Philosophie keinen Nutzen hat. Also kehre ich zu meiner Geschichte zurück.

Ich ging zu Herrn Bischoff, sobald sich mein Gesundheitszustand einigermaßen erholt hatte. Ich wollte ein Musikdrama über *Macbeth schreiben*, wie er es vorgeschlagen hatte. Sollte er nicht bereit sein, ein Libretto auf der Grundlage dieser wunderbaren Ideen zu schreiben, die er mir offenbart hatte? Ich war mir sicher, dass es mir mit seiner Hilfe gelingen würde, ein wahres Meisterwerk zu schaffen.

Wenn Sie bedenken, mit was für einer bedeutenden Persönlichkeit ich mich da auseinandergesetzt hatte, werden Sie nicht überrascht sein, wenn ich höre, dass Herr Bischoff sich nicht „auf der Grundlage jener wunderbaren Ideen, die er mir vorgestellt hatte“ bereit erklärte, das besagte Libretto zu schreiben. Er wollte, dass die Grundlage ... substanzieller war. Ich muss Ihnen daher kaum sagen, was der nächste Schritt war. Und wenn man bedenkt, dass Herr Bischoff der erste Wiener Schauspieler war und Angebote für bloße Übersetzungen einer Londoner Firma für zehn Schilling pro tausend Wörter abgelehnt hatte, können Sie sich leicht vorstellen, welchen Betrag ich Daniel Cooper & Co., Ltd. bat, auf seinen nächsten Scheck zu setzen. Aber ich zerriss meinen Brief sofort in Stücke und schrieb einen anderen, in dem ich um weitere 50 Pfund bat. Ich konnte meinem armen Vater genauso gut 300 Pfund aussaugen wie 250 Pfund, oder nicht? Und die Beilage würde es mir ermöglichen, meiner bezaubernden Krankenschwester meine tiefe Dankbarkeit zu zeigen, und das sogar mehr als einmal.

Ich muss leider mitteilen, dass Miss Doblana viel mehr Freude zeigte, als ich ihr einen schönen Fächer aus weißen Straußenfedern anbot, als als ich ihr die Aussicht auf meine Oper eröffnete. Sie war wirklich bezaubernd, als sie mir dankte, oh! so bezaubernd. Doch heute, nach Jahren, denke ich, dass es sehr dumm von mir war, ihr ein solches Geschenk zu machen. Die meisten Männer werden diese Meinung teilen, obwohl die meisten Mädchen es anders beurteilen werden. Was Mitzi betrifft, fürchte ich, dass sie weitere Geschenke voraussah und sich sofort entschied, meine Oper in den Handel aufzunehmen.

Jedenfalls wurde dieser Fächer gekauft (aber nicht bezahlt) und der Dame meines Herzens angeboten, bevor der Scheck aus London eintraf. Und dann geschah etwas sehr Peinliches. Daniel Cooper & Co., Ltd. schickte mir einen Scheck über 300 £, der nicht an mich, sondern an Herrn Bischoff zahlbar war. Ich bin sicher, dass dieser boshafte Schachzug von Mutter verursacht wurde. Denn während Vaters Brief nett und sanft wie immer war und er sich sicher war, dass ich mit einem solchen Librettisten etwas Bemerkenswertes erreichen würde, schrieb Mutter, dass es ihrer Meinung nach Unsinn sei, sich an eine Oper zu wagen, bevor man gut gelernt habe, wie man eine solche schreibt; und zwischen den Zeilen stand etwas, das sich las, als ob sie Lunte witterte.

Was sollte ich nun mit meinem Scheck über 300 Pfund tun? Ich konnte nicht gut zu Herrn Bischoff gehen und ihn um Wechselgeld bitten, denn wenn ich auch wenig über Frauen und noch weniger über Männer wusste, so kannte ich doch schon viel über das dritte Geschlecht, nämlich die Künstler. Es bestand keine Wahrscheinlichkeit, dass er mir Wechselgeld für 50 Pfund geben konnte, und ehrlich gesagt vertraute ich keinem Künstler, insbesondere nicht Herrn Bischoff, den ich kaum kannte, so sehr, dass ich ihm den Scheck so geben und auf das Wechselgeld von 50 Pfund warten konnte, bis er es eingelöst hatte. Ich fühlte mich wie ein Schuljunge, trostlos und elend und wie immer: dumm.

Drei Tage lang ging es mir absolut elend, mit meinem großen Scheck in der Tasche. Mein Gemütszustand konnte sich Herrn Hammer nicht entziehen, der, als er ein paar schlimme Fehler in einer Fuge von mir entdeckte, erklärte, dass dies und der Rest meines Verhaltens eindeutig bewiesen, dass ich verliebt war, ein Zufall, der ihm in früheren Jahren jedes Mal widerfahren war sechs Wochen, so dass er über genügend Erfahrung verfügte, um über andere Menschen zu urteilen. Wenn nun selbst Hammer mein Unbehagen gesehen hat, werden Sie verstehen, dass es Herrn Doblana bald aufgefallen ist, der zwar auch Musiker, aber viel mehr ein Mensch war. Er erkundigte sich. Er bestand darauf. Denn eine Folge davon, so menschlich zu sein, war ein gewisses Maß an Neugier.

„Es muss etwas mit Ihrer Oper zu tun haben", behauptete er schließlich. „Wie weit bist du damit gekommen?"

"Oh!" sagte ich: „Ich habe noch nicht begonnen."

„Warum machen Sie dann so ein Gesicht", rief er, „als ob Sie Ihre Partitur verloren hätten?"

Ich bin sicher, dass ich ihn, als ich diese Frage hörte, auf die dümmste Art und Weise ansah, die man sich vorstellen kann. Und ich muss ihn lange angeschaut haben, sagen wir zwanzig Sekunden, was viel länger ist, als die meisten Leute denken. Zwei Ideen schossen mir durch den Kopf (oder wie auch immer man es nennen mag).

Die zweite Maßnahme – die wahrscheinlich auf die Aufregung zurückzuführen war, die die erste Maßnahme ausgelöst hatte – bestand darin, meinem Vater den Scheck über 300 £ zurückzugeben und ihn um mehrere kleinere Schecks zu bitten, die ich Herrn Bischoff entsprechend der geleisteten Arbeit aushändigen könnte. Eine Vorgehensweise, die dem Vater sicherlich gefallen hätte, da sie bewies, dass ich ein ernsthafter Kerl bin.

Ja. Und die erste Idee?

Ich habe gerade das Geheimnis entdeckt, das Herr Doblana verbarg:

Er hatte die Partitur seines Balletts *Griseldis verloren, das er vor Aladdin* komponiert hatte .

VII.

Wie die meisten bescheidenen, bescheidenen Menschen bin ich auf viele Dinge stolz. Daher denke ich, dass ich, ohne zu prahlen, ziemlich diskret bin. Sie können sich daher vorstellen, wie erstaunt ich war, als ich mich am nächsten Morgen in Herrn Doblanas Atelier befand und sorgfältig seine Schubladen auf der Suche nach dem Manuskript seines Balletts *Griseldis* *durchstöberte* . Ich hatte eine Ausrede: Ich habe Detektivarbeit geleistet, und der diskrete Detektiv ist ein Typ, der noch erfunden werden muss. Aber Sie können mir glauben: Ich wurde unaufhörlich rot.

In der Nacht fiel mir ein Gespräch ein, das ich zufällig mitgehört hatte — vergessen *Sie bitte* nicht, dass ich ein diskreter Mensch bin —, ein Gespräch zwischen Herrn Doblana und dem *Herrn Graf* . Es hatte stattgefunden, als ich zum ersten Mal zur Tafelrunde zugelassen wurde, und ich habe es ordnungsgemäß im dritten Kapitel wiedergegeben.

(Es betrübt mich außerordentlich, dass ich den Leser immer auf die vorhergehenden Kapitel verweisen muss. Dadurch erhält diese Geschichte, die sonst ganz nett wäre, ein beinahe wissenschaftliches Aussehen. Aber man muss dabei meine grenzenlose Unerfahrenheit in der Kunst des Schreibens berücksichtigen.)

In diesem Gespräch wurde dann der Verlust eines Werkes von Herrn Doblana erwähnt. Der Name des Werks wurde nicht genannt und auch nicht, wie es verloren gegangen ist. Ein Musikwerk kann auf andere Weise verloren gehen als durch das tatsächliche Verschwinden oder die Zerstörung seines Manuskripts. Ein feindseliger Bericht kann den endgültigen Untergang bedeuten. Als mir aber der Gedanke gekommen war, dass Herrn Doblanas seltsames Unglück tatsächlich der Verlust seines Manuskripts war, bestärkte mich die Erinnerung an jenes Gespräch mit dem *Herrn Graf* in meiner Meinung. Also versuchte ich herauszufinden, ob *Griseldis* wirklich verschwunden war.

Nachdem ich eine Stunde lang sorgfältig gesucht und jedes Blatt Blatt für Blatt durchgesehen hatte, ohne die geringste Spur des Manuskripts zu finden, kam ich zu dem Schluss, dass ich Recht hatte. Ich kam weiter zu dem Schluss, dass der Hornist davon überzeugt war, dass es gestohlen wurde, und zwar mit Hilfe seiner eigenen Tochter.

Da es einen beträchtlichen Geldwert hatte, muss es ihm sehr leidgetan haben, dass sein Werk verschwunden war. Am einfachsten wäre es natürlich gewesen, mit der Polizei zu kommunizieren. Aber an einen so hochrangigen Mitarbeiter wie den *Herrn Graf gebunden* , konnte er einen solchen Schritt nicht ohne Rücksprache mit ihm wagen. Offensichtlich hatte Doblana seine Unterstützung nicht erhalten, da ein prominentes Mitglied des Gerichts wahrscheinlich keine Lust hatte, Geschäfte mit der Polizei zu machen. Damit war die Sache für meinen armen Gastgeber erledigt. Er musste ruhig bleiben und Verzweiflung war sein einziger Trost.

Aber ich war zumindest nicht gezwungen, Rücksicht zu nehmen, und ich wollte Mitzi unbedingt von dem Verdacht befreien, der auf ihr lastete. Soweit ich wusste, war es absolut ungerecht. Sie war zu einer Reise gelockt worden und ihre Abwesenheit war missbraucht worden.

Von wem?

Wer war der Dieb?

Ein Untersuchungsrichter muss manchmal ein sehr unangenehmes Gefühl haben. Denn wenn man in einem solchen Fall eine vorgefasste Meinung hat, ist es schwierig, sich davon zu befreien. Ich habe das erlebt. In meinen Gedanken war Giulay der Dreh- und Angelpunkt, um den sich die ganze Angelegenheit drehte. Ich hatte es von Anfang an so empfunden, und so sehr ich auch versuchte, diesen Gedanken loszuwerden, kam er mir immer wieder in den Sinn: Giulay hatte das Telegramm geschickt, obwohl er es leugnete, obwohl er ganz genau wusste, dass es Mitzi dazu bewegen würde, nach Salzburg zu gehen. Und Giulay mochte Herrn Doblana nicht, wie er zeigte, als er ihn im Laufe des Abends im Tobacco Pipe taktlos und gewalttätig ohne ersichtlichen Grund angriff.

Die größte Schwierigkeit für mich bestand darin, dass ich mit Mitzi nicht über die ganze Angelegenheit sprechen konnte. Ich hielt den Mann für zu jeder Art von Schurkerei fähig. Aber es war unwahrscheinlich, dass Mitzi ihr Vorurteil gegenüber dem hässlichen Ungarn ablegen würde. Hätte ich nur ein wenig von meinen Gedanken geäußert, hätte sie mich sofort beschuldigt, ihm Unrecht getan zu haben, sie hätte es als Ärgernis empfunden, und ich wollte sie um keinen Preis belästigen.

Also behielt ich meine Vermutungen für mich. Vor allem ein Punkt erschien mir wichtig. Der Dieb musste nicht nur gewusst haben, dass Mitzi nach Erhalt des Telegramms eilig nach Salzburg aufbrechen würde, sondern auch, dass Fanny im Urlaub abwesend war. In einem Moment hatte ich den Verdacht, dass das dicke Dienstmädchen Giulays Komplizin sei. Was wäre, wenn es nur eine Finte gewesen wäre, ihre sterbende Mutter zu besuchen? Angenommen, sie wäre zurückgekehrt, um Giulay aufzunehmen? Diese Theorie verwarf ich jedoch bald; Fanny war Mitzi völlig ergeben, und keine Überlegung hätte sie zu einer so verräterischen Tat bewegen können.

Ich fragte beide, sowohl Mitzi als auch Fanny, ob irgendjemand gewusst hätte, dass Letztere drei Tage Urlaub haben würde. Da ich ihnen nicht sagen wollte, warum ich die Frage gestellt hatte, dachten sie nicht so intensiv nach, wie ich es gerne hätte tun sollen. Sie konnten sich nicht erinnern. Und Mitzi, der natürlich vermutete, dass meine Anfrage irgendwie mit dem großen Geheimnis zusammenhing, fragte sich nur, warum ich mir immer noch Sorgen um diese alte, halb vergessene Angelegenheit machte.

Tatsächlich gibt es einen Fehler, in den Leser von Kriminalgeschichten im Allgemeinen verführt werden. Man geht davon aus, dass die beteiligten Personen nichts anderes tun, als an ihren Fall zu denken. Sie haben kein Geschäft, keinen Handel, keinen Beruf, sie haben keine Freunde, die sie anrufen können, sie haben keine Briefe zu schreiben, keine Theaterstücke zu sehen, keine Bücher zu lesen, sie ruhen sich kaum aus und sie waschen, kleiden sich, essen und schlafen nur dann, wenn dies für die Durchführung des Falles erforderlich ist. Das ist alles unwahr; in Wirklichkeit kommt es ganz anders. Ich bin mir sicher, dass ich an meinem Fall genauso interessiert war wie jeder andere Detektiv an seinem, aber ich dachte nur gelegentlich daran, und ich nahm weiterhin Unterricht beim alten Hammer und bei Mr. Doblana und dachte an meinen *Macbeth* .

Als der Hornist zum ersten Mal von meinen Opernambitionen hörte, meinte er, das wäre eine gute Übung und das Schreiben sei der beste Weg, um das zu lernen. Die Oper würde sicherlich nicht aufgeführt werden, aber das spielte keine Rolle, da ich nicht für Geld arbeitete und auch ohne die dürftigen Summen, die ich in Form von Tantiemen verdienen könnte, recht wohlhabend war.

Bei Hammer war es ganz anders. Er war sofort begeistert. Begeisterung war eines seiner Hauptmerkmale. Meine Worte, die ich wie ein Papagei wiederholte, was Bischoff mir gesagt hatte, nämlich dass es „ein Gewebe aus Schrecken, Zittern, ängstlichen Vorahnungen und furchtbarem Schweigen" sein würde, gefielen dem alten Organisten besonders. Ehrlich gesagt hatte ich keine richtige Vorstellung davon, wie dieses Gewebe hergestellt werden sollte.

Hammer erzählte mir, dass es schon immer sein Ziel gewesen sei, eine Oper zu schreiben, dass er jedoch nie ein Libretto gefunden habe, das seiner Meinung nach seinem besonderen Talent angemessen gewesen sei.

„Bischoff hat mir auch *Macbeth vorgeschlagen*", *sagte er.* „Aber der Einwand, ich glaube nicht in der Lage zu sein, das Lokalkolorit zum Ausdruck zu bringen, war zu groß. Ich hatte Angst, in einem der wichtigsten Punkte zu versagen. Diese Gefahr besteht für einen Schotten wie Sie nicht."

„Aber ich bin kein Schotte."

„Liegt Hampstead nicht in Schottland?" (Er sprach es Hampshtead mit seinem unbestreitbaren österreichischen Akzent aus.) „Sie haben mir gesagt, es war im Norden."

„Nord-London – und das darf man einem Londoner nicht sagen – sie glauben, es sei der Westen."

„Ich bedaure es für Sie. Haben Sie eine Ahnung von schottischen Volksliedern?"

„Ich kenne *Auld Lang Syne* ."

„Das ist besser. Aber ich rate Ihnen, bevor Sie mit der Komposition Ihres großen Werkes beginnen, einige schottische Lieder zur Übung zu schreiben, wie Wagner, der einige Lieder als Studien für seinen *Tristan schrieb* ."

Der Rat schien mir gut, und ich komponierte fünfzehn schottische Lieder als Übung für *Macbeth* , der laut Herrn Doblana selbst nur eine Übung für zukünftige Opern war. Ich wählte sie aus den vielen Texten aus, die in guten metrischen deutschen Übersetzungen vorliegen, sodass ich sie in beiden Sprachen bereit hatte. Ich schrieb meine Lieder in einer, wie mir schien, unglaublich kurzen Zeit, mit einem Tempo von einem Lied pro Tag. So bescheiden ich auch bin, muss ich dennoch gestehen, dass sie nicht schlecht sind, wenn man bedenkt, dass ich ... nein, dass ich ein britischer Komponist bin. Britischen Komponisten wurde so oft gesagt, sie hätten kein Talent, dass sie es inzwischen glauben. Aber das stimmt nicht. Wir haben genauso viel Herz, Gefühl und Vorstellungskraft wie andere Nationen. Nur haben wir auch den Nebel. Das bedeutet, dass wir vielleicht auf unseren Inseln geboren werden dürfen, aber dass wir gut daran tun, woanders hinzugehen und zu komponieren. Genau das hatte ich durch Zufall getan. So kam es, dass meine fünfzehn schottischen Lieder durchaus möglich waren und zumindest eines gut war. Aber wer wäre nicht von Sir Walters unsterblichen Worten inspiriert worden?

„Dort atmet der Mensch, dessen Seele so tot ist.
Der sich nie gesagt hat

Dies ist mein eigenes, mein Heimatland!
Dessen Herz hat nie in ihm gebrannt, Als er seine Schritte nach Hause kehrte,

Vom Umherirren an einem fremden Strand!"

Diese Lieder wurden nie gedruckt, aber ich bin froh, sie geschrieben zu haben. Sie schlafen in einer Schublade in einem schönen, gemütlichen Haus in Belsize Park. Sie schlafen, aber sie sind nicht tot. Sie leben in meiner

Erinnerung und erinnern mich an den schönsten Tag, der mir je geschenkt wurde.

Post.

Und eine außergewöhnlich große Post mit drei Briefen und ein paar Zeitungen. Die „Illustrated London News", die mir eine alte Tante geschickt hat. Sie sind voller Kriegsfotos, die sie mir weiterleitet, damit ich mir ein Bild davon machen kann, wie die Dinge in Wirklichkeit aussehen, denn wir in den Schützengräben haben sicherlich nur eine sehr vage Vorstellung vom Aussehen der ganzen Sache.

Einer der Briefe stammt von einer Dame, die mit Thirza Ellaline de Jones unterschreibt, und ist nur an meine Regimentsnummer adressiert.

„Lieber N°...", heißt es darin, „wenn Sie, wie ich annehme, ein einsamer Soldat sind, möchte ich Ihnen mitteilen, dass ich bereit bin, Ihnen meine Freundschaft anzubieten, denn ich bin selbst ein einsames Mädchen. Ich denke oft daran, wie schrecklich es für Sie sein muss, niemanden zu haben, an den Sie denken können, und dass Sie in Ihrem mörderischen Geschäft nie von diesem wunderbaren Gedanken erlöst werden: ‚Für sie tue ich all diese blutigen Taten.'

"Ich bin ein romantischer, leidenschaftlicher Mensch und ich bin sicher, dass Sie sich gern mit mir austauschen. Ich bin eher pessimistisch, da ich Shopenower (*sic!*) gründlich gelesen habe, aber ich bin sicher, dass ich Sie aufmuntern könnte. Außerdem glaube ich, dass unsere Bekanntschaft, die unter dem Feuer der Kanonen begann, nach dem Krieg zu einer angenehmeren Verbindung führen könnte. Ich bin kaum mittleren Alters, aber ich sehe viel jünger aus, als ich bin, und ich fühle mich noch jünger. Ich füge mein Foto nicht bei, denn ich glaube, dass Männer, die die ernste Kriegssituation durchgemacht haben, sich nicht um Nebensächlichkeiten kümmern. Aber ich darf Folgendes hinzufügen: Der Krieg wird nicht zu Ende sein, bevor nicht jeder Mann kampfunfähig ist. Sie haben dann Anspruch auf eine Rente. Wenn es Ihnen recht ist, können Sie jetzt noch den Betrag meines Privateinkommens von 140 Pfund pro Jahr dazurechnen.

„Antworten Sie umgehend, und Sie werden ein Schatz sein.

"Für immer Dein,

„ THIRZA ELLALINE DE JONES ."

Der Brief ist maschinengeschrieben, und die Wachsspuren auf der Rückseite zeigen, dass er von einer Schablone reproduziert wurde. Was für eine Manie!

Der zweite Brief stammt von einer Firma, Levy & Levy, die Höchstpreise für Souvenirs, insbesondere für deutsche Helme, anbietet.

Und der Dritte ist von zu Hause.

"Mein lieber Patrick", schreibt die Mutter, "wir freuen uns zu hören, dass es Ihnen gut geht, und hoffen, dass Sie sich bemühen werden, dies beizubehalten. Ich rate Ihnen dringend, die gleiche Unterwäsche zu tragen, die Sie gewohnt sind, nämlich die von Doktor Lahmann. Ich hätte Ihnen welche geschickt, aber ich habe festgestellt, dass ihr Platz in Holborn verschwunden ist. Sie wurden wahrscheinlich von unserer Regierung aufgelöst, die den Unterschied zwischen Gut und Böse nicht sieht. Aber ich kann mir vorstellen, dass Sie unter den Gefangenen, die Sie machen, einen finden werden, der in der Lage ist, aus Deutschland alles zu beschaffen, was Sie wollen.

„Ich weiß nicht, mit welchem geheimnisvollen Geschäft Bean beschäftigt ist. Aber sie kommt dreimal die Woche in die Stadt, den ganzen Weg von Bedford. Sie sagt, dass das, was sie tut, eine heilige Pflicht ist, was ich für Blödsinn halte. Ich vermute, dass Vater in das Geheimnis eingeweiht ist, und nehme es ihm übel, dass er es vor mir verheimlicht. Trotzdem muss ich sagen, dass sie so hübsch ist wie immer, sogar noch hübscher. Und auch, dass der alte Dicks mit einem großen Regierungsauftrag für Gemüsekonserven einen Haufen Geld verdient.

„Ich bedauere deine Begeisterung über Vaters dumme Idee, dich zu verärgern, indem er deinen schottischen Marsch mitten auf dem Schlachtfeld spielen ließ, anstatt dich ruhig und gemütlich in deinem Schützengraben zu lassen. Ich hoffe, dass du uns bald gute Nachrichten schicken wirst. Ich verbleibe dein immer liebender

" MUTTER ."

Und Papa schließt sich einem halben Blatt an:

„Mein lieber Junge,

"Nichts könnte mich mehr erfreuen als der Gedanke, dass Sie für einen Moment glücklich waren, als Sie das 'Pibroch o' Donuil Dhu' hörten. Ich bin so beschäftigt, dass ich kaum Zeit zum Schreiben habe. Ich möchte nur ergänzen, was Ihre Mutter sagt, dass ein Wort an die Weisen genügen wird. Bean ist das liebste Mädchen, das ich kenne, und wird es ganz gut haben. Und unter Männern kann ich Folgendes sagen: Ich weiß, dass Sie früher etwas dagegen hatten, dass sie so dünn ist. Jetzt wird sie molliger.

„Tausend Küsse von deiner liebenden

" DANIEL COOPER ."

Bohnen prall, Bohnen wachsen tatsächlich prall! Ich gestehe, das eröffnet Perspektiven, die ich nicht vermutet hatte. Trotzdem...

Sie ist nämlich neun Jahre jünger als ich. Und da ich neunundzwanzig bin (ein ziemlich damenhaftes Alter, nicht wahr?), können Sie daraus schließen, dass sie zwanzig ist. Und ich nehme an, dass es auch zwanzig Jahre her ist, seit unsere jeweiligen verehrten Eltern uns als verlobt betrachten. Doch es wurde nie offen darüber gesprochen.

Violet Dicks, allgemein Bean genannt, ist in der Tat hübsch. Sie spielt ein wenig Klavier, aber mit einer solchen Apathie, dass ich es immer vermieden habe, ihren anderen musikalischen Leistungen zuzuhören, die aus ein wenig Gesang und ein wenig Ziehharmonikaspiel bestehen. Allerdings muss ich sagen, dass in meiner Unkenntnis ihrer musikalischen Darbietungen so etwas wie gegenseitiges Einvernehmen liegt. Sie ist sehr schüchtern, nicht allgemein, aber in musikalischen Dingen, und würde es niemals wagen, einem Komponisten vorzusingen oder zu spielen, nicht einmal einem abgedankten. Sie spielt Tennis, ist aber nicht gut in Bridge. Sie schreibt viele unwichtige Briefe, alle äußerst kurz, und liest weder ein Buch noch sonst etwas. Sie gibt ihr gesamtes Taschengeld aus, um ihre Mutter jedes Mal nach London zu schleppen, wenn ein neues Musical erscheint. Sie sagt, dass sie sie verabscheut, aber sie hofft immer, dass es eines Tages einen guten Tag geben wird. Sie interessiert sich auch für kleine Wohltätigkeitsorganisationen, Basare, Gartenpartys usw. Und soweit es ihr möglich ist, ist sie in mich verliebt.

Aber ich glaube nicht, dass ihre Liebe eine dieser großen, prachtvollen Lieben ist, von denen wir in Büchern lesen. Sie ist mehr ein Gemüse als eine Blume; als Blume ist sie nur ein Veilchen, als Gemüse nur eine Bohne. Eine grüne Bohne. Eine schlanke, grüne Bohne.

Dennoch empfinde ich Zärtlichkeit für sie. Ich möchte nicht, dass sie auch nur im Geringsten leidet. Ich bin durchaus in der Lage, sie zu heiraten und ihr sogar ein guter Ehemann zu sein, wenn es unbedingt nötig wäre. Auf keinen Fall könnte ich zulassen, dass sie an einem gebrochenen Herzen stirbt. Aber ich nehme an, es würde ja nicht brechen.

Sie ist nicht wie Thirza Ellaline de Jones von romantischer, leidenschaftlicher Natur, noch weiß sie, dass Schopenhauer je existiert hat. Und wenn es für einen einsamen Soldaten wie mich unbedingt notwendig wäre, mit einer Frau Ideen auszutauschen, würde ich es lieber mit Bean tun, die keine hat, als mit Thirza Ellaline, die weniger hat. Was den Grund angeht, warum ich all diese „blutigen Taten" begehe, muss Thirza Ellaline mich entschuldigen und sich um ihre eigenen Angelegenheiten kümmern. Es gibt etwas, das ich die Keuschheit des patriotischen Gefühls nennen würde, und es wäre unanständig, es preiszugeben.

Nein, Thirza Ellaline, oh du mit dem unfotografierbaren Gesicht! Trotz deines Privateinkommens von 140 Pfund (und ich füge hinzu, nicht wegen Beans Einkommen, das wahrscheinlich zwanzigmal höher ist, eine Tatsache, über die ich hinwegsehen könnte, wenn du ein bisschen fotografierbarer und ein bisschen weniger pessimistisch wärst) sage ich *nein* zu dir. Nein – niemals!

Während Bean... Es heißt immer noch: „noch nicht". Aber ich gestehe, dass die Vorstellung von ihr in letzter Zeit etwas vertrauter geworden ist. Ich weiß nicht, wann, warum oder wie diese Veränderung begann. Dass sie weinte, als sie „Pibroch o' Donuil Dhu" von der Kapelle der Heilsarmee gespielt hörte, hat wenig damit zu tun. Unter solchem Stress zu weinen, ist abgehärteten Menschen passiert. Jetzt kommt die Nachricht, dass sie dicker geworden ist. Aber es ist nur eine Abstraktion, denn ich kann mir einen flachen Pfannkuchen nicht als runden Knödel vorstellen. Nein, ich weiß nicht, warum, aber jetzt steckt etwas in dem Wort Bean – eine Bedeutung – die vorher nicht da war. Sie ist nur schwach, aber sie ist da. Aber kann sie jemals wachsen, solange die Erinnerung an einen anderen existiert?

Lassen Sie mich Ihnen erzählen, wie es passiert ist.

Ich hatte diese schottischen Lieder fertig und war ziemlich zufrieden damit. Sie waren so geschrieben, dass sie zu Mitzis Stimme passten, und so spielte ich sie ihr eines Abends vor. Das Lied, das mir am besten gefiel, nämlich Scotts „ *Breathes there a man* ", war leider dasjenige, das ihren besonderen Fähigkeiten am wenigsten entsprach. Aber man hätte sie singen hören sollen: „ *Mein Herz ist in den Highlands, mein Herz ist nicht hier* ." In ihrer Stimme lag so eine glühende Sehnsucht, so ein Wunsch, die schneebedeckten Berge und die „wild hängenden Wälder" noch einmal zu sehen und noch einmal die „laut strömenden Ströme" zu hören. Es war alles so wahr, so aufrichtig. Ich ließ sie es immer wieder singen. Sie schätzte Burns' Worte. Sie musste nur an die wunderschönen österreichischen Alpen denken, die sie so gut kannte. Aber sie verstand auch meine Wortwahl. Sie sang es so, wie ich es getan hätte, wenn ich eine Stimme gehabt und die Schwierigkeit gemeistert hätte, es zu kontrollieren. Sie sang es direkt aus meiner eigenen Seele. Noch nie gab es ein solches Verständnis, eine solche Gefühlsgemeinschaft.

Sie stand etwas rechts von mir hinter mir. Ihr Vergnügen, mein Lied zu singen, war genauso groß wie meins, ihr zuzuhören. Als sie es acht oder zehn Mal gesungen hatte, hörte ich schließlich auf. Ich war von Emotionen überwältigt.

Und plötzlich spürte ich ihre Hand, die mein Haar streichelte.

Ich zitterte. Ich spürte, wie etwas geschah, ein Hauch, sozusagen, ein Nichts. Freude und Schrecken erfüllten zugleich mein Herz. Ich blickte sie an und sah in der Dämmerung ein zärtliches Lächeln um ihre Lippen. Ich bekam Atemnot, als wäre ich zu schnell gegangen.

Ich stand auf. „Lass uns ein wenig ausgehen", sagte ich, „der Abend ist wunderbar."

Wir gingen. Doblana war in der Oper und spielte seine harte Rolle in den *Meistersingern* , die ihn bis fast Mitternacht beschäftigen würde, und wir hatten zweieinhalb Stunden vor uns. Die Straßen waren bereits leer, denn Wien ist eine Stadt, die sehr früh schlafen geht, weil jedem Einwohner, der nach zehn Uhr nach Hause kommt, eine Strafe von zwei Pennys auferlegt wird. Der Himmel war klar und der Mond sah aus wie ein runder Silberkuchen, von dem sich jemand ein winziges Stück der Kruste genommen hatte. Es waren keine Sterne zu sehen, aber als wir den Boulevard erreicht hatten, erschienen die elektrischen Lampen, die in der Ferne immer kleiner wurden, wie Sternenstaub.

Wir betraten den Stadtpark. Es war ziemlich leer und der richtige Rahmen für romantische Liebschaften. Denn ich wusste inzwischen, woraus sich unsere Kameradschaft nach und nach entwickelt hatte. Mein Herz pochte, ihres wahrscheinlich auch, und wir hatten das Gefühl, dass der Park ein Komplize der Gefühle war, die uns auf unserem Spaziergang begleiteten.

In diesem Park gibt es viele gemütliche Ecken. Und jede dieser Ecken ist mit einer Statue geschmückt. Vor Schubert machten wir halt. Warum, weiß ich nicht, denn es ist in keiner Weise bemerkenswert. Dennoch betrachteten wir es, als wäre es das Ziel unserer Pilgerreise gewesen. Wir waren wie versetzt. Wir schwiegen und blickten Schubert an, als wäre er etwas Neues und Entzückendes, als wäre er eine neue Erfindung des Herzens, hinreißend, mitreißend, geeignet, uns in eine süße Ekstase zu versetzen. Und doch war er nur ein dicker Herr in weißem Marmor, der auf einem Stuhl saß und ein herkömmliches Notenblatt in der Hand hielt.

Plötzlich begann Mitzi leise zu singen:

„Mein Herz ist in den Highlands, mein Herz ist nicht hier ..." und dann brach die Liebe hervor, die seit Monaten sehnsüchtig vor ihrer Tür gelegen und sie stumm gehegt hatte, die Liebe, meine Liebe. Ich packte sie am Hals und neigte mein Gesicht zu ihrem, berührte ihre Lippen und flüsterte:

„Ich liebe dich, Mitzi, ich liebe dich."

Ihre Augen waren geschlossen und sie erwiderte den Kuss. Ich hatte ein wunderbares Glück, denn ich hatte das Gefühl, dass ich ihr gehörte, besiegt, geschlagen von ihrem Charme. Meine Liebe war keine Eroberung, sondern eine Kapitulation – und dennoch war ich glücklich.

Und jetzt haben Sie Mitleid mit mir, mitfühlender Leser, denn ... wissen Sie, wie lange mein Glück anhalten sollte? Das Schicksal, das grausame, unaufhaltsame Schicksal, hatte mir eine Minute, eine einzige Minute, gewährt. Dann weckte mich ein teuflisches Gelächter, das aus einer versteckten Ecke im Gebüsch kam.

Von den alten Zünften Wiens existiert noch eine. Es ist das Unternehmen der Schuhmacher. Ursprünglich gegründet, um bedürftigen Mitgliedern ihrer Branche Hilfe zu leisten, erlangte die Gesellschaft durch die Zahlung großer Beträge verschiedene Monopole. In London gibt es Bootsellers, also Händler für Stiefel, die in großen Fabriken hergestellt werden. In Wien gibt es noch Schuhmacher. Da ihre Gesellschaft durch Eintrittsgelder, Bußgelder usw. etwas Geld erwirtschaftete, das sie für den Kauf von Grundstücken verwendete, wurde bekannt, dass sie aufgrund der Wertsteigerung des Eigentums enormen Reichtum angehäuft hatte. Die Schuhmacher sind immer noch in Meister, Gesellen und Lehrlinge unterteilt; und die Zunft ist so reich, dass es manchmal vorteilhafter ist, ein Schuhmacherlehrling zu sein, als ein Meister in einem anderen Beruf zu sein. So erklärt sich die Tatsache, dass man in Wien „Schuhmacherburschen" im Alter von dreißig oder vierzig Jahren herumlaufen sieht, die sehr stolz auf ihre grünen Schürzen sind.

Diese „Jungs" sind eine der vielen typischen Figuren Wiens. Sie sind die bösen Jungs dieser Stadt. Sie lassen keinen Unfug aus, wenn sie die Möglichkeit dazu sehen. Sie lassen keine freche Bemerkung ungesagt. Sie sind Wespen, und jeden Tag wird in Wien eine neue Heldentat oder ein neues *Bonmot* eines Schuhmacherjungen erzählt.

Es war so ein Junge, der aus dem Gebüsch kam und uns anlachte. Ich hätte mich auf ihn werfen und ihm die Tracht Prügel verpassen können, die er verdiente. Aber ich hielt inne, als ich ihn im Mondlicht sah.

Er war ein kleiner Mann von etwa fünfundzwanzig Jahren. Er war hinkend. Er hatte schwarze Haare, einen schwarzen Schnurrbart und einen spitzen Büschel schwarzen Barts am Kinn, und mit seinem spöttischen Gesichtsausdruck erinnerte er mich an den Franzosen, der in Salzburg Platz für ... Mitzi gemacht hatte, an den Schaffner, der mich mit ... Mitzi zusammengebracht hatte, und an den Kutscher, der mich wieder zu ... Mitzi gebracht hatte.

VIII.

Mein erster Gedanke war, sofort mit Herrn Doblana zu sprechen und ihm mitzuteilen, dass ich vorhabe, seine Tochter zu heiraten. Das erzählte ich Mitzi, als wir durch enge, dunkle Straßen nach Hause gingen, wie es sich für Diebe und Liebende gehört. Aber sie hatte Einwände. Sie war ziemlich kühl, wahrscheinlich aufgrund der Einmischung des Schuhmacherjungen dort drüben.

„Ich weiß, dass du mich liebst", sagte sie, „und das wirst du immer tun. Ich liebe dich auch, aber ich weiß noch nicht, wie ich es richtig machen soll. Ich kann dir nicht sagen, was ich fühle. Wenn du sofort mit Vater sprechen würdest, würde er entweder ja oder nein sagen, aber in beiden Fällen müsstest du sofort unser Haus verlassen. Vater ist kein Künstler, er ist ein Musikalienhändler, und er ist kleinlich wie alle Händler. Er versteht Liebe nicht so wie Künstler. Er würde nur die Unangemessenheit darin sehen, dass du noch länger bei uns bleibst. Und ich möchte nicht einsam sein. Ich möchte dich bei mir haben. Denk nur daran, dass ich gerade mein Herz gefunden habe. Liebst du mich wirklich?"

Ich wollte sie in die Arme nehmen und noch einmal küssen. Aber obwohl niemand auf der Straße war, verhinderte sie es.

„Und du wirst mich immer lieben?", fragte sie noch einmal.

„Immer, Mitzi!", sagte ich.

Und, meine Güte, ich fürchte, ein wenig davon wird *immer* noch zutreffen.

Als wir zu Hause ankamen, war Doblana noch nicht da und Fanny war zu Bett gegangen. Im Salon, wo sich Mitzi vor ein paar Stunden endgültig in mein Herz gesungen hatte, machten wir halt. Sie sah mich an, und ich öffnete meine Arme; für einen Moment legte sie ihre Wange an meine Schulter, dann nahm sie meinen Kopf zwischen ihre Hände und küsste mich. Es war sehr süß ... aber es fehlte Schubert.

Dann ging sie in ihr Zimmer und ich in meines.

Sie war es, die am nächsten Tag kam, um über *Macbeth zu sprechen* .

Lady Macbeth spiele ?"

„Ja. Haben Sie mich nicht um etwas Heldenhaftes gebeten? Ist *Lady Macbeth* nicht die Frau, die versucht, stärker als der Mann zu sein und die vor Überanstrengung zusammenbricht? Können Sie sich etwas Wunderbareres vorstellen?"

„Was soll ich mit ihr machen?", fragte sie nach einer Weile erneut. „Ich habe gestern Abend *Macbeth noch einmal* gelesen. Sie ist schrecklich. Denken Sie nur, sie sagt, dass sie ihrem Baby, während es ihr ins Gesicht lächelte, das Gehirn weggeprügelt hätte, hätte sie es geschworen. Ich weiß, dass Kunst von jeder Generation an eine neue Bedeutung bekommen kann, aber wie kann eine Frau in diesem Jahrhundert der Sehnsucht nach Frieden Worte aussprechen, die selbst in diesen Zeiten der Folter schrecklich waren?"

Ihre Frage überraschte mich und erfüllte mich mit großer Freude. Sie hatte gerade heute Nacht *Macbeth gelesen* . War das nicht ein wunderbarer Beweis ihrer Liebe? Und sie hatte es nicht nur oberflächlich gelesen. Oh, was für ein glücklicher Mensch war ich, ein solches Mädchen mein Eigen nennen zu können!

Aber ich wusste nicht, wie ich ihre Frage beantworten sollte. Ich konnte nur Folgendes sagen:

Lady Macbeth im ersten Teil zu einer schönen, biegsamen Katze und im zweiten zu einem schwachen Kind machen werde ."

„Meine Liebe", erklärte sie, „ich fürchte, das ist ein ziemlich leerer Satz und Sie sind sich überhaupt nicht sicher, was Sie aus ihr machen werden."

Ich fand, dass ihre Bemerkung berechtigt war, und ärgerte mich ein wenig über ihre Überlegenheit. Sehen Sie, ich war Komponist, und als Komponist glaubte ich, dass ich nicht so tiefgründig *nachdenken muss, wenn ich nur tiefgründig fühle* . Ich nehme an, dass die meisten Komponisten diese Meinung teilen, die möglicherweise falsch ist.

Jedenfalls bin ich sicher, dass Mitzi es vorgezogen hätte, wenn ich besser hätte denken können (selbst auf Kosten der Gefühle). Es gab zwei Mitzis. Die eine war ein sehr hübsches, charmantes Mädchen, aber wahrscheinlich etwas unbedeutend. Die andere war eine hervorragende Künstlerin, in vielerlei Hinsicht begabt. Instinktiv liebte ich letztere. Aber eine Frau zu lieben bedeutet, sie zu erobern, nicht erobert zu werden. Eine überlegene Frau will von einem überlegeneren Mann besiegt werden. Und ich hatte bereits vor dem hübschen Mädchen kapituliert. Was die Künstlerin betrifft, so hat sie mich einfach vernichtet.

(Der Leser darf nicht glauben, dass diese kriegerischen Ausdrücke das Ergebnis meiner tief verwurzelten Autorenschaft sind. Wenn ich die Sprache verwenden würde, die ich hier gelernt habe, müsste ich zunächst ein Grabenwörterbuch veröffentlichen. Nein – diese Ausdrücke sind nur das Ergebnis des Zeitungslesens.)

Zwei Tage vergingen. Dann kam Herr Bischoff zu mir und brachte, da er tausend Kronen wollte [1], eine detaillierte Skizze seines Librettos mit.

Glücklicherweise war Doblana abwesend, was es Mitzi ermöglichte, bei unserem Interview mitzuhelfen. Ich sagte Bischoff, dass es mein Wunsch sei, die Rolle der *Lady Macbeth* von Fräulein Doblana spielen zu sehen, dass dies aber vorerst ein Geheimnis für ihren Vater bleiben dürfe, der Einwände gegen eine künstlerische Laufbahn seiner Tochter habe.

Bischoff neigte den Kopf, ohne zu sagen, was er von meinem Plan hielt. Wahrscheinlich war er davon überzeugt, dass ich verrückt war, meine erste Arbeit einem Anfänger anzuvertrauen, denn das glaubten die Leute im Allgemeinen. Wie oft wurde ich in den folgenden Monaten davor gewarnt, meine Oper einem „Anfänger" anzuvertrauen! Doch wie sich herausstellte, stellte die große Schauspielerin fest, dass diese „Anfängerin" sehr gut wusste, was sie wollte.

„Ich glaube nicht, Herr Bischoff", sagte sie, „dass Ihr Libretto gut ist, und sollte es so bleiben, wie es ist, werde ich es wahrscheinlich nicht übernehmen, die Rolle der Dame zu schaffen."

"Oh!" antwortete Bischoff spöttisch: „Du warst noch nicht auf den Brettern und hast schon die Launen einer Primadonna. Du wirst deinen Weg machen!"

Macbeth ein Musikdrama zu machen, dann hat das gute Gründe. Für sich genommen ist Macbeth eine langweilige, schwerfällige Figur."

Meine Güte! Bischoffs Gesicht! – Das hättest du sehen sollen. Es hat sich gelohnt. Er hat es persönlich genommen – er hat Shakespeare übertroffen.

„Sie sind ein sehr junges Mädchen", sagte er schließlich, „um eine solche Kritik zu äußern." Und sich an mich wendend: „Als ich hierher kam, habe ich nicht mit einer Gegnerin gerechnet, mit der ich aufgrund ihres Geschlechts nicht so sprechen kann, wie ich es gern möchte. Das ist höchst unfair."

„Weder mein Geschlecht", rief Mitzi, „noch meine Jugend haben etwas mit dem zu tun, was Sie meine Kritik nennen. In diesem Moment bin ich keine Frau. Ich bin nur eine Künstlerin und als solche habe ich das Recht zu sprechen."

Ich hätte das ganze Geld, das ich in der Tasche hatte, gern dafür hergegeben, woanders sein zu können; doch gerade dieser Gedanke erinnerte mich daran, dass Bischoff Mitzis Argumentation noch ein wenig mehr ertragen würde, da am Ende ein Scheck wartete.

Doch während ich über diese Möglichkeiten nachdachte, fuhr Mitzi fort:

„Ja, Herr Bischoff, Macbeth ist ein langweiliger, schwerer Mensch. Er unternimmt nichts von sich aus. Die Hexen, die ihm seine Zukunft zeigen, beeinflussen ihn nicht."

„Aber, *Fräulein* , die Hexen sind nur ein Symbol seiner ehrgeizigen Ideen."

„Macht nichts... dann sagen wir mal, dass seine ehrgeizigen Ideen ihn nicht in die Tat umsetzen. Er muss von seiner Herrin dazu gezerrt werden. Als großer Verbrecher steht er völlig im Schatten von ihr. Nun, so ein Charakter könnte es sein Interessant in einer gesprochenen Tragödie, aber nicht in einem Musikdrama. Weiter: Macduff ist ein typischer Tenor und als solcher nie interessant. Glauben Sie, dass dieses Märchen von Birnam Wood ein modernes Publikum beeindrucken kann? "

„Sie sind also insgesamt gegen unseren Plan?"

„Nicht im Geringsten. Aber ich möchte, dass Sie eine *Lady Macbeth machen* statt eines *Macbeth* . Die Lady ist die einzig interessante Person in dem ganzen Drama. Ich möchte, dass Sie alles herausschneiden, was sie nicht direkt betrifft. Ich schlage vor, dass Sie Machen Sie die erste Szene der Prophezeiung der drei Hexen, die eine große Eröffnung darstellt. Dann muss ein erster Akt folgen, in dem die Dame Macbeth zum Mord verleitet und am Ende die Tat ausgeführt wird Sei das Bankett ..."

„Und Banquos Geist? Was wirst du mit Banquos Geist machen, wenn du, wie ich annehme, Banquo unterdrückst?"

„Es soll König Duncans Geist sein. Solange es einen Geist gibt, spielt es keine Rolle, wessen Geist es ist. Schließlich sollte der dritte Akt die Szene sein, in der die Dame im Schlaf wandelt. Danach ist das Interesse vorbei. Lassen Sie den Die Öffentlichkeit geht nach Hause. Es wird genug von dem Albtraum haben.

Sie blieb stehen und es herrschte langes Schweigen. Der Schauspieler sagte kein Wort und ich wagte nicht, mich einzumischen. Ich bin bescheiden, das habe ich Ihnen bereits berichtet. Wenn ich es nicht getan hätte, hätte ich Ihnen vielleicht gesagt, dass Mitzis Plan, der sicherlich gut war, meine Erfindung war. Aber ich bin stolz darauf, bescheiden und ehrlich zu sein.

Schließlich sagte Bischoff:

„Ich entschuldige mich, *Fräulein* , dass ich misstrauisch war. Ihr Plan ist realisierbar."

„Das ist besser, Herr Bischoff", sagte mein liebes Mädchen mit einem höchst bezaubernden und doch triumphierenden Lächeln. „Aber ich bin noch nicht fertig. Ich möchte kein bloßes Monster verkörpern. Ich bin damit einverstanden, zuerst eine Katze und danach ein krankes Kind zu sein, aber ich muss wissen, warum – ich werde mich nicht mit netten Phrasen zufrieden geben. Die Dame wird es sein." Mein Debüt, und ich möchte, dass mein Debüt ein Triumph wird. Mr. Cooper scheint nicht genau zu wissen, wie er es erklären soll.

Wenn Mitzi bis zu diesem Moment ihre Überlegenheit gezeigt hatte, war nun Bischoff an der Reihe. Was mich betrifft, ich hatte mein Lieblingsgefühl: Das des Seins ... aber warum sollte ich es wiederholen? Du weisst.

„Nur weil Ihr langweiliger und schwerer Macbeth mit meiner Theorie der Dame vereinbar ist", begann Bischoff, „kann ich Ihnen die Erklärung geben, die Sie wollen. Meiner Meinung nach war Macbeth nicht schwerfällig, sondern unentschlossen. Macht nichts, lass ihn." In jedem Fall muss die Dame eine Dampfmaschine, wenn ich diesen Ausdruck verwenden darf, vor alles stellen, was sie sagt, aber sie schaudert vor ihren schrecklichen Worten und Taten Schließe ihre Augen, um sie nicht zu sehen, um deine eigenen Worte zu zitieren, sie ist eine arme, schwache Frau, die diesen einen Mann so stark liebt, dass sie alle seine Fehler entdecken konnte Sie kann mit ihrem zitternden Körper die Unvollkommenheiten bedecken und schützen. Sie müssen nur nach ihrer Zärtlichkeit suchen, und Sie werden sie zum Beispiel mit äußerster Sanftheit finden.

„Und doch fürchte ich Deine Natur;
sie ist zu sehr von der Milch menschlicher Güte erfüllt ... Was Du Dir sehnlichst wünschst, das wünschst Du Dir heilig."

Und nur weil sie Güte, Mitleid und Frieden in ihrem Herzen fühlt, ruft sie die Geister: , *Kommt, ihr Geister, entgeschlechtet mich hier und füllt mich bis zum Rand mit der schrecklichsten Grausamkeit* .' Wiederum leidet sie, wenn sie schreit: *Dass mein scharfes Messer die Wunde nicht sieht, die es schlägt, noch dass der Himmel ,Halt, halt!'* schreit. Und wie glücklich wäre sie, wenn sie nichts von all dem gewusst hätte: , *Welches Tier war es denn, das euch dazu brachte, mir dieses Vorhaben zu verraten?* '"

„Ja", sagte Mitzi, „aber gleich danach sagt sie diese schrecklichen Worte über das Baby ..."

„Das", antwortete Bischoff, „ist Anstrengung. Das ist einer der Sätze, in denen sie die Dampfmaschine benutzt, um kräftiger zu ziehen. Das müssen Sie sagen, als schauderten Sie vor Ihren eigenen Worten, als fühlten Sie, dass es zu viel ist. Kurzum, die Frau muss immer wieder unter der Maske des Ungeheuers erscheinen, und das ist der Grund, warum ich die Dame in der Szene, in der sie ihren Mann zum Mord verleitet, wie eine schöne, biegsame Katze umschmeicheln sehe. Aber sobald die Tat vollbracht ist, zeigt sie ihre ganze Schwäche. Um den Mut nicht zu verlieren, hat sie sich zum Trinken gezwungen gefühlt. Trotzdem zuckt sie beim geringsten Geräusch zusammen.

„Hört! Ruhe!
Es war die Eule, die schrie, der verhängnisvolle Glockenmann, der dem Strengsten eine gute Nacht wünscht."

in diesen Worten! Und gesteht sie nicht, dass sie nicht imstande ist, das Verbrechen selbst zu begehen, wenn sie diese Worte sagt, die mit zitternder Liebe ausgesprochen werden müssen:

„Hätte er
im Schlaf nicht meinem Vater geähnelt, hätte ich es getan."

So muss die Rolle von Anfang bis Ende gespielt werden, Lady Macbeth als Frau, eine schwache Frau, die ihre Schwäche kennt:

„Diese Taten dürfen nicht
auf diese Weise betrachtet werden. Das würde uns verrückt machen …"

eine Frau, die am Ende unter der Belastung der Anstrengung, die sie unternommen hat, zusammenbricht. Sie müssen wie durch Zauberei Liebe und Mitleid für Lady Macbeth in den Herzen des Publikums erzeugen und dürfen niemals eine vulgäre, schreckliche Kriminelle sein, eine Gorgone, wie Schauspielerinnen die Dame im Allgemeinen verstehen oder vielmehr missverstehen."

„Das wird harte Arbeit", sagte Mitzi, „aber ich habe keine Angst. Ich will es tun."

Und sie wandte sich mir zu und fügte hinzu:

„Du solltest besser anfangen zu arbeiten."

Tatsächlich habe ich noch am selben Abend damit begonnen.

Was ist das blaueste Blau?

Es ist nicht der Himmel Italiens, es ist nicht der Saphir des Maharadschas von Baipal, es ist nicht der blaue Diamant des Königs von Siam, es ist auch nicht der blaue Enzian, der auf den Hochalpen blüht, es ist nicht Ricketts Blau, es ist nicht Preußischblau, das, nebenbei bemerkt, gerade aus der Mode ist, und es ist auch nicht das Blau einer Zwei-Pence-Briefmarke. All das sind Blautöne. Aber die Blautöne vorne, wenn es regnet, das sind die blauesten Blautöne. Und es regnet nie, ohne dass es in Strömen regnet.

Wir sitzen da, wir vier, nämlich Charlie, Guncotton, Pringle und ich.

Wir rauchen und fühlen uns elend.

„Es regnet", stellt Guncotton fest.

„Ist es das?", fragt Charlie.

„Das stimmt", antwortet Pringle, und ich beende die Serie mit einem:

"Scheißwetter!"

Es folgt Stille.

Wir schnaufen weiter und fühlen uns völlig durchnässt.

„Es beginnt nass zu werden", sage ich.

„Es ist Wasser", erklärt Guncotton.

„Sind Sie sicher, dass es kein Champagner ist?" fragt Charlie.

"Sekt!" seufzt Pringle verträumt.

Und wir verfallen wieder in Schweigsamkeit.

„Übrigens", fragt Pringle, „Sergeant, haben Sie noch diese Flasche Champagner?"

"Natürlich habe ich."

„Nun, da das offizielle Kommuniqué lauten wird, dass schlechtes Wetter die Kämpfe an der britischen Front erschwert hat, warum nicht die Flasche holen und ihr den Hals brechen?"

„Mein Freund", sagt Charlie feierlich, „ich habe einen Eid geschworen, dass ich diese Flasche nicht öffnen würde, solange ich meine Provision nicht erhalten habe!"

„Sie werden es nicht einmal öffnen, um die Genesung Ihrer Nase zu feiern?"

„Das werde ich nicht. Ich habe es nicht den langen Weg von den Dardanellen durch Ägypten und das Mittelmeer nach Frankreich gebracht, nur um meinen Eid zu vergessen, als ich meinem Ziel so nahe bin!"

Diese Flasche Champagner hat eine Geschichte. Als wir an den Dardanellen waren, hatte sich der Sergeant einen wunderbaren Unterstand gebaut, einen ziemlich geräumigen Raum, prächtig ausgestattet mit allerlei leeren Kisten. Es war ein recht gemütlicher Ort. Charlie hatte sogar einen Fuchs gefangen, das war sein Hund, und einen Eisvogel, das war sein Kanarienvogel. Als die Behausung fertig war, gaben wir eine Einweihungsparty. Wir waren zu sechst, nämlich die vier Unzertrennlichen, die Sie ja kennen, plus ein australischer und ein französischer Gast.

Das Menü war:

SUPPE.
Oxo.

Nieren.

(vom Butcher Sergeant im Austausch für ein Paar Hosenträger erhalten, die
er unbedingt haben wollte.)

VORSPEISEN.

(Während wir unsere Nieren aßen, traf der französische Gast ein. Er war spät
dran. Also aßen wir nach der Vorspeise die Hors d'œuvres, die er mitgebracht
hatte.)

Eine Dose Sardinen.

**GEBRATENES
HÄHNCHEN.**

(Dieses solide Stück, das *Meisterwerk* , war ein gebratenes Huhn, das der
australische Gast – der arme Teufel, ich darf es jetzt öffentlich machen, denn
er ist tot – dem General gestohlen hatte. Welche Aufgabe hatte der General,
Hühner zu halten?)

**Entremet.
Omelett mit Rum.**

(Die Eier wurden zum Preis von 1/- pro Stück von einem griechischen
Händler gekauft, der aus Lemnos gekommen war, sein Handwerk aber in
einem Londoner Lebensmittelladen gelernt hatte. Der Rum stammte aus
Charlies eigenen Ersparnissen für drei Wochen. Unsere Ration betrug
zweimal pro Woche ein Achtel Pint.)

**DESSERT.
Obst.**

auch von Lemnos, das war das einzig Günstige, was es dort gab.

KAFFEE.

WEINE.

Französischer Wein,
eine Flasche Whisky und eine Flasche Champagner.

Die Flasche Champagner hatte Charlie besorgt. Um sie zu bekommen, musste er eine Viertelmeile schwimmen, um ein bestimmtes Schiff zu erreichen – mit einem Sovereign im Mund. Als sich diese Sache ereignete, gab es noch so etwas wie Sovereigns auf der Welt. Der Sovereign wurde in einen Korb gelegt, der an einem Seil hinabgelassen wurde, der Korb wurde an Deck gezogen und mit einer halben Krone Wechselgeld und der Flasche Champagner wieder hinabgelassen. Auf dem Rückweg wusste Charlie nicht, ob er seine halbe Krone ausspucken oder hinunterschlucken sollte, ob er die Flasche loslassen sollte oder nicht. Denn die See war schwer. Aber irgendwie erreichte er das Ufer und landete die Flasche, die halbe Krone und sich selbst ganz sicher.

Nun, die Dinnerparty in Charlies Unterstand verlief großartig. Aber gerade in dem Moment, als wir die Flasche Champagner öffnen wollten, gab es einen Überraschungsangriff der Türken, einen regelmäßigen Alarm, einen Ruf zu den Waffen (was ich nicht erklären muss, da „Alarm" nur eine perverse Form ist). von *à l'arme* ! – zu den Waffen!).

„Macht nichts", rief Charlie, „wir trinken den Champagner ein anderes Mal, wenn ich meine Provision bekomme. Ich schwöre, ich werde diese Flasche bis dahin behalten."

Seit diesem Tag hat er sein Versprechen erfüllt. Die Flasche war das Einzige, was er mitgenommen hat, als wir die Halbinsel evakuierten.

Und jetzt, wo wir den Blues haben, weigert er sich, ihn zu öffnen. Und, mein Wort, unser Blau ist ein echtes Blau, ein konservatives Blau. Nicht das Hellblau von Cambridge, sondern das Dunkelblau von Oxford. Wir haben sogar blaues Blut in unseren Adern und nennen die Deutschen Blaubärte. Wenn wir irgendwelche Pillen nehmen würden, wären es blaue Pillen. Unsere Flagge könnte der Blaue Peter sein. Und damit dieser verdammte Regen niemals aufhört, sind wir so verunsichert, dass wir von unserem Blues reden, bis wir blau im Gesicht werden. Nicht einmal Guncotton, der sich sehr gut mit Pyrotechnik auskennt und eine Art kleine Patrone hergestellt hat, mit der er Irrlichter geschickt nachahmt, kann uns beleben. Die tägliche Vorführung von Pyrotechnik der etwas beeindruckenderen Art hat uns von diesem Vergnügen geradezu überwältigt.

Doch seit Charlie sich weigert, seine Flasche zu öffnen, träumt Pringle weiter. Schließlich stiehlt er sich davon. Wir warten fünf Minuten, zehn Minuten, eine Viertelstunde. Am Ende kommt er mit einer Muschel im Arm zurück. Es hat einen Durchmesser von etwa vier Zoll und eine Länge von etwa zwölf Zoll. Er beruhigt sich und beginnt langsam, die Sicherung herauszudrehen.

„Vorsicht", warnt Guncotton. „Diese Dinger explodieren manchmal..."

„Das ist genau das, was ich will", erklärt Pringle tragisch. „Ich möchte unserem ganzen Elend ein Ende setzen."

Dann, wenn die Patrone abgeschraubt ist, gibt er sie dem Sergeant weiter.

„Haben Sie einen Tropfen?" er fragt.

Die Schale geht rund.

„Unser Blau wird rosa", sage ich.

„Wie Lackmuspapier unter dem Einfluss einer Säure", erklärt Guncotton.

„Säure?", fragt Pringle vorwurfsvoll. „Es ist Brandy. Der beste Brandy, den es gibt."

„Französischer Brandy", sage ich.

„ *Vive la France!* ", ruft Charlie.

Wir haben einen weiteren Kampf hinter uns ... einen Tag voller Schrecken und ohrenbetäubender Explosionen. Wir haben viele Deutsche getötet und viele unserer eigenen Häuser wurden in Trauer versetzt. Ich werde nicht versuchen, diese Schlacht zu beschreiben. Sie ist vorbei, Gott sei Dank, und ich wende mich von ihren Monstrositäten meiner friedlichen Beschäftigung zu, mich an die Ereignisse vergangener Tage zu erinnern.

Ich war vollkommen glücklich, obwohl Mitzi kein überströmendes Herz hatte. Sie werden sich gut daran erinnern, dass sie am Tag unseres ersten Treffens im Eisenbahnwaggon PC 3.33 auf der gesamten Strecke von Salzburg nach Wien geheimnisvoll blieb und dass ich ihr zwar alles über mich erzählte, aber nichts erfuhr über sie. Das wiederholte sich nun mehr oder weniger. Ich lasse sie in die innersten Winkel meines Herzens blicken, und es gibt sicherlich niemanden, der dieses Organ von mir, das mein Blut, meine Gefühle, meine Gedanken zirkuliert, so vollständig kennt.

Mitzis Herz blieb für mich immer eine unbekannte Größe. Ich denke, das ist eine schlechte Angewohnheit der Frau. Papa tut immer so, als gäbe es einen Winkel im Herzen der Mutter, in den Daniel Cooper & Co., Ltd. nie vorgedrungen ist. Ich fürchte, dieser Winkel ist der wichtigste im Herzen einer Frau. Niemand erforscht es jemals, nicht einmal die Frau, der das Herz gehört. Vielleicht wagt sie es nicht.

So war es auch bei Mitzi. Sie war süß und ich bin sicher, sie liebte mich; Dennoch hielt sie ihre geheime Ecke hermetisch verschlossen. Es war nicht nötig, auf dieses Herz zu schreiben: Eindringlinge werden strafrechtlich verfolgt, denn es gab keine Möglichkeit eines Einbruchs.

Wenn ich nicht so bescheiden wäre, würde ich sagen, dass das, was sie an mir am meisten liebte, mein musikalisches Talent war. Eine solche Erfahrung machte ich am Morgen des Interviews, das zwischen ihr, Bischoff und mir stattgefunden hatte.

„Wirst du Bischoff sehen?" fragte sie, als ich zu dem gehen sollte, was wir meine Unterrichtsstunde bei Hammer nannten.

Ich antwortete, dass es nicht meine Absicht gewesen sei, sondern dass ich meine Mitarbeiterin sehen könnte, wenn sie einen besonderen Wunsch hätte.

„Das habe ich", sagte sie. „Ihre *Lady Macbeth* lässt mir kaum eine erholsame Minute. Ich habe gedacht, dass es ohne eine gewisse äußere Hilfe sehr schwierig sein wird, die schwache, weibliche Seite der Rolle in der Musik zu zeigen."

"Was meinst du damit?" Ich fragte.

„Ich meine ein paar lyrische Details, die meiner Meinung nach hinzugefügt werden müssen. Könnten die Worte."

„Ich habe gesaugt und weiß,
wie zärtlich es ist, das Baby zu lieben, das mich melkt."

könnten diese Worte nicht der Vorwand für eine Art Schlaflied sein? Und dann in der Szene, in der sie im Schlaf wandelt; da wir ganz Macduff gestrichen haben, kann die Dame nicht mehr sagen: , *Der Thane von Fife hatte eine Frau; wo ist sie jetzt?* ' Aber ich denke, das Schlaflied könnte in ihrem Traum wiederholt werden. Es wäre, wenn es zum ersten Mal kommt, nur eine Erinnerung, und wenn es zum zweiten Mal kommt, nur die Traumerinnerung an diese Erinnerung. Es müsste sehr geheimnisvoll sein und so zum allgemeinen Charakter des ganzen Dramas passen."

Mitzis Idee kann Ihnen vielleicht einen Eindruck von ihrem künstlerischen Instinkt vermitteln. Vielleicht sollte ich sie nicht künstlerisch, sondern theatralisch oder opernhaft nennen. Denn obwohl die Idee ausgezeichnet war und sich als ausgezeichnet erwies, lässt sich ihre Theatralik, ihre Künstlichkeit nicht leugnen.

Jedenfalls war ich damals begeistert davon. Ich ging zu Hammer, der mir als Begleitung für dieses noch nicht komponierte Wiegenlied eine Abfolge großer Terzen in den tiefsten Flötentönen empfahl; Ein Vorschlag, den ich, wenn auch nicht ohne größte Schwierigkeiten, in der ersten Version dieses kleinen Stücks umsetzte, während ich, als er in der Traumszene wiederkam, die Flöten durch gedämpfte Violinen ersetzte. Ich erinnere mich an dieses Detail, denn als *Lady Macbeth* aufgeführt wurde, kam Hammer nach dem ersten Akt sehr aufgeregt zu mir und protestierte, sein Rat sei schlecht gewesen und die höchsten Töne der Fagotte wären besser gewesen als die tiefsten Flöten, woraufhin ich Ich sagte ihm in meiner entschuldbaren Aufregung, dass es mir egal sei, oder, um den österreichischen Ausdruck zu verwenden, und dass das alles „Wurst für mich" sei.

Nachsichtiger Leser, seien Sie mir nicht böse, weil ich über diese beruflichen Details spreche. Nachdem ich Ihnen ausreichend gezeigt habe, dass ich kein Musiker mehr bin, darf ich mich vielleicht daran erinnern, dass ich einmal einer war.

Ich rannte zu Bischoff. Und er war so erfreut über Mitzis Vorschlag, dass er sofort die Worte dieses Schlafliedes aufschrieb. Am Nachmittag arbeitete ich mit Herrn Doblana an der Partitur seines *Aladdin* , das schnell Fortschritte machte und sich meiner Meinung nach zu einem ausgesprochen bezaubernden Ballett entwickelte.

Erst dann fand ich Zeit, das Schlaflied zu komponieren. Es ist ein seltsames, aber melodisches kleines Stück, für dessen Niederschrift ich nur eine halbe Stunde brauchte.

Als Mitzi das hörte, war sie hingerissen. Sie ließ sich in meine Arme fallen und sah mich mit liebevollen Augen an.

„Oh Patrick", sagte sie, „du wirst ein Meisterwerk für mich schreiben, nicht wahr?"

Ich habe es versprochen. Noch nie hatte ich so viel Sympathie zwischen uns gespürt.

„Ich werde mein Bestes tun, Mitzi", antwortete ich, „denn ich liebe dich, liebe dich wirklich, du bist mein besseres Ich, du bist mein guter Engel."

Sie lachte. Ja, sie lachte über meine leidenschaftlichen Worte.

„Wie feierlich Sie sind, Patrick. Wie englisch. Sie deklamieren, als wollten Sie an meine Leidenschaften appellieren."

„Mitzi, ich kann nicht anders, als dich anzubeten. Keine Frau kann sich wünschen, mehr geliebt zu werden, als ich dich liebe."

Ich fand meine Worte ganz nett und richtig. Aber sie lachte weiter.

„Ich kann jeden Mann dazu bringen, mir das zu sagen. Aber ich bezweifle, dass ich irgendjemanden dazu bringen kann, eine schöne Oper zu komponieren. Können Sie das?"

„Ist mein Schlaflied nicht nach deinem Geschmack?"

Sie schien Zweifel zu haben.

"Eine Schwalbe macht noch keinen Sommer."

Ich fühlte es wie einen bitteren Stich, als hätte sie mich verlassen. Künstler sind so sensible Pflanzen. Oh, fantasievoller Leser, stelle dir deinen Patrick Cooper als eine Mimose vor, deren Blätter gerade berührt wurden. Mein Leben schien blass, meine Aussichten trostlos, meine Hoffnungen tot. Und das alles, weil Mitzi gelacht hatte, als mein Herz glühte.

Doch währte das Phänomen der Gereiztheit in der Mimosa nur einen Augenblick, und das subtile Verhängnis, das meine Liebe ereilt hatte, währte nicht viel länger.

Jetzt, während ich das schreibe, wird mir klar, wie furchtbar schwach ich war.

Wenige Tage später, als die Opernferien begonnen hatten, reisten Doblana und Mitzi in ein Örtchen im Salzkammergut, nach St. Gilgen, unweit von Salzburg, und ich nach England, wo ich einige Wochen bei meinen Eltern verbringen sollte.

IX.

Die Mutter litt an Rheuma, und deshalb wurde Harrogate als Sommerresort gewählt. Außerdem gab es damals noch eine Mrs. Dicks, die immer mürrisch war und die ebenfalls nach Harrogate beordert worden war. Mrs. Dicks war die beste Seele, die man sich vorstellen konnte, aber eine sehr schlichte Frau. Doch als sie ein paar Jahre nach den Ereignissen, die ich hier beschreibe, starb, trauerte ihr Mann zutiefst um sie. Jedem, der es hören wollte, erklärte er, er habe die beste aller Ehefrauen und Bean die beste aller Mütter verloren.

Mrs. Cooper und Mrs. Dicks waren gute Freundinnen, was (in Form endloser Gespräche) einigen Trost für ihren erzwungenen Aufenthalt in Harrogate spendete. Denn ich kann mir nicht vorstellen, dass irgendjemand nach Harrogate gehen würde, wenn er dazu nicht verpflichtet wäre. Vielleicht lag es daran, dass ich direkt aus Wien kam, das von den schönsten Dörfern und Wäldern umgeben ist, und dass ich in der langweiligen Landschaft von Harrogate mit seiner winzigen Heide und dem fast unsichtbaren Kiefernwald nicht den geringsten Reiz finden konnte. Nach dem, was ich in Wien zu hören pflegte, kam mir die sogenannte Talgartenmusik wie eine Parodie ohne jeden Sinn für Spaß vor. Und nach dem Duft der Luft auf dem *Kahlenberg*, im *Brühl* oder auf dem *Eisernen Thor*, wohin ich Ausflüge gemacht hatte, war der Duft nach faulen Eiern der Schwefelquellen von Harrogate einfach abstoßend.

Und dann hatte ich statt Mitzi Bean. Sie war damals gerade einmal ein zwölfjähriges Kind und hatte gerade erst angefangen, ein Flapper zu werden. Im Allgemeinen war ich jungen Damen gegenüber schüchtern und habe ihre Gesellschaft gemieden. Aber ich habe Miss Violet Dicks nie für eine junge Dame gehalten. Sie war einfach Bean – und ist es immer noch.

Sie werden bemerkt haben, dass meine Bescheidenheit mich bisher daran gehindert hat, die körperlichen Vorzüge Ihres bescheidenen Dieners ausführlich zu beschreiben. Es genügt Ihnen zu wissen, dass es in Harrogate viele Damen gab, deren Beruf, um es nicht Handel zu nennen, darin bestand, jung zu sein. Damen, die ihren Blick mit allen Zeichen der Zufriedenheit auf meiner großen und offensichtlich gutaussehenden Figur ruhen ließen.

Aus Angst (ich glaube, Sie können sich meine Gefühle vorstellen) benutzte ich Bean als Schutzschild. Ich würde keinen Spaziergang ohne sie an meiner Seite machen, um mich vor einem mutmaßlichen Angriff einer der Damen zu schützen, in der ich so viele Raubvögel sah. Ich glaube, es war furchtbar gemein von mir, das Kind so zu missbrauchen. Denn als wir über die Felder schlenderten, sprach ich kaum, da ich in die geistige Arbeit an *Lady Macbeth vertieft war*, eine Anstrengung, die nie aufhörte. Doch obwohl ich sie so wenig beachtete, leuchteten die Augen des Kindes immer, und wann immer sie sprach, dürstete ihre Stimme vor Aufregung.

Einmal fragte ich sie, ob meine Schweigsamkeit sie nicht ärgere.

"Oh!" Sie antwortete: „Es ist einfach herrlich, mit dir zusammen zu sein. Ich weiß, dass du an Musik denkst. Du hörst auf deine Gedanken. Eines Tages werde ich deine Musik hören. Ich warte. Ich werde nicht ungeduldig.“

„Möchten Sie die Handlung meiner Oper erfahren?“

„Oh, es wäre einfach herrlich!“

Einfach großartig. Einfach herrlich. Das war ihre Art, sich auszudrücken.

Ich erzählte ihr die Geschichte von *Lady Macbeth* .

„Ich bin sicher“, sagte sie, als ich fertig war, „wenn du es tust, wird es sehr schön sein. Wirst du mir heute Abend dieses Schlaflied vorspielen?“

Ich erhob Einspruch, denn es gefiel mir nicht, im Hotel Klavier zu spielen, wo wir sofort von diesen beleidigenden Bekanntschaften umgeben wären, die man in Badeorten unbedingt machen muss. Aber Bean bettelte so sehr, dass ich am Ende nachgab.

Während ich spielte, wirkte sie blass und seltsam vergeistigt und beobachtete mich mit anbetenden Augen. Als ich fertig war, sagte sie nichts. Kein einziges Wort. Doch als sie kurz darauf zu Bett ging, schüttelten wir uns die Hände, und ich bemerkte, dass ihre Hände eiskalt waren.

„Gute Nacht, Kind“, sagte ich.

Sie drückte meine Hand nur etwas fester, sagte aber nichts.

Natürlich bemerkten die beiden Mütter den Vorfall, übertrieben seine Bedeutung maßlos und fanden darin Nahrung für die Hoffnungen, die in ihrer Brust brannten.

Von diesem Treibstoff war noch etwas mehr auf Lager. Denn als Bean und ich ein paar Tage später nach Knaresborough fuhren, wo ich ihr eine kleine Rudertour anbot, was wäre, wenn sie nicht hinging und das Boot kenterte, so dass aus unserer Rudertour ein Schwimmen wurde?

Sie stieß einen flehenden Schrei aus, aber im nächsten Moment hatte ich sie in meinen Armen. Sie klammerte sich ganz verzweifelt an mich, ihr schlanker kleiner Körper wurde in einem Moment vor Angst geschüttelt, im nächsten von einem Sturm des Gelächters. Die Situation war nicht ungefährlich, und die Angst in meinem Herzen ließ mich dem Kind gegenüber ziemlich zärtlich werden. Doch wir erreichten sicher das Ufer, wo sie erschöpft lag, ihre Hände mich festhielten, und murmelte:

„Oh Pat … Pat … wie mutig du bist …"

Und nach einer Weile fügte sie hinzu:

Lady Macbeth aufnehmen würdest ."

Von diesem Moment an wurde ich so sehr gefeiert, so oft als Held bezeichnet und so unaufhörlich dafür gelobt, dass ich Beans Leben gerettet hatte, dass ich die Flucht ergriff. Ich habe nicht einmal gewartet, bis die Eltern nach London zurückgekehrt sind.

Am Bahnhof drückte Bean mir ein paar Rosen in die Hand. Sie wirkte ernst, und ich spürte, wie ihre kleinen Finger zitterten.

„Du wirst sie behalten?" Sie fragte.

„Das werde ich, Kleiner."

Leser, Sie müssen sich inzwischen meines Charakters wohl bewusst sein und daher wissen, dass ich die Rosen behalten habe. Da die Blütenblätter jedoch verschwunden sind, besitze ich nur noch die Stiele. Ich denke, dieses Detail würde Sie interessieren, denn ich weiß, dass Sie alle mit Bean sympathisieren.

Ich glaube, ich sollte Ihnen auch sagen, dass ich Dad einen – wenn auch nur subtilen – Hinweis darauf gegeben hatte, worauf er sich in Bezug auf Mitzi vorbereiten musste. Dad und ich hatten nie Geheimnisse voreinander, und wir waren beide wirklich freundschaftlich miteinander verbunden. Ich gestehe, dass ich nichts von seinen Versicherungsplänen verstand, aber ich hatte nie etwas dagegen. Daher war ich ziemlich überrascht, dass er ein wenig kühl war, als ich von meiner österreichischen Liebe sprach. Er tat so, als würde ich nur von meiner zukünftigen Primadonna sprechen, nicht von meiner versprochenen Braut, und selbst ersterer gegenüber zeigte er ein gewisses Misstrauen. Wieder einmal hörte ich die alte Geschichte, dass es gefährlich sei, einem Anfänger den Erfolg meiner Oper anzuvertrauen. Natürlich vergab ich ihm, denn als Ältester war es seine Aufgabe, vorsichtig zu sein. Und außerdem kannte er Mitzi nicht.

Jedenfalls hinderte mich das Wenige, was ich über sie gesagt hatte, daran, bei Doblana zu übernachten, wie ich es zuvor getan hatte, und obwohl Mitzi Einwände erhob, musste ich dem Hornisten den Grund nennen. Ich war viel zu sehr von der englischen Idee einer langen Verlobung durchdrungen, als dass ich nicht völlig überrascht gewesen wäre, als seine erste Frage lautete: „An welchem Datum wollte ich die Ehe schließen?" Obwohl ich jedoch nur antworten konnte, dass ich noch nicht darüber nachgedacht hatte, sondern hoffte, dass Mitzi mich nicht zwingen würde, länger als ein Jahr oder achtzehn Monate zu warten, erhielt er meine Einladung, mich als seinen zukünftigen Schwiegersohn zu betrachten ziemlich gut.

Wie ich bereits angedeutet habe, schien Mitzi überhaupt nicht erfreut zu sein. Sie tat so, als hätte ich sie, indem ich so früh mit ihrem Vater sprach, der ganzen Süße unserer heimlichen Liebe beraubt. Und ich bin sicher, wir hätten uns über diesen Punkt gestritten, wenn ich mich nicht an einen Ausspruch meines lieben Vaters erinnert hätte, dass das Eheleben eine ununterbrochene Reihe von Zugeständnissen sei, und wenn ich diesen Grundsatz nicht auch auf die Zeit vor der Hochzeit angewendet hätte.

Es gab noch einen weiteren Grund für meine Nachsicht: Ein Komponist muss sein Temperament mit seiner Primadonna im Zaum halten. Allerdings war es schwieriger als man denkt, denn bei meiner Rückkehr nach Österreich fand ich Mitzi völlig ... etwas verändert vor.

Sie werden sich erinnern, dass die verstorbene Frau Doblana auf ihrem Sterbebett ihren Mann angefleht hatte, die Vergangenheit hinter sich zu lassen und sich mit dem Erzherzog Alphons Hector und seinen Kindern zu versöhnen. Bisher hatte der Hornist abgelehnt. Doch als der Moment der Aufführung seines *Aladdin* näher rückte, sagte ihm sein ausgeprägter Sinn für alles, was seine Interessen berührte, dass eine versöhnlichere Haltung ratsam wäre. Sein Aufenthalt in St. Gilgen, nicht weit von Salzburg entfernt, wurde wahrscheinlich nicht ohne Absicht gewählt, und obwohl er selbst Franz und Augusta von Heidenbrunn nicht sah, stimmte er stillschweigend zu, dass Mitzi sie ungehindert besuchen durfte.

Sie erinnern sich vielleicht, dass ich der Gräfin Augusta gegenüber ein gewisses Misstrauen hegte. Worauf dieses Misstrauen beruhte, kann ich nicht sagen. Es war reiner Instinkt. Aber mir ist immer aufgefallen, dass Mädchen, sobald sie befreundet waren, Geheimnisse hatten. Und diese Heimlichtuerei hat meiner Meinung nach einen schlechten Einfluss auf ihre Moral.

Dem Einfluss Augusta von Heidenbrunns schrieb ich es zu, dass ich Mitzi, wie gesagt, insgesamt ... etwas verändert vorfand. Dieser Ausdruck darf nicht als komisch aufgefasst werden. Sie hatte sich tatsächlich kaum verändert, aber diese kleine Veränderung wirkte sich durch und durch auf sie aus. Ich wusste immer noch wenig über Frauen, aber ich wäre, sagen wir, farbenblind gewesen, wenn ich nicht bemerkt hätte, dass etwas geschehen war.

Sie war schon immer gern ausgegangen, aber jetzt war die Zahl der Besorgungen, für die sie das Haus verlassen musste, enorm gestiegen. Ich hatte geglaubt, unsere Londoner Köchin hielte den Rekord für Ausflüge — aber Mitzi übertraf sie.

Sie war zwar immer hübsch gekleidet gewesen, achtete jetzt aber zehnmal mehr auf ihre Toilette.

Manchmal, wenn ich in die Karlsgasse kam, fand ich sie nachdenklich, um nicht zu sagen trübsinnig, ein anderes Mal aufgeregt heiter.

Als ich ihr die unvermeidliche Frage stellte: „Liebst du mich?", die jedem verlobten Paar bestimmt hundertmal am Tag gestellt wird, antwortete sie immer noch, dass sie mich liebe und wisse, dass ihre Liebe nicht gut genug sei; aber sie fügte auch hinzu, dass sie meine *Freundin sei* und dass ihre *Freundschaft* eine Säule für unser zukünftiges Glück sein sollte. Manchmal war ihre Zärtlichkeit überströmend, manchmal war sie mürrisch und unergründlich.

Einmal, nach einem weiteren erfolglosen Versuch, mein Lied „ *Breathes there a man" zu singen* , brachte ich mein Bedauern und meine Zweifel zum Ausdruck, ob sie jemals in der Lage sein würde, das auszudrücken, was ich mit diesem Lied anzudeuten versucht hatte. Daraufhin erklärte sie, ihr Gesang sei viel zu gut für mein Lied.

„Das ist völlig richtig", war meine Antwort, „aber das solltest du nicht sagen."

„Jedenfalls", erwiderte sie, „denke ich, dass ich in künstlerischen Angelegenheiten mindestens so gründlich und richtig argumentiere wie Sie; und in diesen Fragen kann man sich immer lieber auf das Urteil einer Frau verlassen. Frauen besitzen unendlich mehr Feingefühl."

„Sagen Sie, dass Ihnen dieses Lied nicht gefällt …"

„Das werde ich nie sagen, weil mir alles gefällt, was du komponierst. Aber bin ich nicht frei zu singen, was ich wähle?"

All diese frivolen Nörgeleien waren unwichtig. Ich erinnerte mich an Daniel Cooper und seine Partnerin. Es kann kein besser zusammenpassendes Paar geben als diese beiden. Ich glaube nicht, dass sie sich jemals stritten, aber es gab einen ständigen Streit über kleine, unbedeutende Details, eine kleine Fehde, gerade genug, um Monotonie zu vermeiden. Offensichtlich sollte mein Eheleben ähnlich verlaufen.

Doch kam es einmal zu so großen Meinungsverschiedenheiten zwischen Mitzi und mir, dass ich befürchtete, dies könnte den Abbruch unserer Verbindung bedeuten.

Ich hoffe, Sie haben noch eine kleine Erinnerung an das, was wir „Das Geheimnis der Griseldis-Partitur" nennen werden. Falls Sie es vergessen haben: Weder Herr Doblana noch seine Tochter hatten es vergessen. Er behandelte sie immer mit der gleichen Kälte. Ich konnte es natürlich nicht bemerken, da ich sie nie freundlicher gesehen hatte, aber Mitzi beklagte sich oft über seine Gleichgültigkeit. Und es war nur zu natürlich, dass „Das Geheimnis der Griseldis-Partitur" in unseren Gesprächen immer wieder auftauchte, da es der Ursprung unserer Liebe gewesen war.

Nun, da *Lady Macbeth* schnell Fortschritte machte, wurde es notwendig, ein Theater für die Uraufführung zu finden, und da ich nicht die geringste Erfahrung im Theatergeschäft hatte und Mr. Doblana mir versicherte, dass an der Imperial Opera genügend neue Stücke angenommen würden, um mindestens zwei Jahre damit zu füllen (unter anderem sein *Aladdin*), beschloss ich, die Dienste eines Theateragenten in Anspruch zu nehmen. Mitzi riet mir, zu Giulay zu gehen. Er hatte tatsächlich den Ruf, sehr klug zu sein. Aber das ist bei jedem Agenten der Fall. Und es war auch nicht seine Quasi-Berühmtheit, die mich dazu veranlasste, ihn aufzusuchen. Es war die Tatsache, dass ich immer noch der Meinung war, dass seine Rolle in „Das Geheimnis der Griseldis-Partitur" tiefgründiger war, als Mitzi vermutet hatte.

Ich besuchte ihn und fand ihn zu meiner Überraschung völlig sachlich. Er war immer noch hässlich und seine Stimme laut und unharmonisch, aber er erzählte in seinem Büro keine lustigen Geschichten wie früher am Runden Tisch. Dass er klug war, daran konnte nicht der geringste Zweifel bestehen, denn in kaum einer Woche hatte er den Intendanten des Stadttheaters Brünn dazu gebracht, meine Oper zu spielen. Gleichzeitig entschied er auch, dass Mitzi ihr Debüt als Lady Macbeth geben sollte. Mitzi, oder wie sie im Vertrag hieß, Amizia Dobanelli. Vier Aufführungen wurden gegenseitig zugesagt — vom Manager für die Durchführung — und von mir für die Bezahlung, falls die Einnahmen nicht ausreichen sollten.

Bitte, barmherziger Leser, verschone mich; und erkundigen Sie sich nicht nach den anderen Punkten dieses Vertrags. Es waren so viele Demütigungen. Es würde mich erröten lassen. Dennoch war es ein Vertrag, und ich gestehe, ich hätte ihn alleine nicht bekommen können.

Mein Geschäft mit Giulay war der Vorwand für viel Verkehr gewesen, und mein Wunsch, ihn besser kennenzulernen, hatte mich dazu veranlasst, ihn öfter zu sehen, als unbedingt nötig war.

Eines Tages traf ich eine alte Dame in seinem Büro. Wie Giulay trug sie viel Schmuck, wie Giulay hatte sie eine unharmonische Stimme. Und aufgrund einer Besonderheit, nämlich der außergewöhnlichen Menge widerspenstiger schwarzer Haare, die in ihrer Nase wuchsen, konnte ich auf eine gewisse Blutsverwandtschaft schließen. Tatsächlich war sie seine Mutter und schien trotz ihrer negativen Schönheit ein anständiger Typ zu sein. Giulay machte viel Aufhebens um mich und meine Oper, und das Ergebnis war eine Einladung, am darauffolgenden Sonntag mit den beiden Ungarn in deren Haus in der Maroccanergasse zum Mittagessen zu kommen. Obwohl diese Straße in einem eleganten Viertel lag, war sie alles andere als schick. Der

Hauptgrund dafür war, dass eine Seite fast auf ihrer gesamten Länge von den hässlichsten Kasernen der ganzen Stadt eingenommen war. So stimmte zumindest die negative Schönheit der beiden Giulays mit ihrer Umgebung überein. Auch das Haus, in dem sie wohnten, gehörte nicht zu den Palastbauten, von denen es in Wien so viele gibt. Es war eine bescheidene Behausung, eine dieser Behausungen, in denen man Vermögen macht und nicht ausgibt. Es gab keinen Marmorsaal, keinen Teppich im Treppenhaus, kein elektrisches Licht. Trotzdem war es sehr anständig. Im dritten Stock dieses Hauses hatten meine Gastgeber ihre Wohnung.

Als ich klingelte, kam Maurus Giulay persönlich und öffnete die Tür. Die Wohnung hatte eine karge Atmosphäre, die im Gegensatz zu ihren mit Juwelen geschmückten Bewohnern stand. Alles war anständig und ohne jeden künstlerischen Geschmack, die richtige Unterkunft für kleine Leute. Nur ein Detail fiel mir auf, nämlich dass die Wände des Salons vollständig mit Fotografien bedeckt waren. Es waren Künstler und Künstlerinnen, Autoren und Komponisten abgebildet, einige berühmt und die meisten unbekannt. Ob sich unter diesen Fotografien Tapeten befanden, konnte ich nicht sagen; wahrscheinlich war es so, aber sie waren sicher nicht abstoßend genug.

Das Essen war dürftig und gab vor, raffiniert zu sein. Wir bekamen etwa zwei Dessertlöffel Suppe in Kaffeetassen serviert, dann ein wenig Sardellenpaste auf winzigen Toaststücken als Vorspeise und einen Wittling für uns drei. Ich muss sagen, dass die alte Dame kaum etwas aß, da sie beschäftigt war, uns zwei Herren zu bedienen. Trotzdem sah es ziemlich komisch aus, dieser einsame Wittling, ebenso wie danach die zwei Drosseln für drei, begleitet von einem kleinen Salat, der mit einem harten Ei garniert war, das in Viertel geschnitten war, so dass es sogar eines zu viel war. Und dann gab es ein wenig Käse, ein wenig Butter, mit ein wenig Brot und ein wenig Obst, sehr wenig, und etwas Kaffee in Mokkatassen, nämlich kleineren Tassen als denen, die zur Suppe gedient hatten.

In der Mitte des Tisches stand auch ein Kuchen, ein ziemlich großer Kuchen, wenn Sie so wollen, und um ehrlich zu sein, hatte ich mich über die Aussicht gefreut, etwas davon zu bekommen. Ich vermute, ich hätte es ertragen. Aber es wurde keiner angeboten, und bis heute weiß ich nicht, ob es eine Attrappe oder ein echter war, und im letzteren Fall, ob es einer war, den sie von einem Jahr auf das andere für solche Feste aufbewahrt hatten, oder ob er für eine andere Party am Abend dienen sollte.

Ich darf jedoch nicht zu verleumderisch werden, denn es gab zumindest eine Sache, die ich sehr genossen habe: eine Coronas-Zigarre, die Giulay mir anbot. Es ist keine teure Zigarre, sie kostet etwa sechs Pence, aber ich empfehle sie den wenigen Engländern, die nach dem Krieg Österreich besuchen werden.

Während ich es rauchte, entschuldigte sich Frau Giulay für ihr Mittagessen und insbesondere dafür, dass sie uns bediente.

„Sehen Sie", sagte sie, „es ist überhaupt nicht leicht, gleichzeitig Köchin, Hausmädchen und Gastgeberin zu sein. Aber ich bin es gewohnt, keine Diener zu haben. Als Maurus geboren wurde, lag sein Vater im Sterben. I Ich musste sehr darum kämpfen, meinem Jungen in diesen schweren Zeiten eine gute Ausbildung zu ermöglichen, und er war mehrere Jahre lang sehr erfolgreich Da war höchste Sparsamkeit nötig, und ich kann mich nicht an den Gedanken gewöhnen, einen Diener zu haben.

Ich habe im Moment nicht über diese Geschichte nachgedacht. Ich sagte mir nur, dass man Menschen nicht nach ihrem Aussehen beurteilen dürfe und dass Frau Giulay eine würdigere Frau sei, als ich zunächst gedacht hatte.

Aber später, als ich sie verlassen hatte, dachte ich darüber nach, wie wenig Fortschritte ich durch meine Verbindung mit Giulay in der „Geheimnis der Griseldis-Partitur" gemacht hatte. Und dann kam mir plötzlich eine Idee, die mich dazu veranlasst hätte, sofort in die Karlsgasse zu gehen, wenn es nicht ein Sonntag gewesen wäre und wenn ich nicht gewusst hätte, dass die Person, die in meinem Hinweis unerwartet sehr wichtig geworden war, es nicht tun würde dort zu finden sein.

Am nächsten Morgen sah ich mich jedoch bei Doblana. Er war nicht da, da der Montagmorgen regelmäßig den Orchesterproben in der Oper gewidmet war.

Ich bat Mitzi, Fanny anzurufen und bei dem Interview, das ich mit dem Dienstmädchen führen wollte, dabei zu sein. Mitzi lachte natürlich über meine Ernsthaftigkeit, rief aber das Mädchen herbei, das wie immer lächelnd und rundlich kam.

„Fanny", begann ich, „erinnerst du dich, als wir die Affäre um *Fräuleins* Besuch in Salzburg zum ersten Mal untersuchten, dass du sagtest, du wüsstest, dass es damals einen Monat her war, seit Herr Giulay Wien auch nur für einen halben Tag verlassen hatte?"

Fanny antwortete nicht.

„Sicher erinnern Sie sich?" Ich fragte noch einmal.

„Vielleicht", sagte sie.

„Und ich wollte wissen", sagte Mitzi, „ *woher* du das wusstest?"

„Genau", sagte ich und wandte mich wieder Fanny zu, „Und was hast du geantwortet?" Ich habe nachgefragt.

Wieder schwieg das Mädchen.

„Sie sagten", fuhr ich fort, „dass Sie sich mit der Köchin von Frau Giulay angefreundet hätten."

„Das habe ich nicht", erklärte Fanny sofort.

„Wie kannst du das sagen?", rief Mitzi. „Ich erinnere mich deutlich daran."

Fanny beharrte auf ihrer Ablehnung. Ich blieb einen Moment lang eindrucksvoll still.

„Und was wäre, wenn ich das täte?", wollte der Diener schließlich wissen, der inzwischen aufgehört hatte zu lächeln.

„Oh, das ist ganz einfach", erklärte ich, „Mrs. Giulay hat keine Köchin."

"Sie hatte damals eins."

„Nein. Sie hat seit fünfunddreißig Jahren weder eine Köchin noch eine andere Bedienstete gehabt."

Fanny schien von Unbehagen geplagt, und ich fuhr fort:

„Nun, da Sie das, was Sie gesagt haben, nicht von diesem imaginären Koch gelernt haben, von wem haben Sie es dann gelernt?"

„Ich erinnere mich nicht an die ganze Angelegenheit", erwiderte sie hartnäckig.

Ich machte eine wunderschöne Handbewegung und wandte mich an Mitzi.

„Kurz bevor ich nach England ging, erfuhr ich, was Ihren Vater so sehr verärgert hatte. Ihr Besuch in Salzburg war für ein Foulspiel ausgenutzt worden; während Ihrer Abwesenheit war Ihrem Vater die *Griseldis -Partitur* gestohlen worden."

"Was?" riefen beide Frauen.

„Es ist so", fuhr ich fort. „Herr Doblana vermutet, dass es mit Unterstützung von *Fräulein* Mitzi gestohlen wurde. Dies und der Wunsch des Erzherzogs, dass kein Aufhebens gemacht werden sollte, bei dem sein Name notwendigerweise involviert wäre, haben polizeiliche Ermittlungen verhindert. Aber ich teile die Meinung von Herrn Doblana nicht." . Ich dachte und denke natürlich immer noch, dass *Fräulein* Mitzi absolut unschuldig ist, dass das Salzburger Telegramm von der Comtesse Augusta geschickt wurde ..."

"Oh!" rief Mitzi.

„Das habe ich bis gestern geglaubt. Ich entschuldige mich jetzt; mein Verdacht war offensichtlich falsch. Ich dachte auch, dass Herr Giulay aus irgendeinem unbekannten Grund die Partitur gestohlen hatte …"

"Oh!" rief Mitzi erneut aus.

Und Fanny protestierte energisch:

"Es ist nicht wahr!"

„In diesem Teil", erklärte ich, „fühle ich mich nicht in der Lage nachzugeben. Mein Beweis ist, dass Fanny versucht hat, Herrn Giulay zu beschützen, indem sie uns die Geschichte des Kochs erzählt hat, und jetzt erneut versucht, ihn zu beschützen."

"Was sonst?" fragte Fanny ironisch.

„Fanny und Giulay", schloss ich triumphierend, „handelten sich einig. Fanny stand in Giulays Diensten, war seine Komplizin. Ihr Urlaub hatte am Freitagmorgen begonnen. Sie fuhr sofort nach Salzburg, von wo aus sie das Telegramm abschickte. Es gibt eine Der Zug fährt um zehn Uhr in Wien ab und kommt um drei Uhr in Salzburg an. Das *Telegramm* wurde gerade um fünf Uhr empfangen.

"Es ist nicht wahr!" rief das Dienstmädchen erneut und brach in Tränen aus.

„Warum", fragte ich, „warum haben Sie dann die Geschichte von der Köchin erzählt? Warum haben Sie erklärt, Sie wüssten, dass Herr Giulay seit einem Monat Wien nicht einmal für einen halben Tag verlassen hat?"

Sie schniefte.

„Fanny", sagte Mitzi sanft, „du warst immer ein gutes Mädchen. Warum hast du diese Lügen erzählt?"

Fanny schnüffelte weiter. Mit der Nase, mit dem Mund, mit der ganzen Kehle. Wenn es möglich gewesen wäre, hätte sie mit den Ohren geschnüffelt. Aber es kam keine Antwort.

„Fanny", wiederholte Mitzi, „du siehst, der Schein spricht gegen dich."

Ein Anfall von Schniefen antwortete, während das Mädchen mit dem Kopf zustimmte und ihre Tränen sich verdoppelten. Wer hätte gedacht, dass sie so viel Wasser in sich hatte? [2]

„Sie müssen uns die Wahrheit sagen", beharrte Mitzi. „Sie werden verstehen, dass Sie durch Ihr Schweigen den Verdacht, der auf Ihnen liegt, nur verstärken."

Es entstand eine Pause. Und dann drehte sich Fanny plötzlich mit geballten Fäusten zu mir um, ihr nasses Gesicht war purpurn vor Wut. Sie zitterte vor Zorn.

„Was habe ich Ihnen getan", sagte sie mit einem Schrei der Verzweiflung, „dass Sie kommen und mir so Unrecht tun? Ich bin kein Dieb, und Mr. Giulay auch nicht. Er hat weder die Noten genommen, noch habe ich das Telegramm geschickt ..."

„Aber Fanny", unterbrach Mitzi.

„Nein , *Fräulein* , es hat keinen Zweck ... Sie werden nichts beweisen. Der junge Herr will die Wahrheit wissen. Also, ich werde die Wahrheit sagen: Ich bin oft mit Herrn Giulay spazieren gegangen ..."

Mitzi und ich waren angesichts dieser Enthüllung sprachlos.

"... und wir waren diese drei Tage zusammen auf dem Semmering [3] und haben uns keine Minute voneinander getrennt. Das ist alles. Und nun werdet Ihr, *Fräulein* , so gut sein und meine Aufmerksamkeit auf Euch nehmen."

Mit diesen Worten verließ Fanny das Zimmer. Und dann brach ein neuer Sturm los. Diesmal war ich das Opfer. Ich werde Ihnen nicht viele Einzelheiten erzählen. Aber Sie können sich Mitzis Gemütszustand vorstellen. Sie hatte in einer Minute durch Fannys Geständnis ein gutes Dienstmädchen verloren, das ihr sechs Jahre lang treu gedient hatte, und ihren Glauben an ihren geschätzten Freund Giulay zerstört gesehen, der eine Liebesaffäre mit einem so minderwertigen Mädchen hatte. Und das alles durch mich, ohne dass es mir auch nur gelungen wäre, eine Lösung für die Partitur von „Das Geheimnis der Griseldis" zu finden.

Ich möchte hier hinzufügen, dass Fanny ihren vornehmen Herrn über die ganze Diskussion informierte und darüber, dass ich sie und ihn verdächtigt hatte. Es wird Sie nicht überraschen zu hören, dass das Interesse des Theateragenten an mir und meiner Arbeit auf der Stelle verschwand und er keinen weiteren Schritt für mich unternahm.

Aber das ist nur eine Nebensache. Die Lawine der Vorwürfe, die auf mich niederprasselte, reichte vorerst völlig aus. Zwischen Mitzi und ihrem Detektivkomponisten kam es zu einer regelmäßigen Szene . (Denn war ich nicht Schüler beider Berufe, von denen ich nur sagen kann, dass der eine der schlechtere ist?)

Sie, die Sie so freundlich waren, diese Geständnisse zu lesen, wissen, dass ich der Komposition meiner *Lady Macbeth mein ganzes Herz gewidmet habe* , und Sie werden nur zu bald erfahren, wie es mir ergangen ist. So viel zum Komponisten. Nun zum Detektiv. Sie wissen auch, mit welcher Sorgfalt ich „Das Geheimnis der Griseldis-Partitur" recherchierte, wie geduldig ich wartete und meinen Verdacht für mich behielt, solange ich mir nicht sicher war. Wenn ich am Ende vom Schein getäuscht wurde, wenn ich einen Fehler machte, war es dann meine Schuld? Was hatte Fanny damit zu tun, mit Giulay auszugehen und Mitzi gegen den Willen ihres Vaters eine Opernkarriere einzuschlagen?

Nun, wir waren sehr beschäftigt, Mitzi sagte böse Dinge zu mir und ich versuchte, sie zu besänftigen, als wir hörten, wie sich Mr. Doblanas Schlüssel im Schloss drehte. Er kam von seiner Probe nach Hause. Dann nahmen wir das Geräusch einer kleineren Taste wahr. Er öffnete den Briefkasten. Und nach einer Minute kam er herein und fand uns in zwei gegenüberliegenden Ecken des Raumes sitzend, so weit wie möglich voneinander entfernt – Mitzi blickte mürrisch drein – ich bin demütig.

Und er? Meine Güte, was für ein säuerliches Gesicht er gemacht hat. Er ging ungefähr eine Minute lang auf und ab, und wenn wir auch nur den geringsten Wunsch gehabt hätten, zu reden, hätten wir es nicht gewagt, es zu tun, so fröhlich sah er aus.

Schließlich murmelte er noch ein paar Worte über Verrat, Respekt gegenüber den Kindern und so weiter, und nach diesen kurzen Vorbemerkungen brach der Sturm los, der dritte des Tages. Er hatte gerade einen Brief vom Direktor des Brünner Stadttheaters erhalten. Da Fräulein Doblana noch nicht volljährig war, musste ihr Vater den Vertrag unterzeichnen.

Meine Güte, er war außer sich vor Wut. Nein! Er würde dieser völligen Torheit nicht zustimmen. Er war empört, dass man ihn so getäuscht hatte.

„Habe ich nicht tausendmal meinen Wunsch geäußert, dass du nicht auf die Bühne gehst?"

„Oh", antwortete Mitzi süß, „das hast du bestimmt schon mehr als tausendmal gemacht. Aber ich habe nicht verstanden, warum."

„Ist das Beispiel Ihrer unglücklichen Tante, von La Carina, nicht genug?"

„Meine Mutter war auch Opernsängerin."

„Ich spreche nicht von deiner Mutter, ich spreche von deiner Tante."

„Und was ist mit ihr?"

„War ihr Leben nicht voller Schande?"

„Ich fühle mich nicht in der Lage, es in diesem Licht zu sehen."

„Schämte sich Deine Mutter nicht für sie? Hat sie mir nicht jahrelang die bloße Existenz Deiner Tante Kathi von La Carina verheimlicht? Wurde ich nicht täglich von Deiner Mutter betrogen, genau wie ich jetzt wieder einmal von Dir betrogen wurde? Und wozu? Ich frage Dich, wozu? Glaubst Du, dass jede Kätzin, die miauend über die Bretter läuft, einen Erzherzog findet?"

Ich dachte, es wäre für mich an der Zeit, in die Schlacht zu ziehen.

in meiner Oper *Lady Macbeth* singen ."

„Mr. Cooper", erwiderte er scharf, „Mitzi wird nichts dergleichen tun."

„Sie vergessen, dass alles mit dem Theaterdirektor abgesprochen wurde."

„Ich vergesse? Wirklich? Tue ich? Was für ein schlechtes Gedächtnis ich habe. Es ist wahr. Ich vergesse. Ich vergesse sogar, dass ich im Namen meiner Tochter konsultiert wurde. Nein, Mr. Cooper, ich kenne Mitzi besser als Sie, besser als jeder andere, und ich verbiete ihr, auf die Bühne zu gehen. Sie hat nicht die moralische Kraft ihrer Mutter. Sie ist so schwach wie ihre Tante.

Mitzi hatte uns den Rücken zugewandt und trommelte auf die Fensterscheiben. Ich bewunderte sie noch einmal – ich kann gar nicht genug betonen, wie hübsch sie auch von hinten war.

„Und, Herr Doblana, wenn ich Sie bitte, sie die *Lady Macbeth singen zu lassen* , die ich speziell für sie geschrieben habe, wenn ich Sie bitte, es zu erlauben?"

„Ich werde nein sagen. Du wärst der Erste, der es bereuen würde. Mitzi hat keine moralische Stärke. Ein Mädchen, das die Feinde ihres Vaters unterstützt."

Mitzi drehte sich scharf um.

"Vater!" protestierte sie mit heiserer Stimme: „Ich weiß, dass ich dir Respekt schulde. Aber solche Verleumdungen dürfen nicht zugelassen werden."

„Sei still, Mitzi", sagte ich sanft, „überlass mir das Reden."

Und als ich mich an Doblana wandte, erklärte ich so fest, dass ich meine eigene Stimme kaum wiedererkannte:

„Entweder geben Sie Ihr Einverständnis, dass Mitzi *Lady Macbeth singt* , oder ich werde sie innerhalb eines Monats heiraten, auch gegen Ihren Willen,

wenn es sein muss, und dann werde ich der einzige Herr sein, der darüber
entscheidet, ob sie weitermachen darf oder nicht Bühne."

Meine unerwartete Kraft hatte eine doppelte Wirkung. Doblana gab nach,
und Mitzi versöhnte sich mit mir. Ich kann sogar sagen, dass sie mich noch
nie so sehr geliebt hatte wie nach diesem dritten Gewitter. Und sie schenkte
mir freiwillig ein Foto von ihr, um das ich lange vergeblich gebeten hatte.

Während sie es noch in der Hand hielt, fragte sie mich:

„Also, wenn wir verheiratet sind, wirst du dann mein alleiniger Herr sein?"

„Ja, Mitzi."

„Werde ich Dein Eigentum sein, Dein Ding, ganz Dein?"

„Ja, Mitzi."

"Und du?"

„Gehöre ich nicht schon dir?"

Sie küsste mich. Dann nahm sie das Foto und schrieb quer darüber: „ *Mein*
Patrick, *seine* Mitzi" – „Für *meinen* Patrick, *seine* Mitzi."

Sergeant Young, der die Geschichte meiner österreichischen Liebe mit
größtem Interesse verfolgt, fragt mich:

"Hast du das Foto noch?"

"Ich habe."

„Wäre es nicht ein gutes Frontispiz für Ihr Buch, wenn es jemals gedruckt
wird?"

„Ein Frontispiz?"

Natürlich überrascht mich diese Frage sehr. Wenn ein Autor ein Buch
schreibt, selbst wenn er früher Komponist und jetzt Gefreiter ist, denkt er
nicht an so armselige Dinge wie das Frontispiz. Und dann – es ist schon
schlimm genug, einem neugierigen Leser mein Herz zu zeigen, oder wie
immer Sie dieses Organ nennen wollen ... Aber ihr Gesicht! ... Mitzis
Gesicht? ...

Sehen Sie, etwas Merkwürdiges ist geschehen. Als ich anfing, dies zu
schreiben, war ich noch Mitzis Charme ausgeliefert. Langsam habe ich das
Gefühl, mich davon zu befreien. Ich schreibe mir das ganze Abenteuer aus
dem Herzen, mit all seinen Freuden und all seinen Sorgen. Und doch kann
ich mich nicht dazu entschließen, ihre Gesichtszüge preiszugeben. Aber
wenn diese Seiten eines Tages tatsächlich gedruckt werden und Sie Mitzis

Foto als Titelbild finden – dann, lieber Leser, werden Sie wissen, dass das Schreiben meiner Geschichte mich vollkommen geheilt hat.

In der Zwischenzeit möchte der Sergeant das Foto sehen. Also gehe ich zu meiner Seesacktasche. Darin ist ein Paket. Es enthält nur drei Fotos und ... ich kann es Ihnen auch gleich erzählen, da Sie alles darüber wissen ... die Stiele jener Rosen, die Bean mir vor so langer Zeit geschenkt hat. Auf den drei Fotos sind Pa, Ma und Mitzi zu sehen. (Ich hoffe, Sie haben nicht erwartet, dass es die Herren Hammer, Doblana und Giulay sind.)

Die drei Fotos sind zunächst gut in Seidenpapier, dann in eine beträchtliche Menge kräftiges Packpapier und schließlich in ein Stück Wachstuch eingewickelt. So haben sie den Strapazen des Krieges standgehalten.

Ich zeige dem Sergeant zuerst das Gesicht von Daniel Cooper und dann das des Herrn. Er bleibt eher gleichgültig, sagt aber höflich:

"Sie scheinen nette Leute zu sein."

Die Stiele von Beans Rosen zeige ich ihm nicht.

Aber ich entdecke Mitzis Ähnlichkeit.

Charlie sieht es sich an und runzelt die Stirn. Nach einer Weile gibt er es mir zurück.

„Und?", frage ich.

Er antwortet nicht. Doch plötzlich steht er auf.

„Sie werden mich entschuldigen", sagt er.

Und er geht.

Was ist jetzt das Problem?

X.

Ich kann mir nichts so Faszinierendes im Leben eines Opernkomponisten vorstellen wie die Proben zu einem neuen Werk von ihm. Als er zum ersten Mal in Wirklichkeit die Melodien, die Harmonien, die Klangkombinationen hört, die er bis zu diesem Moment nur in seiner Fantasie gehört hatte, überkommt ihn ein tiefer Schrecken. Die positiven, tatsächlichen Leistungen der Sänger und des Orchesters sind weit entfernt von den idealen Abstraktionen, die seine Fantasie angenommen hatte. Kann es sein, dass dieses formlose Geräusch seine Partitur darstellt? Die Melodien sind kaum wiederzuerkennen, falsche Absichten der Sänger verschlechtern den musikalischen Sinn, falsche Töne schaden den Ohren des armen Komponisten. Aber nach und nach verbessert sich das Ganze. Fehler werden korrigiert, die Bedeutung musikalischer Phrasen erklärt und der Kummer des Unglücklichen verschwindet.

Ich will Ihnen nicht von der Bestürzung und Bestürzung Patrick Coopers erzählen, als ihm zu Beginn der Proben sein Meisterwerk - denn insgeheim, im tiefsten Winkel seines Herzens, betrachtete er *Lady Macbeth* als ein Meisterwerk - nicht nur unorganisiert, sondern durch und durch verdorben vorkam.

„Oh!", rief er stumm, und sein Leiden war umso schrecklicher, je leiser seine Schreie waren. „Oh, warum habe ich meiner guten Mutter nicht gehorcht? Warum habe ich nicht die ideale Laufbahn als Versicherungsmakler eingeschlagen? Warum habe ich diese schockierenden Erfahrungen nicht vorhergesehen? Es ist alles schrecklich, entsetzlich, furchtbar!"

Aber später, als sich das Aussehen zu verändern begann, als die Figuren, die ich geschaffen hatte, Gestalt annahmen, als das Heulen, die Schreie, die Schreie zu Musik wurden, als ich aufhörte zu zittern und zu zittern, je näher die Probenstunden rückten – mein Selbstvertrauen kam zurück. Ich überraschte mich sogar selbst, als ich voller Freude meine Musik hörte, und erinnere mich noch genau daran, dass ich mindestens dreimal gedacht habe:

„Patrick, mein Lieber, du bist schließlich ein großartiger Kerl. Du hättest von den ersten scheinbar hilflosen Prüfungen all dieser guten Leute nicht so sehr beeindruckt sein sollen. Wie sich alles verbessert hat! Es gibt, wenn überhaupt, nur wenige lebende Komponisten, die dazu in der Lage sind Eine solche Partitur zu konzipieren und zu schreiben und zu glauben, dass die Menge zuhören und applaudieren wird. Ist die Menge nicht gebildet genug, um meine Arbeit zu würdigen, indem ich sie vorlege? Nach dem groben Urteil der Menge wird es eine Menschenmenge sein, die zuhören und applaudieren wird. Es gibt ungefähr einhundertfünfzig Sitzplätze, die niemand einnehmen kann Die restlichen dreizehnhundertfünfzig werden bei jeder Aufführung besetzt sein, um zuzuhören und zu applaudieren, sagen wir, fünfundzwanzig Aufführungen bei jeweils dreizehnhundertfünfzig Zuschauern. ... macht?..."

Ich wusste es nie, denn ich bin schlecht in Zahlen.

Insgesamt war ich in Hochstimmung und lächelte wie Sergeant Young vor einer Schlacht. Ich weiß übrigens nicht, was mit Sergeant Young passiert ist. Seit neulich, als er mich so abrupt verließ, wirkte er mürrisch. Es tut mir weh, denn er ist mein besonderer Kumpel. Und bis auf das, was zum Weitermachen nötig ist, sagt er kein einziges Wort zu mir.

Aber ich darf mich nicht ablenken lassen; Ich sprach nicht von Sergeant Young, sondern von mir selbst und meiner Hochstimmung. Dennoch dürfen Sie nicht glauben, dass ich glücklich war. Ich habe schon gesagt, dass ich erst bei unserem Auftritt vor Schubert rundum glücklich war. Dieses Gefühl vollkommener Glückseligkeit kam nie wieder zurück. Und jetzt, während der Proben von *Lady Macbeth,* wurde ich von diesem „grünäugigen Monster, das sich über das Fleisch lustig macht, von dem es sich ernährt" gebissen: Eifersucht.

Othello zitiere, kann ich genauso gut sagen, dass der Cassio in meinem Fall der hübsche Leutnant Franz von Heidenbrunn war. Ich nehme an, Sie haben es schon vor langer Zeit kommen sehen, und ich muss nur aufzeichnen, wie das grünäugige Monster geschlüpft ist. Für mich war weder Jago noch ein Taschentuch erforderlich.

Das Regiment, in dem der hübsche Offizier seinen hohen Rang innehatte, war von Salzburg nach Brünn verlegt worden. Das war ein Zufall, und Sie werden einen für mich sehr unglücklichen Zufall sehen.

Jeden Morgen, wenn eine Probe war, bin ich mit dem Acht-Uhr-Zug von Wien nach Brünn gefahren, die Fahrt dauerte etwas mehr als eine Stunde. Ich traf Mitzi immer am Wiener Nordbahnhof und wir reisten zusammen, was diese Stunde ebenso kurz wie entzückend machte. Die Proben beginnen in Österreich wie in Deutschland um zehn Uhr und dauern drei bis vier Stunden. Anschließend aßen wir zu Mittag und kehrten dann mit einem der zahlreichen Nachmittagszüge nach Wien zurück.

Vielleicht fragen Sie sich, warum ich mein Quartier nicht lieber ganz in Brünn bezogen habe. Nun, da wäre zunächst die doppelte Reise, die ich verloren hätte, und die immer angenehme Gesellschaft meiner *Verlobten* . Und an zweiter Stelle stand Brünn.

Diese Stadt rühmt sich, das österreichische Birmingham zu sein. Ich werde die Gefühle meiner Birmingham-Leser nicht verletzen, von denen einige ihre große und geschäftige Stadt als einen schönen und charmanten Ort empfinden. Wenn ich ihren Geschmack nicht ganz teile, spielt das keine Rolle. Aber Brünn! Brünn hat einen Einwohner gegenüber zehn in Birmingham! Brünn mit seinen breiten und leeren Straßen in der Neustadt und mit seinen engen und verwinkelten Gassen in der Altstadt! Brünn mit seinem einzig schönen Gebäude: der jüdischen Synagoge und seiner einzigen Kuriosität: der Irrenanstalt! Brünn mit seiner Bevölkerung von Fabrikanten – zweifellos höchst würdige Leute, die sich aber nur für Knöpfe, Haken und Ösen, Stecknadeln, Stahlnadeln, Baumwollspinnerei und andere Arten der Technik interessierten – war für mich kein Ort, an dem ich mich im Geringsten vergnügen konnte .

Auch Franz von Heidenbrunn und seiner Schwester Augusta ging es nicht besser. Beide langweilten sich umso mehr, da die strengen Militärvorschriften es dem Leutnant nicht erlaubten, auch nur gelegentlich einen Abend in Wien zu verbringen. Man kann sich leicht vorstellen, wie sehr sie sich freuten, Mitzi mehrmals in der Woche zu treffen. Ich möchte nur sagen, dass, wenn Mitzi und ich im Grand Hotel, das ganz in der Nähe des Theaters liegt, zu Mittag aßen, normalerweise für vier Personen gedeckt wurde. Natürlich wurde mir immer die Gräfin Augusta zugeteilt, die sich als ziemlich unbedeutendes Mädchen erwies, an deren Seite ich unergründlich ruhig blieb, während Mitzi die verrückte und, lassen Sie es mich sagen, alberne Unterhaltung ihres Partners zu genießen schien, was, wie ich glaube, ein Privileg der meisten Leutnants in Österreich ist. Ich habe jetzt eine Idee, dass die Gespräche auch unter dem Tisch geführt wurden – wozu halten wir beim Essen unsere Füße? –, aber ich war von Daniel Cooper & Co. zu gut erzogen, um die Unterwelt zu erforschen.

Langsam gelangte das Gift in mein Blut. „Kleinigkeiten, leicht wie Luft, sind für die eifersüchtige Bestätigung stark." Und bald brannte ich wie in „den Schwefelminen". (Wie gut von Shakespeare, dass er mir alle Begriffe zur Verfügung gestellt hat, die ich brauche, um meine Gefühle zu beschreiben.)

Verlobte gewesen , hätte ich der Sache wahrscheinlich schnell ein Ende gesetzt. Aber sie war auch meine *Lady Macbeth* in Ausbildung, und das durfte ich keinen Augenblick vergessen. So musste ich meine heimlichen Leiden ertragen. Außerdem muss ich sagen, dass Mitzi nie so lieb zu mir war wie in diesen Tagen. Voller Hoffnung und Zuversicht tröstete und munterte sie mich immer auf, wenn ich entmutigt war, was mehr als einmal vorkam. Der arme Doblana, der seinerseits mit den Proben für *Aladdin beschäftigt war* , bekam von ihr keinen solchen Trost, wenn er niedergeschlagen war, wie es, da bin ich mir sicher, den meisten Komponisten jeden zweiten Tag ergeht.

Unsere jeweiligen Werke sollten fast gleichzeitig aufgeführt werden, *Aladdin* nur etwa zehn Tage nach *Lady Macbeth* .

Endlich war der Morgen des großen Tages da. Ich muss Ihnen einen sehr falschen Eindruck von Daniel Cooper vermittelt haben, wenn Sie nicht wissen, dass er am Tag zuvor mit Mater angekommen war. Sie waren sehr zufrieden mit Mitzi, obwohl kein Wort über unsere Verlobung verloren wurde. Und Daniel Cooper war sehr amüsiert, als Doblana ihn den „großen Mr. Cooper" nannte. Erst bei dieser Gelegenheit erfuhr ich, dass der gute Hornist, der nur wenig wusste, außer was zu Hörnern und Balletten gehörte, und Versicherung und Kooperation verwechselte, als ich ihm zum ersten Mal von dem Beruf meines Vaters erzählte, dachte, Daniel Cooper sei der Begründer der Genossenschaften.

Was Dad an diesem denkwürdigen Abend ausgab, muss ein besonderer Historiker schildern. Ich spreche nicht von seinen unzähligen Trinkgeldern oder von einem Blumenkorb, der vom ersten Wiener Floristen in einem eigens gemieteten Lastwagen nach Brünn transportiert werden musste. Ich spreche von so unerwarteten Dingen wie zum Beispiel einem prächtigen Diamantenset, das er meiner Mutter zur Erinnerung an meinen bevorstehenden Triumph schenkte. Es versteht sich von selbst, dass meine Mutter auf seine besondere Bestellung hin wie eine Königin gekleidet war und dass Dad selbst einen neuen Anzug trug; einen alten hätte er nie für würdig befunden, Patrick Coopers Musik zu hören.

Das Haus war nicht sehr voll. Außer den hundertfünfzig Plätzen, die ich für zu schlecht befunden hatte, waren noch etwa dreihundert unbesetzt, was meine noch nicht vollen Berechnungen völlig über den Haufen warf. Es ist jedoch bekannt, daß in deutschen und österreichischen Provinzstädten Premieren nicht gut besucht sind, da das Publikum eher mißtrauisch ist. Aber alle meine Freunde von der Tafelrunde und andere Bekannte waren da und haben ihre *Arbeit* gut gemacht. Da war erst – Ehre, wem Ehre gebührt – der *Herr Graf* , dann der alte Hammer, dessentwegen ich mir einen besonderen Plan hatte einfallen lassen, um ihn dazu zu bringen, eine Bahnfahrkarte anzunehmen, denn sonst hätte er nicht kommen können, ohne sich selbst große Entbehrungen aufzuerlegen, Doktor Bernheim und sogar Giulay mit seiner Mutter. Doblana hatte sich natürlich frei gemacht, um sich zu vergewissern, ob Fräulein Amizia Dobanelli wirklich die Kätzin war, die miauend über die Bühne ging. Und er mußte sich getäuscht haben, wenn er so etwas erwartet hatte, denn ihr Triumph war beispiellos.

Es waren viele Theaterintendanten, angefangen bei der Wiener Staatsoper abwärts, eingeladen, aber nur einer, nämlich der des Grazer Stadttheaters, war gekommen.

Der Auftritt war gut, wie Auftritte in Deutschland und noch mehr in Österreich im Allgemeinen sind. Ich scheue mich nicht zu sagen, dass ein drittklassiges Theater, wie zum Beispiel das von Brünn, sich trotz aller Stars für die meisten unserer konventionellen Gesellschaftsaufführungen im Royal Theatre Covent Garden schämen würde. Verwirren Sie die Sterne, die niemals zu einer vollständigen, harmonischen Einigung gebracht werden können, die ihre Rollen jeder für sich selbst singen und keinen Moment über das Werk und seine Bedeutung nachdenken.

Aus dem, was ich bereits erzählt habe, haben Sie vielleicht erraten, wie sehr ein solch harmonisches Zusammenspiel in meiner *Lady Macbeth* notwendig war. Es war keine laute Oper, und ich konnte davon ausgehen, dass die Kritiker mir keine zu laute Orchestrierung vorwerfen würden. Tatsächlich fanden es jene Herren, die nie zufrieden sind, zu leise. Sie verstanden nicht, dass diese Sanftheit für die allgemeine Atmosphäre meiner Oper erforderlich war.

Die größte Schwierigkeit bestand mit dem Bariton Hetmann, der *Macbeth sang* . Ich hatte große Mühe, ihm zu erklären, warum er den ganzen Abend über nie seine volle Stimme sprechen durfte.

Macbeth darf nicht gleich zu Beginn als Verbrecher erscheinen. Er ist zunächst einmal ein mutiger und ehrlicher Mann. Aber er ist ein Träumer. „*Sehen Sie, wie begeistert unser Partner ist* ", sagt Banquo. Er ist ein Träumer, der gegen das Bild seiner Fantasie ankämpft. Fast alles, was er sagt, ist beiseite. Seine Zurückhaltung, seine Schweigsamkeit sind schrecklich. Was auch immer er spricht, muss gegen seinen eigenen Willen ausgesprochen werden. Um eine sehr tragische Wirkung zu erzielen, ließ Berlioz einst eine Trommel mit einem Tuch bedecken. Macbeth muss mit einer Stimme gesprochen werden, die dem Klang einer solchen Trommel ähnelt. Auch in der Bankettszene mit dem Geist darf er nicht laut reden, wo er im Gegenteil völlig betäubt werden sollte. Er ist nicht ohne Gefühle, er spricht herzlich von König Duncan und er liebt seine Frau, obwohl er weiß, wie sehr er sie braucht.

Diese Aufführung von *Lady Macbeth* war für mich und, glaube ich, auch für einige der Zuschauer ein Vorgeschmack auf neue Zeiten in der Opernkunst. Es war ein einzigartiger, unaufhörlicher Horror für das Publikum, solange die furchteinflößende Partitur währte – und es wurde zum attraktivsten Skandal für alle Menschen, die in der Kunst nichts anderes suchen als die Gemeinheit, die sie im Alltag finden.

Meine Oper ist nur kurz, die Aufführung dauert zwei Stunden. Daher bestand nirgendwo die Notwendigkeit, das Uhrwerk zu betätigen. Bischoff, der es inszeniert hatte, hatte die wunderbarsten Effekte erzielt. Die Sänger schienen den Albtraum zu durchleben, an dem sie beteiligt waren. Eine Szene nach der anderen schien vor Angst und Schrecken zu beben. Bischoff verstand es, mit kleinen Mitteln die größte Wirkung zu erzielen. So werde ich nie vergessen, dass am Tatort eine Art kleine Lampe brannte. Die zitternde Flamme, bald rötlicher, bald bläulicher, loderte ununterbrochen. Genau in dem Moment, in dem der Mord stattfinden sollte, löschte in den Kulissen ein plötzlicher Sturm das Licht fast aus, und für ein paar Sekunden wurde alles dunkel; doch im nächsten Augenblick schien die Flamme größer, rötlicher denn je und rußiger. Es war schrecklich.

Der Prolog, nämlich die Szene mit den Hexen und die, in der Macbeth den Titel des Thane von Cawdor gewinnt, verlief gut. Danach, während die Kulisse für den ersten Akt, Macbeths Schloss in Inverness, aufgebaut wurde, spielte das Orchester meine Paraphrase des „Pibroch o' Donuil Dhu", den einzigen kraftvollen und energischen Teil meiner Partitur. Dann begann das eigentliche Stück, denn erst dann erschien Lady Macbeth.

Was immer ich über sie sagen mag, wird ihrer unvergleichlichen Leistung nicht gerecht. Niemand hätte dieser Lady Macbeth widerstehen können. Selbst wenn sie einen Vorwurf machen musste, tat sie es zitternd vor Liebe. Und wie Bischoff und ich es ihr beigebracht hatten, schien sie vor ihren harten, furchtbaren Worten zu schaudern.

Sie schien nie zu singen, sondern zu flüstern und mit den Mitteln der süßesten Verführung zu inspirieren. Sie drehte ihren Macbeth um, umarmte ihn, klammerte sich an ihn, so dass sie manchmal nur ein Wesen mit zwei Seelen zu sein schienen. Wie sie all die Abscheulichkeit und Grausamkeit ihrer Rolle besang – wie sie das Blut ihrer Worte mit süßesten Versprechen parfümierte! Sie war, was wir von ihr verlangt hatten – mehr ein verwöhntes Kind, das töricht nach Bösem verlangt, als ein herzloser Verbrecher.

Nach diesem Auftritt gab es etwas Applaus, aber das Publikum schien beeindruckt, so intensiv war der Eindruck. Als ich zur Bühne eilte, traf ich Papa.

"Oh, mein Junge!", sagte er und drückte mir beide Hände so fest, dass ich dachte, er würde sie brechen. Seine Augen glänzten und ich hätte schwören können, dass Tränen darin waren. Dieses "Oh, mein Junge!" ist die einzige schöne Erinnerung, die ich an diesen Abend habe.

Im nächsten Moment stand ich an der Tür von Mitzis Umkleidekabine. Ich klopfte.

"Wer ist es?" fragte eine Stimme, nicht die von Mitzi, sondern die einer Frau, die ich nicht kannte.

Ich habe meinen Namen angegeben. Drinnen war ein Flüstern zu hören, das ich durch die Tür undeutlich wahrnehmen konnte, und dann kam eine Frau heraus und öffnete die Tür so weit, dass ich nicht einmal hineinsehen konnte.

„ *Fräulein* bedauert“, sagte die Frau, als wäre ich nur eine Fremde, „sie kann Sie jetzt nicht sehen.“

Man ist vor allem der Sohn seines Landes. Ich wage zu behaupten, dass kein Engländer anders gehandelt hätte als ich. Ich verneigte mich vor der anziehenden Frau, als wäre sie eine edle Dame, und ging auf die Bühne.

Dort traf ich den Intendanten des Theaters im Gespräch mit seinem Grazer Kollegen. Beide gratulierten mir, und der Intendant des Grazer Theaters beklagte sich über die Kälte des Publikums.

„Solch frostige Menschen werden Sie im Süden, in Graz, nicht finden“, sagte er mir, „denn wenn Sie bereit sind, mir Ihre Oper zu den gleichen Konditionen wie hier zu überlassen, werde ich sie innerhalb von zwei Monaten spielen.“ . Ich würde mich freuen, wenn ich Miss Dobanelli für die Rolle der Dame gewinnen könnte.

Du kannst dir vorstellen, wie sehr ich mich darüber gefreut habe und wie herzlich ich ihm für seine Ermutigung gedankt habe. Da der Zwischenakt jedoch fast zu Ende war, mussten wir die Bühne verlassen.

Mein Weg zurück zum Publikum führte mich an Mitzis Umkleidekabine vorbei. Gerade als ich vorbeiging, öffnete sich die Tür und ... Franz von Heidenbrunn kam heraus. Ich dachte, mein Herz würde stehen bleiben. So hatte Mitzi ihn empfangen, während ihre Tür für mich verschlossen blieb. Ich ging weiter wie im Traum.

Vor der Tür seiner Loge fand ich Papa und Mama.

„Was ist passiert?“, fragte mein alter Daniel Cooper & Co. „Warum bist du so blass?“

Ich wollte ihm die Freude nicht verderben.

„Ich bin wohl ein bisschen aufgeregt“, antwortete ich. „Und der Intendant des Grazer Theaters hat gerade die Oper angenommen.“

„Das ist großartig!“, rief Papa.

„Zahlt er gut?“, fragte die Mutter.

„Das ist Sache des Jungen“, brummelte Daniel Cooper und wandte sich ihr zu. „Kümmern Sie sich um Ihren eigenen Kram.“

Eine Glocke läutete und mein Vater und meine Mutter gingen in ihre Loge, während ich zu meinem Platz zurückeilte.

Während des gesamten Banketts konnte ich meine Sinne nicht wiedererlangen. Was sollte ich mit Mitzi machen? Ich konnte den Vorfall unmöglich ignorieren. Ich fragte mich, ob sie nicht zu sehr eine Künstlerin sei, um eine Ehefrau zu sein. Was wäre, wenn Frivolität in der dramatischen Kunst unvermeidlich wäre, der körperlichsten und schwierigsten von allen, aber der einzigen, in der die Frau zum höchsten Genie heranwachsen könnte?

Diese Zweifel haben mir den zweiten Akt verdorben. Dennoch sah ich, wie liebevoll sie Macbeths Stirn streichelte, wie eine Krankenschwester, die die brennende Stirn eines kranken Mannes kühlte. Ich sah auch, wie sie den Geist anlächelte, wie sie ihn verspottete, und ich hörte, wie sie die Worte sang: „ *Was, ganz unbemannt in der Torheit?* " und danach: „ *Pfui, aus Schande!* " genau so, wie ich es gelehrt hatte sie, langsam, sanft und eher wie eine Warnung als wie ein Vorwurf.

Nach dem zweiten Akt gab es noch weniger Applaus als nach dem ersten. Trotzdem kam Doktor Bernheim, den Sie als vernünftigen, besonnenen Mann kennen, und gratulierte mir herzlich.

"In diesem konkreten Fall", sagte er, "kann der Erfolg nicht am Applaus gemessen werden. Das Publikum ist viel zu bewegt, um laut zu applaudieren. Es hat instinktiv Angst, die Atmosphäre zu zerstören."

Nach diesem Auftritt bin ich nicht mehr auf die Bühne gegangen. Ich hatte Angst, Mitzi zu begegnen und ein Wort zu viel zu sagen.

Der letzte Akt begann, und bald kam es zur berühmten Schlafwandelszene. Noch nie zuvor war der Untergang eines armen, überbelasteten Herzens so dargestellt worden.

Sie kam.

Sofort fiel mir auf, dass sie nicht so gekleidet war wie am Tag zuvor bei der Generalprobe, als sie ein langes Nachthemd getragen hatte. Sie kam wie ein Kind, mit nackten Füßen und nackten Beinen — gerade damals herrschte der Wahnsinn der Tänzer, die so auftraten —, stolperte voller Angst ... nicht im Nachthemd, sondern in einem Hemd ... und sah gequält, betrogen, gebrochen aus, wie ein Kind, das in einem Kampf besiegt wurde, der zu viel für sie war.

Und mit einer Stimme, die sanfter, weicher und lieblicher war als alles, was ich je gehört hatte, begann sie. Süß wie das Singen einer Brise vibrierte ihre Stimme durch das lautlose, zitternde Publikum.

" *Doch hier ist ein Fleck.* "

Wie weinte sie nach den Worten: „ *Wer hätte gedacht, dass der alte Mann so viel Blut in sich hatte?* "

Und später: „ *Alle Düfte Arabiens werden diese kleine Hand nicht versüßen. Oh, oh, oh!* " Wie sie diese drei Ohs jammerte! Das Publikum hatte Mitleid mit ihr. Und wie hilflos sie aussah, mit ihren armen, nackten Beinen, in ihrem armen Hemd ...

Ins Bett – ins Bett "gesagt hatte, folgte ein musikalisches Nachspiel, in dem ich noch einmal alle Motive der Oper wiederholte, einschließlich des Schlafliedes. Mitzi sollte sich langsam umdrehen und dort mit ihrer Kerze bleiben – sie zeigte dem Publikum den Rücken und ging von Zeit zu Zeit nur einen Schritt vorwärts.

Sie hatte es mit einem langen, fließenden Nachthemd geprobt; und jetzt stand sie da in diesem kurzen Hemd. Das hatte sie gewagt! Und zu meinem Entsetzen sah ich, dass es transparent war, sehr transparent, gleichmäßig und eng, und dass es die Konturen von ... abzeichnete.

So, ich bin wieder einmal in Schwierigkeiten. Sie, keuscher Leser, der mich durch diese Seiten begleitet hat, haben sicherlich bemerkt, wie ich zu verschiedenen Zeiten darum gekämpft habe, den richtigen Ausdruck für ... zu finden. Sie wissen, was ich meine. Und diesmal fühle ich mich wirklich unbehaglich, denn ich bin an einem wichtigen Punkt angelangt. Ich muss einen Namen für dieses schöne „ *es* " *finden* , das mich vom ersten Augenblick an verführt hatte, als ich es sah, denn *es* war hübsch, so hübsch, ganz bezaubernd.

Ach, Barrie! Du, der du den bezaubernden Namen „Little Mary" für etwas erfunden hast, das ebenso schwer zu taufen war, hilf mir ... hilf mir, einen Namen dafür zu finden ... für diesen Liebling ... für diesen doppelten Liebling!

Doppelter Liebling?

Barrie! Stammt diese Idee von dir?

Ich werde es Double Darling nennen, aber da ich schüchtern bin, werde ich nur DD schreiben

Nun, ich habe erklärt, dass ich entsetzt war. Das ist, wie ich gestehen muss, eine Lüge. Ich habe überhaupt kein Entsetzen empfunden, im Gegenteil. Die Wahrheit ist, dass der attraktive Anblick mich meine Wut und meine Niedergeschlagenheit vergessen ließ. Sie sah faszinierend aus, und das böse Ding wusste es. Sie wusste, dass sie bezaubernd war, und war sicher, dass sie nichts riskierte, indem sie ihrer DD zeigte

Und sie scheiterte nicht an ihrem kühnen Vorhaben. Als sie etwa eine Minute später im Hintergrund verschwand und gleichzeitig der Vorhang langsam geschlossen wurde, brach ein Beifallssturm los, wie ich ihn mir nie hätte vorstellen können.

Immer wieder musste sich Mitzi vor dem Publikum verneigen, obwohl sie es etwas enttäuschte, indem sie in einem leichten Morgenmantel versteckt erschien. Aber die ausgelassenen Leute hatten ihre Sensation, sie applaudierten und schrien, und es erreichte einen wahren Krampf, als Papas riesiger Blumenkorb auf die Bühne getragen wurde.

Aber je lauter der Lärm war, desto klarer wurde mir, dass nichts davon für mich, für meine Arbeit, gedacht war. Es war nicht *Lady Macbeth*, über die sich das Publikum freute, es war Mitzis DD

Ich hörte die Leute reden. Es gab kein einziges Wort für das Elend von Lady Macbeth, ihre Seufzer, ihre Kämpfe und ihr Elend. Die Menge wird niemals die Erhabenheit des Leidens erkennen. Nein, sie sprachen von La Dobanelli ... La Dobanelli in ihrem kleinen Hemd. Der DD war ein Ereignis gewesen.

Und das Gleiche geschah auch bei den nächsten Aufführungen. Nur, dass das Publikum am ersten Abend vor Schrecken gezittert hatte, und dass es in den folgenden Tagen vor Sensation ... oder vor Täuschung gezittert hatte, denn viele Menschen verließen das Theater mit Worten des Bedauerns:

„Oh – so böse war es gar nicht!"

Die Snobs der Stadt verliebten sich reihenweise in La Dobanelli. Einer von jedem Dutzend war beeindruckt von der Sanftheit ihrer Stimme, von ihrem erhabenen Schauspiel, von ihrer Fähigkeit, selbst im Kriminalfall liebenswert zu bleiben – die anderen elf waren in den DD verliebt

Als wir uns alle eine halbe Stunde nach Ende der Vorstellung im Grand Hotel trafen, herrschte jedenfalls große Freude in der Luft. Papa bot meinen Freunden zu Ehren meines ersten Abends ein hervorragendes Abendessen an – und sie waren bestimmt alle anwesend.

Ich fragte Mater, wie ihr meine Oper gefallen habe.

„Oh, es ist sehr hübsch", sagte sie. „Das Schlaflied gefällt mir sehr gut."

Und das war alles.

Vater hingegen war überschäumend vor Begeisterung. Diese beiden waren immer der gleichen Meinung, hatten nie die gleiche Meinung zu irgendetwas. Doch in einem Punkt schienen sie sich einig zu sein ... vielleicht, weil dazu kein einziges Wort fiel. Aber ihre Augen schienen mich schweigend anzuflehen:

„Du wirst diese Frau nicht heiraten, Pat!"

Ich fühlte mich sehr unwohl. Aber ich bin ein Sport. Ich habe das alles auf eine anständige Art und Weise ertragen. Dennoch dankte ich Gott, als der Moment für die Eltern kam, zu gehen. Aus geschäftlichen Gründen hatte Papa nur wenige Tage Urlaub gehabt, und noch am selben Abend kehrten sie über Dresden und Köln nach England zurück.

Es war eine glückliche Notwendigkeit, denn so entgingen sie der Kritik am nächsten Morgen.

Ich werde es Ihnen auf das mildeste verraten:

„Die beiden Shakespeareschen Raubvögel wurden uns gestern als Gericht serviert, das weder Fisch noch Fleisch war, zubereitet von unserem großen Schauspieler Mr. Bischoff, und dazu gab es eine *Sauce Anglaise,* zubereitet in einer Worcestershire-Manufaktur (oder ist es eine Yorkshire-Manufaktur?) von einem gewissen Patrick Cooper, der – leider – nichts mit Fennimore gemeinsam hat. Aber er hat einen reichen Vater, einen Londoner Ladenbesitzer in der City, und eine Mutter, die gestern ihre Abstammung aus einer Juweliersfamilie bekannt gab.

„Über die unbedeutende Coopersche Musik gibt es nicht viel zu sagen, außer vielleicht, dass kein anderer lebender Komponist eine solche Partitur konzipiert und geschrieben hätte. Was das Libretto betrifft, so ist es der Fehler eines intelligenten Mannes, der das Thema nicht aus der dramatischen Sicht des unsterblichen Dichters, sondern kurzsichtig aus der des Schauspielers behandelt hat. Herr Bischoff vergaß nur, dass Shakespeare schließlich auch jemand war.

„Herr Hetmann war ein blasser, stimmloser Macbeth, und ohne die Debütantin des Abends, Miss Amizia Dobanelli, wäre der Auftritt ein totales Fiasko gewesen. Sie spielte und sang die Lady sowohl mit Charme als auch mit Energie." Aber wir denken, dass eine Rolle als *La Belle Hélène* besser zu ihrem besonderen Talent passen würde als die der ehrgeizigen Lady."

Ist es nicht ein Segen, dass Papa ein Engländer ist, der so gründlich englisch erzogen wurde, dass er keine Fremdsprache beherrscht? Gesegnet sind diejenigen, denen es an Bildung mangelt, denn ihnen gehört das Reich der Unwissenheit.

XI.

So überraschend es für Sie auch erscheinen mag, ich hatte am nächsten Tag den Mut, den Stier bei den Hörnern zu packen und Mitzi nach Franz von Heidenbrunn zu fragen. Sie lachte nur.

„Meine Liebe", sagte sie, „erstens bin ich deine Verlobte und muss als solche sehr vorsichtig mit dir sein. Zweitens ist Franz mein Cousin und wir kennen uns schon so viele Jahre, dass wir wie Bruder und Schwester sind. Und schließlich hast du in einem ungünstigen Moment an meine Tür geklopft, als ich mich umzog. Du wolltest doch nicht, dass ich mich dir in Unterwäsche zeige, oder? Während Franz drei Minuten später kam, als ich wieder angezogen war."

Gehen Sie hin und streiten Sie mit einer Frau, wenn Sie können. Ich konnte nicht. Ich kam mir einfach albern vor. Und ich glaube, ich sah auch so aus. Denn sie kam näher und streichelte sanft meine Wange.

„Verzieh kein Gesicht, Liebes", sagte sie. „Ich verstehe durchaus, dass du dich nach der Zeitungslektüre elend fühlst, aber mach dir nichts daraus, das wird nachlassen …"

„Ich weiß, Mitzi", antwortete ich kleinlaut, „ich kann nicht beides haben und eine Oper schreiben, die uns beiden und auch den Kritikern gefällt."

Und über Franz von Heidenbrunn gab es keine Diskussion mehr. Unser Gespräch verlagerte sich und ich wurde informiert, leider zu spät! dass der österreichische Kritiker ebenso wie der deutsche immer bereit ist, für eine Gegenleistung günstig zu schreiben, von den Zeitungen selbst kaum bezahlt wird, und dass er diejenigen als seine legitimen Opfer ansieht, die nicht im Voraus Absprachen getroffen haben.

Am dritten Tag wurde *Lady Macbeth* wiederholt. Diesmal war das Haus voll, selbst die hundertfünfzig Plätze, die nicht vergeben waren, waren ausverkauft. Die Frage, ob La Dobanelli unter ihrem Hemd Strumpfhosen trug oder nicht, war in der ganzen Stadt diskutiert worden und hatte eine so unwiderstehliche Anziehungskraft geweckt, dass sie bei ihrem ersten Auftritt mit herzlichem Applaus begrüßt wurde.

Franz von Heidenbrunn war erneut im Publikum. Ob er Mitzi im Zwischenspiel besuchte, kann ich nicht sagen – ich tat es nicht, da ich keine Lust hatte, noch einmal abgewiesen zu werden.

Ich war auch bei der dritten Vorstellung, die genauso war wie die zweite. Dasselbe sensationslüsterne Publikum und zum dritten Mal Franz von Heidenbrunn unter den Zuschauern.

Auf der Rückreise nach Wien tauschten Mitzi und ich noch ein paar Worte über ihr Hemd in der letzten Szene.

„War das dasselbe Hemd, das Sie die ersten beiden Male getragen haben?", fragte ich sie.

„Nein", antwortete sie lachend. „Sie erwarten doch von einer Dame, dass sie von Zeit zu Zeit frische Wäsche auflegt, nicht wahr?"

„Dieses Hemd war kürzer als das andere", bemerkte ich strenger, als ich beabsichtigt hatte.

„Oh! Ein oder zwei Zoll vielleicht."

„In diesen Breitengraden ist ein Zoll viel", scherzte ich.

„Schau her, Patrick", antwortete sie mürrisch. „Lassen Sie mich mit Ihren Einwänden in Ruhe. Sie sollten inzwischen wissen, dass ich mein Bestes für Ihre Oper gebe, die ohne mich völlig gescheitert wäre."

Sie sagte es kalt und herzlos. Es hat mich leiden lassen. Aber ich schluckte meine Qual herunter und antwortete nichts, und wir setzten schweigend unsere Reise fort. Ich hatte das Gefühl, dass wir überhaupt nicht gut miteinander auskamen, und fragte mich, wie ich sie dazu erziehen sollte, weniger eine Künstlerin, sondern mehr meine Frau zu sein.

Wie Sie wissen sollten, gibt es im Drama ein bestimmtes Konstruktionssystem. Wahrscheinlich nicht, es gibt sie immer noch. Zuerst kommt die Exposition, dann der Beginn der Handlung, dann das Wachstum, in dem sie (natürlich) bis zum Höhepunkt wächst; dann der Fall oder, wie es manchmal genannt werden muss, die Rückkehr, die dem Schluss vorausgeht. Im Leben ist die Rückkehr, die allen Höhepunkten folgt, immer unangenehm, und man wacht nach jeder Aufregung mit leichten moralischen Kopfschmerzen auf. Hoffen ist ein undankbares Geschäft. Schauen Sie sich zum Beispiel unseren Freund Cotton an, unseren guten Guncotton. Er hat seine Abhandlung über Chemie beendet – denken Sie darüber nach, was es bedeutet, all diese Formeln im Schützengraben niedergeschrieben zu haben – und hat heute Morgen die Nachricht erhalten, dass sein Manuskript sicher in London angekommen ist. Jetzt geht er umher, seine Augen voller rosiger Träume, Ängste und Hoffnungen. Und ich kann seine Gefühle, seine Gedanken so gut verstehen. Patrick Cooper hat all diese Emotionen durchgemacht. Und danach, mein Lieber! Nur mein Fall war noch schlimmer, denn der Teufel hatte sich einen Spaß daraus gemacht, das Gift der Liebe in mein Abenteuer voller künstlerischer Hoffnungen und Ambitionen zu mischen.

Und wenn ich schon vom Teufel spreche, fällt mir ein, dass der kleine Mann mit dem schwarzen Bartbüschel am Kinn, der mir viermal erschien, ... ER gewesen sein muss. Er lachte, der böse Kerl, als er zum vierten Mal kam und sah, dass seine Kuppelei anscheinend vollbracht war.

Doch in letzter Zeit habe ich ihn nicht mehr gesehen. Er muss woanders beschäftigt gewesen sein. Vielleicht erkennen Sie einen Zusammenhang zwischen seinem Verschwinden und den folgenden Ereignissen.

Die vierte Aufführung von *Lady Macbeth* fiel mit der *Uraufführung* von Doblanas *Aladdin* an der Wiener Oper zusammen. Ich hielt es für meine Pflicht, beim Ehrentag meines Meisters anwesend zu sein, was in der Tat ein kleines Opfer darstellte, da es für mich keine große Freude war, meine eigene Oper vor einem unvorsichtigen Publikum zu besuchen, das eigentlich nur kam, um Amizia Dobanelli zu sehen ihr Hemd. Da die Oper außerdem Geld verdiente, bestand jede Aussicht auf weitere Aufführungen.

Als ich Doblana und Mitzi meine Absicht mitteilte, protestierte der Hornist sofort. Ich könnte mir auch die Generalprobe von „*Aladdin*" statt der ersten Nacht ansehen .

Ich fragte, warum mir der Besuch der Aufführung verwehrt werden sollte.

„Mir gefällt der Gedanke nicht", sagte Doblana, „dass Mitzi allein in Brünn sein wird. Ich kann sie an diesem Abend nicht begleiten, aber ich finde, dass Sie, ihre Verlobte, sie nicht vernachlässigen sollten."

„Mein Gott!", rief Mitzi, „bin ich nicht alt genug, um einen Abend allein zu bleiben? Wenn ich so ein Kind bin, dann wirst du Patrick sicher auch nicht als erwachsen betrachten. Er ist nur ein Jahr älter als ich."

„Wie wirst du das schaffen?", fragte ihr Vater.

„Ich glaube, ich werde die Nacht im Hotel verbringen."

„Ich glaube nicht, dass es einer jungen Dame angemessen ist, eine Nacht allein in einem Hotel zu verbringen."

„Gut, dann werde ich gehen und bei Augusta bleiben."

Doblana gab nach. Aber dieses Mal erhob ich Einspruch.

„Augusta", sagte ich, „wird an diesem Abend in Wien sein; sie wird *Aladdin sehen wollen* ."

Mitzi warf mir einen wütenden Blick zu.

„Jedenfalls", protestierte sie, „Franz bekommt keinen Urlaub. Er wird in Brünn sein."

„Das ist gerade das, wogegen ich Einwände habe", erklärte ich. „Das Beste wäre, Sie würden nach Wien zurückkehren. Ich werde am Nordbahnhof sein und Sie nach Hause bringen."

Dies wurde schließlich beschlossen, und Mitzi reiste am Nachmittag nach Brünn ab. Um sechs Uhr kam ein Telegramm von ihr an Doblana, als er und ich gerade zum Theater aufbrechen wollten.

Es lief:

„ Gut angekommen. Haus voll. Alles Gute Papa. Mitzi. "

Eineinhalb Stunden später begann *Aladdin* .

Wenn Sie Ihre Erinnerungen aufschreiben, wie ich es jetzt tue, sollen Sie über andere Menschen sprechen. Sie werden sehen, wie schwierig es ist. Ich möchte immer über mich selbst sprechen. Ich erinnere mich nur an Dinge, soweit sie mich betreffen. Die Gefühle anderer Menschen sind mir nicht halb so wichtig wie meine eigenen. So waren sie an diesem Abend am Anfang so intensiv bitter, dass ich glaube, ich muss sie aufzeichnen, obwohl Doblana die Heldin des Tages war. Natürlich wurde ich an meine eigene erste Nacht vor zehn Tagen erinnert. Aber während *Lady Macbeth* vor einem unbefriedigend gefüllten Haus gespielt worden war, war das heutige voll. Alle erdenklich schönen und juwelenbesetzten Damen waren anwesend, während in Brünn die provinzielle Einfachheit des weiblichen Publikums (der männliche Teil ist überall gleich) so übertrieben war, dass die Diamanten meiner armen Mutter, wie Sie gesehen haben, für würdig gehalten wurden Zeitungshinweis. Wer auch immer in Wien von Bedeutung war, Politiker und Militärs, Finanziers, Diplomaten und Künstler, war in dieser ersten Nacht zu finden. Man bemerkte kaum, dass die große Gerichtsloge leer war und kein Königshaus anwesend war; denn alle anderen namhaften Mitglieder der Gesellschaft waren gekommen. Ich muss gestehen, dass ich eifersüchtig war. Und diese Eifersucht steigerte sich, als das Orchester begann, Doblanas Musik zu spielen.

Oh, was für ein Orchester! Wir haben ein paar gute Orchester in London, aber wie viel besser sind die Wiener Philharmoniker. Weder München noch Dresden können sich solcher Künstler rühmen. Die eigene Musik von ihnen spielen zu hören, muss himmlisch sein.

So waren also meine Gefühle, als *Aladdin* begann. Wer hätte gedacht, dass sich meine Gefühle ein paar Stunden später umkehren würden und dass ich, anstatt Doblana zu beneiden, Mitleid mit dem armen Kerl haben würde?

Ich hatte das Ballett bei verschiedenen Proben gesehen. *Joseph Dorffs* Buch war klug, Doblanas Musik hübsch, melodisch und gut instrumentiert, wenn auch keineswegs bemerkenswert, und die Inszenierung einfach großartig. Es gibt kein Pariser oder russisches Ballett, das mit denen der Wiener Oper mithalten kann. Nicht nur die Tänzer und Nachahmer sind unvergleichlich, auch für die Bühnenbilder und Kostüme wird viel Geld ausgegeben, die ein Beweis für den vollkommensten Theatergeschmack sind.

Der erste Akt wurde vor und in der berühmten Höhle platziert, in der Aladdin die Lampe findet. In der ursprünglichen Erzählung ist diese Höhle unbewohnt, aber im Ballett gab es eine Ansammlung hübscher Geister und Diener der Lampe. Dies bot den Vorwand für allerlei bezaubernde Tänze. Und es gab einen Tanz, der einen echten Erfolg hatte, nämlich den der Edelsteine. Es wurde von kleinen Mädchen aufgeführt, die als Rubine, Smaragde, Saphire usw. gekleidet waren und hübsche Gruppen bildeten, die die verschiedenen Juwelen darstellten. Das Ganze hatte eine kaleidoskopische Wirkung, veränderte sich von einer Sekunde zur anderen und war ungemein angenehm.

Doch das war nichts im Vergleich zu dem, was im zweiten und dritten Akt passieren sollte. Im ersten Akt gab es die großartige Ankunft von Aladdin am Hof des Sultans. Er kam auf einem prächtigen weißen Schlachtross und wurde von vierzig weißen und vierzig schwarzen Sklaven begleitet, die anschließend alle Fertigkeiten der Wiener Tanzmeister zeigten. Im letzten Akt folgte das *Glanzstück*, nämlich der Bau von Aladdins einzigartigem Palast vor den Augen des Publikums, nicht in einer Nacht, sondern in zehn Minuten. Solche Dinge sind in Märchen sehr einfach zu machen und auf einer Bühne, auf der der Regisseur über unbegrenzte Reichtümer verfügt, nicht viel schwieriger. Alle Wunder aus Tausendundeiner Nacht sollten dem Publikum an diesem Abend präsentiert werden.

Der erste Akt war gut verlaufen, sogar besser, als irgendjemand erwartet hatte. In der Wiener Oper gibt es meist nur kurze Zwischenauftritte. Aber Uraufführungen, insbesondere von Großen Balletten, sind so gesellschaftliche Ereignisse, dass sie diese Regel nicht in ihrer ganzen Strenge anerkennen. Deshalb wunderte es niemanden, dass das Zwischenspiel statt der üblichen zehn Minuten zwanzig Minuten gedauert hatte. Gruppen hatten geplaudert und gelacht und ihre Toiletten und Juwelen gezeigt. Aber am Ende hatten alle das *Foyer verlassen* und waren zu ihren Plätzen zurückgekehrt. Dennoch passierte nichts. Die Musiker waren an ihren Plätzen, aber kein Dirigent anwesend. Zehn weitere Minuten vergingen. Das Publikum zeigte

Zeichen der Ungeduld, was in diesem *Sanctissimum* beispiellos war . Aber diese Zeichen der Ungeduld hielten nur einen Augenblick an. Dann wurde es im Haus schmerzhaft still.

Am liebsten hätte ich hinter den Vorhang geschaut, was passiert ist. Aber es handelte sich hier nicht um ein Provinztheater, wo solche Besuche des Publikums auf der Bühne erlaubt waren. In diesem kaiserlichen und königlichen Hoftheater gab es strenge Regeln; und ich konnte nur mit den anderen Leuten warten.

Die wildesten Gerüchte begannen sich zu verbreiten. Die Menge an Unwahrscheinlichkeiten, die das menschliche Gehirn in wenigen Minuten erfinden kann, ist unglaublich. Und hier waren zweieinhalbtausend damit beschäftigt, den außergewöhnlichen Grund für diese lange Pause herauszufinden.

Doch so erfinderisch ihre Gehirne auch waren, sie erwiesen sich als der Realität nicht gewachsen. Denn nach einer dreiviertel Stunde, die eine unendlich lange Zeit schien, ertönte eine Glocke, und ein Herr im Abendkleid erschien vor dem Vorhang. Er war kränklich blass.

„Meine Damen und Herren", sagte er, „mit großem Bedauern muss ich Ihnen mitteilen, dass die weitere Aufführung des Balletts *Aladdin* auf allerhöchsten Befehl untersagt wurde. Das Geld für die gekauften Plätze wird Ihnen morgen gegen Einlösung der Eintrittskartencoupons zurückerstattet."

Die Ankündigung hatte die Wirkung eines Gewitters und beendete die Spannung der letzten Minuten. Ich konnte nicht sagen, was größer war: Bestürzung, Bedauern um den Komponisten, Unruhe unter den unzufriedenen Zuschauern oder Neugier, den geheimen Grund dieser Katastrophe zu erfahren.

Ich für meinen Teil verließ das Theater so schnell wie möglich und ging zu der kleinen Seitentür in der Opera Street, auf der Rückseite des Gebäudes, wo Doblana zu gehen pflegte. Dort war bereits eine fürchterliche Menschenmenge. Aber obwohl ich die weichen Finger und zarten Hände eines Pianisten hatte (und nicht mehr habe), besitze ich auch die starken Ellbogen eines englischen Sportlers, und es gelang mir, die Tür zu erreichen. Gerade in diesem Moment kam ein Mann aus dem Haus. Er sah blass und abgezehrt aus und hatte den Ausdruck eines Betrunkenen. Es war Doblana.

Er erkannte mich kaum, aber ich schob meinen Arm unter seinen und führte ihn weg.

Es war kalt und neblig.

Ich schauderte, als ich ihn fragte, was passiert war.

„Es ist der Erzherzog", stammelte er, „der die Aufführung verboten hat."

In seiner Stimme lag etwas wie ein Schluchzen.

„Der Erzherzog? Sein eigenes Werk? Warum?"

„Ich weiß es selbst nicht."

Nachdem er einige Schritte in schmerzlichem Schweigen zurückgelegt hatte, fügte er hinzu:

„Wir hatten gestern bei der Generalprobe eine kleine Meinungsverschiedenheit, aber nichts Wichtiges."

"Was war es?"

„Er wollte den Tanz der Edelsteine absagen, mit der Begründung, dass es wie in einem verrückten *Kindergarten sei.* "

"Und?"

„Also, ich habe gegen einen solchen Schnitt Einspruch erhoben und gesagt: ‚Unsinn, *Herr Graf*.' Daraufhin setzte er sich und sprach kein Wort mehr."

"Und was hat er heute gemacht?"

„Er hat nichts getan. Er ist nicht einmal gekommen. Während des ersten Aktes wurde ein Brief des Ersten Zeremonienmeisters zugestellt, in dem stand, dass er die Fortsetzung der Vorstellung untersagte."

„Aber wie ist es möglich, die Öffentlichkeit so zu behandeln?"

„Oh, das Publikum!"

Er zuckte mit den Schultern und erklärte weiter:

„Sie gelten nicht als normale Zuschauer wie in einem gewöhnlichen Theater. Sie sind die Gäste des Kaisers und kaufen sozusagen eine Einladung, um der Vorstellung beizuwohnen, die in Wirklichkeit nicht für die breite Öffentlichkeit, sondern zum privaten Vergnügen Seiner Majestät gegeben werden soll."

„Und konnte man nichts tun?"

„Wir haben es versucht, deshalb mussten wir das Publikum so lange warten lassen. Der Dirigent eilte zum Ersten Zeremonienmeister und der Manager zu Seiner Majestät selbst, während ich zum Palast des Erzherzogs fuhr. Ich wurde überhaupt nicht empfangen, ebenso wenig sah der Manager den Kaiser, und was den Dirigenten betrifft, so wurde ihm vom Ersten

Zeremonienmeister mitgeteilt, dass er dies bedauere, aber den Anweisungen Folge leisten müsse."

Instinktiv hatten wir die Richtung Karlsgasse eingeschlagen. Ich hatte ein ganz ungutes Gefühl, als sei der arme, unschuldige Doblana plötzlich ein Verbrecher und ich sein Komplize geworden. Ich war benommen, als hätte ich eine Ohrfeige bekommen.

Wir kamen an einem großen Café in der Nähe der Elisabethbrücke vorbei, wo Doblana und ich uns manchmal mit ein paar Freunden trafen.

„Lass uns reingehen", sagte ich, „und dich öffentlich zeigen. Mach das Beste aus einem schlimmen Fall. Schließlich bist du unschuldig an der Katastrophe, die dir widerfahren ist. Geh rein, da sind bestimmt ein paar Journalisten drinnen." Lassen Sie sich interviewen und protestieren Sie gegen die Art und Weise, wie Sie behandelt wurden."

Man hätte den Schrecken im Gesicht des armen Mannes sehen sollen. Er öffnete seine Augen, seine Nasenlöcher, seinen Mund und zog seinen Unterkiefer nach hinten, als hätte er ihn schlucken wollen. (Tatsächlich muss er gehungert haben, denn er hatte den ganzen Tag nichts zu essen gehabt.)

"Protest!" er weinte schließlich. „Ich? – Mr. Cooper, Sie wünschen meinen Tod. Als ob meine Situation nicht schon schlimm genug wäre! Dies ist kein freies Land wie Ihres, in dem Sie reden können, was Sie wollen. Nein! Ich habe nur eines zu tun, nämlich Geh nach Hause und verstecke mich.

Und so gingen wir in die Karlsgasse. Das Haus kam mir verlassen vor. Das Dienstmädchen, Fannys unwürdige Nachfolgerin, war zu Bett gegangen, weil sie glaubte, wir würden draußen zu Abend essen und spät nach Hause kommen. So begab ich mich in die trostlose Küche (eine Küche ohne Koch ist immer trostlos, und ohne Feuer kann sie einen zur Verzweiflung treiben) und kochte auf dem Gasherd Tee, während Doblana, die sich eine Zigarre angezündet hatte, im *Salon auf und ab ging* .

"Es ist furchtbar", sagte er schließlich, nachdem er ein wenig Tee getrunken hatte, "wie sich Österreich verändert. Was mir widerfährt, ist nur ein Beispiel des neuen Geistes, der hier herrscht. Oder soll ich es nicht anders nennen? Dieser Geist, der aus Berlin kommt, dieser pangermanische Geist, ist kein neuer Geist, sondern ein reaktionärer Geist, ein dunkler, mittelalterlicher Geist, ein Geist, der kein Recht, sondern nur Macht anerkennt. Was dieser Erzherzog mir heute, in unserer Zeit der Aufklärung, angetan hat, ist nichts anderes als ein Akt mittelalterlicher Brutalität.

„Alles Böse kommt aus Berlin zu uns. Es verdirbt unsere Kunst, es verdirbt unsere Musik. Was sie die höhere Form nennen, ist einfach amorph. Was sie tiefe Ideen nennen, ist leeres Gemeingut. Die Motive, die dahinter stecken, sind bösartig, sinnlich, degeneriert." Was wir in ihren Gemälden sehen, mal zu lange, mal zu kurze, mit geschwollenen Bäuchen, mit grinsenden Gesichtern, finden wir in ihrer Musik, in der Grobheit ihrer Motive, in der Brutalität ihrer Orchestrierung ist ein Hauch aus einem stinkenden Morast.

„Und das ist noch nicht alles. Berlin ist in seinen Ansichten so mittelalterlich, dass sie Krieg wollen, einen universellen Krieg. Krieg, der der österreichischen Musik den Todesstoß versetzen wird, denn Musik lebt nicht in Zeiten des Krieges. Vor fünfzig Jahren sagte man: Deutschland." Für die Deutschen! Jetzt schreien sie: Die Welt für die Preußen! Und als ob Österreich ein deutscher Staat wäre, als ob es in Österreich keine Slawen und keine Italiener gäbe, will Berlin uns in seine Kriegspläne hineinziehen . An unseren grausamen Bildern kann man es sehen, an unserer rauen, schrecklichen Musik kann man es hören: Sie werden Erfolg haben!"

So sprach Doblana, kein großer Prophet, nein, nur ein bescheidener Musiker. Glauben Sie nicht, ungläubiger Leser, dass ich ihn nachträglich eine Prophezeiung aussprechen lasse. Nein! Diese Worte wurden tatsächlich gesprochen, lange bevor irgendjemand, sogar bevor derjenige, der sie sprach, an den Krieg dachte, den Krieg, in dem ich kämpfe, den Krieg, der ironischerweise Österreich, das sanfte, freudige, tanzende Österreich, begann.

Ich sah auf die Uhr und plötzlich fiel mir ein, dass ich Mitzi am Nordbahnhof abholen sollte. Es war sehr spät, vielleicht zu spät. Aber wenn ich mich beeilte, konnte ich vielleicht noch rechtzeitig ankommen. Also machte ich mich schnell auf den Weg. Aber wie es immer ist, wenn man in Eile ist, nahm das Taxi einen langen Umweg, eine sogenannte Abkürzung, und ich kam zu spät an. Der Zug war vor fast zehn Minuten angekommen, und ich konnte am Bahnhof keine Spur von Mitzi finden.

Weiß der Himmel, wie ich auf die Idee kam, dass etwas nicht stimmte. Als ich in die Karlsgasse zurückkam, sah ich in den Fenstern des *Salons das gleiche Licht* wie damals, als ich ihn verlassen hatte. Ich ging die Treppe hinauf und klingelte. Fast sofort hörte ich Doblanas schleppende Schritte, die herbeikam, um die Tür zu öffnen.

„Allein?", rief er in einem Zustand äußerster Angst.

Mitzi war nicht angekommen.

Die Nervosität des armen Mannes war schrecklich. So erschöpft er auch war, wagte ich nicht, ihn zu verlassen, und verbrachte mit ihm die schlimmste Nacht meines Lebens. Ich muss nur daran denken, und schon finde ich jede Nacht in den Schützengräben, inmitten des Donners der Granaten, vergleichsweise erholsam.

Frühmorgens gingen wir zu einem Telefonbüro und baten um Kommunikation mit dem Grand Hotel in Brünn. Nach einer langen halben Stunde kamen wir durch, nur um zu erfahren, dass *Fräulein* am Vortag im Hotel nicht gesehen worden war.

Wir haben das Theater ausprobiert. Das Einzige, was wir hörten, war, dass sie wie immer sehr erfolgreich gewesen sei und sofort nach dem Auftritt gegangen sei.

Wir kehrten in die Karlsgasse zurück. Mitzi war nicht da. Nur der Postbote hatte vorbeigeschaut und mehrere Briefe gebracht. Da keiner von ihr war, warf Doblana sie achtlos in seine Tasche und fragte mich, ob ich mit ihm nach Brünn käme. Natürlich willigte ich ein. Aber ich muss gestehen, dass ich es sozusagen zur Bedingung gemacht hatte, dass wir vorher frühstücken. Es mag sein, dass die Jugend hungriger ist, aber ich konnte nicht ohne Essen weitermachen.

Endlich saßen wir im Zug. Wir hatten noch über eine Stunde vor uns.

Mechanisch las Doblana seine Briefe durch und reichte sie mir schweigend. Der erste war eine Rechnung für Blumen, die er am Abend zuvor mehreren Tänzerinnen geschenkt hatte.

Das zweite Lied stammte vom guten Hammer, den er unmittelbar nach der unterbrochenen Vorstellung in sehr warmen Worten schrieb und in dem er Anteil an dem Kummer nahm, der seinem Freund widerfahren war.

Der dritte kam vom Verlag. Aber ich konnte es nicht zu Ende lesen, denn Doblana, die gerade das vierte Buch las, stieß plötzlich einen unterdrückten Schrei aus.

Der Brief stammte vom Erzherzog.

„Mein lieber Mitarbeiter, mein würdiger Herr Doblana" (es lief herum – ich erinnere mich nicht mehr an die genauen Worte –), „Ich habe mich gerächt. Sie haben meine liebe Frau wie die niederträchtigste aller Frauen behandelt, nur weil sie der Chef war." Meine Familie hatte mir verboten, sie zu heiraten. Ihr Verhalten war eine unvergessliche Beleidigung für die beste, würdigste und liebenswürdigste Frau, in der Sie nichts als eine verabscheuungswürdige, korrupte Tänzerin gesehen haben. Sie haben Ihre Verachtung und Ihren Hass über das Grab hinaus fortgesetzt . Was ich getan habe, ist meine Vergeltung.

Griseldis aus Ihrem Haus genommen und zerstört hat . Ich bin es, der die Aufführung Ihres *Aladdin verboten hat* , wohl wissend, dass ich Sie an Ihrer schwächsten Stelle treffen würde, Ihrem Ehrgeiz. Und ich kann Ihnen ebenso gut sagen , dass Sie zwar Ihre Position als Hornist an der Oper behalten können, deren Türen jedoch für den Komponisten Doblana von nun an geschlossen sind.

„Über die Kosten der Produktion in der Oper brauchen Sie sich keine Sorgen zu machen. Ich habe den Schaden wiedergutgemacht, der durch meine Rache entstanden ist.

„Ich möchte nicht, dass Ihnen dadurch finanzielle Einbußen entstehen. Der Gedanke, meinem ehemaligen Mitarbeiter auf diese armselige Weise geschadet zu haben, wäre mir unangenehm. Ich schätze den Wert von *Griseldis* und *Aladdin* auf jeweils 25.000 Kronen und lege Ihnen daher einen Scheck über 50.000 Kronen als Entschädigung bei.

" ALPHONS HECTOR. "

Ich kann den Zorn meines armen Freundes nicht beschreiben. Und ich musste mit ihm kämpfen, um ihn davon abzuhalten, den Scheck in Stücke zu reißen. Und das kann Ihnen ein Gefühl für seine Empörung vermitteln. Denn Sie wissen, wie groß seine Liebe zum Geld war.

Ich möchte anmerken, dass der Erzherzog sich zudem in zwei Punkten getäuscht hatte. Doblanas größte Schwäche war nicht der Ehrgeiz, sondern das Geld. Auch Alphons Hectors Vorhersage war nicht richtig, denn zwei Jahre später wurde eine von Doblana komponierte Oper erfolgreich an der Wiener Oper aufgeführt.

Was den Erzherzog, den *Herrn Grafen* oder *Joseph Dorff*, wie auch immer man ihn nennen mag, betrifft, so verschwand er wenige Tage nach der denkwürdigen *Aladdin*- Nacht völlig. Manche sagen, er habe mit seiner Jacht eine Reise unternommen und sie sei mit der gesamten Besatzung untergegangen. Andere glauben, er habe sich irgendwo in Südamerika niedergelassen und ein Privatleben geführt. Jedenfalls hat man nie wieder etwas von ihm gehört.

Aber um meine Geschichte fortzusetzen. Alle Nachforschungen in Brünn und später in Wien führten nicht dazu, dass wir Mitzi finden konnten. Der einzige Hinweis, den wir erhielten (wir bekamen ihn von Augusta von Heidenbrunn), war die Tatsache, dass ihr Bruder Franz zusammen mit meiner Verlobten verschwunden war. Er war ihretwegen desertiert.

Es vergingen einige Wochen, die ich fast ohne Unterbrechung an Doblanas Seite verbrachte. Er erholte sich langsam von dem schrecklichen Schock, den diese ganze Angelegenheit bei ihm ausgelöst hatte. Dann reiste ich nach Graz, um dort bei der Aufführung von *Lady Macbeth zu assistieren* . Ohne

Mitzi, ohne ihr überwältigendes Talent, ohne ihren Charme musste es ein Misserfolg werden. Und ich kehrte entmutigter und niedergeschlagener denn je nach Wien zurück. Wieder sah ich Doblana oft, und ich kann Ihnen versichern, dass wir ein ziemlich niedergeschlagenes Komponistenpaar waren. Zu diesem Thema könnte ich Seiten schreiben, aber aus Mitleid mit Ihnen werde ich es nicht tun.

Eines Tages, als wir rauchend da saßen und schweigend über unsere zerstörten Hoffnungen nachgrübelten, läutete die Glocke. Wir hörten, wie das Dienstmädchen die Tür öffnete, und im nächsten Moment kam Mitzi herein. Sie war genau so gekleidet, wie ich sie zuletzt gesehen hatte, aber ihre Gesichtszüge waren eingefallen, sie war blass und schien gelitten zu haben. In diesem Moment schwor ich, dass ich sie, wenn ich könnte, an dem Schurken rächen würde, der sie dazu gebracht hatte.

Sie war an der Tür stehengeblieben. Wir waren beide, Doblana und ich, in heftiger Überraschung aufgestanden. Eine unaufhaltsame Minute lang wurde kein Wort gesprochen. Dann flüsterte sie endlich mitleiderregend:

"Vater!"

Und als keine Antwort kam, sagte sie:

„Patrick, ich bin zurückgekommen.“

Wieder herrschte diese düstere, grausame Stille. Und plötzlich sahen wir, wie sie weinend, schluchzend und zitternd zu Boden fiel. Dann kam ihr Vater auf sie zu und hob sie hoch. Er tat es mit unendlicher Sanftmut, sagte aber kein Wort.

Mein lieber Leser, Sie sind vielleicht ein sentimentaler Mensch und werden vielleicht Ihren alten Freund Patrick dafür verurteilen, dass er nicht die Bewegung gemacht hat, die ihr Vater gemacht hat. Aber du siehst....

Ein paar Tage zuvor hatte ich William J. Lockes Roman „ *The Morals of Marcus Ordeyne" gelesen* , einen der brillantesten und entzückendsten Romane, die dieser wunderbare Schriftsteller geschrieben hat. Es gab eine gewisse Analogie zwischen Mitzis Rückkehr und der von Carlotta. Wie sie kam sie mit leeren Händen zurück, wahrscheinlich hatte sie auch alles verpfändet. Es war herzzerreißend und wie Marcus fühlte ich mich schwach. Wenn ich in diesem Moment nur ein einziges Wort gesagt hätte, wäre vielleicht alles anders passiert. Allerdings sind meine Moralvorstellungen nicht die Moralvorstellungen von Marcus Ordeyne – und dieses eine Wort habe ich nicht ausgesprochen.

Langsam führte ihr Vater sie in ihr Zimmer. Ich nutzte den Moment, um aus dem Haus zu schlüpfen. Ich ging fast wahnsinnig zu meiner Unterkunft und packte meine Sachen. Am selben Abend machte ich mich auf den Weg nach England und kehrte nie mehr zurück.

XII.

Es ist ein sehr komisches Gefühl, wenn ich auf diese Seiten zurückkehre. Ich hatte sie seit dem 1. Mai verlassen, als ich die letzten Worte von Kapitel XI schrieb, und Sie werden bemerkt haben, dass mehrere Punkte ungelöst blieben. In diesem Zustand meine MS. Ich hatte mich sechs Wochen lang ausgeruht, hauptsächlich weil ich nicht wusste, wie ich die Lücken füllen sollte. Aber seitdem sich gestern alles geändert hat, hat „Fate" meiner Geschichte ein weiteres Kapitel hinzugefügt.

Sie müssen wissen, dass wir uns auf einen großen Angriff vorbereiten. Soweit wir wissen, werden wir in ein paar Tagen die Schützengräben verlassen, in denen wir so viele Monate gemütlich gelebt haben. Natürlich wundern Sie sich; Sich in den Schützengräben wohl zu fühlen, ist etwas unerwartet. Dennoch ist es wahr. Und nun sagt uns das unaufhörliche Bombardement: „Wir müssen gehen." Können Sie glauben, dass es uns mit einer Art Bedauern erfüllt?

Gestern Mittag ruft Charlie Cotton, Pringle und mich an.

„Meine Jungs", sagt er, „der Oberst hat sich gerade ein wenig mit mir unterhalten. Er will vier Freiwillige – drei Männer und mich – die heute Nacht losziehen und einen bestimmten Ort erkunden. Ich habe an euch drei gedacht, aber ich muss euch sagen: Es ist nicht ungefährlich, ganz im Gegenteil."

„Wir sind hier", sage ich, „um unsere Pflicht zu tun."

„Wir werden trotzdem unseren Spaß haben", erklärt Pringle.

Und Guncotton fügt hinzu:

„Mein Manuskript ist sicher in London. Das ist mir egal."

Ich zeichne diese Konventikel auf, damit Sie nicht glauben, dass solche Beschlüsse wie in der Oper gefasst werden, wo die vier Männer aufeinander zugehen, ihre vier rechten Hände zu einem einzigen Griff vereinen und ein Quartett singen.

„Na gut", sagt Charlie, „auf Wiedersehen!"

Er ist im Begriff zu gehen, aber ich rufe ihn zurück.

„Kann ich eine Minute mit Ihnen reden, Sergeant?"

„Zehn. Was ist los?"

„Besteht die Möglichkeit, dass wir heute Abend nicht zurückkommen?"

"Bist du funky?"

„Charlie, das habe ich nicht verdient. Du weißt, dass ich mich nicht drücken werde."

„Also, was ist es denn?"

„Es ist … es ist einfach so, dass Du seit einiger Zeit ein anderes Verhalten mir gegenüber hast, dass Du mürrisch bist, und ich möchte nicht auf die weite Reise gehen, ohne wieder Freundschaft mit Dir geschlossen zu haben."

Er sagt nichts und starrt mir ins Gesicht. Dann fragt er nach einer Weile:

„Hast du noch mehr von diesem Zeug geschrieben?"

"Was für Zeug?"

„Diese Geschichte von dir."

„Oh, ich verstehe. Ja, das habe ich."

"Mal sehen."

Ich zeige ihm meine Geschichte. Er liest schnell, sehr schnell, überspringt halbe Seiten; kurz gesagt, er liest so, wie ich es zum Beispiel von Ihnen nicht gerne gelesen hätte. In weniger als einer halben Stunde hat er alle Seiten durchgelesen. Als er fertig ist, holt er tief Luft, als sei er erleichtert.

"Sehen Sie mal, PC", sagt er, "als Sie mit dieser Geschichte anfingen, dachte ich, das wäre alles Blödsinn. Ich fand sie amüsant und manchmal dachte ich, Sie wüssten, wie man einen aufrichtigen Ton anschlägt."

(Ich möchte ernsthaft darauf hinweisen, dass diese Art der Kritik nicht von mir stammt; ich garantiere, dass sie von Sergeant Young stammt.)

Er fährt fort:

„Ganz langsam dämmerte mir, dass an Ihrer Erzählung mehr Wahres sein könnte, als ich zunächst vermutet hatte. Und dann haben Sie mich dieses Foto sehen lassen."

Er hält inne und sieht mich an, als wüsste er nicht, wie es weitergehen soll.

„Ich hatte missverstanden, worauf Ihre Geschichte hinauswollte", fährt er fort. „Ich dachte, dass sie, wie es bei Geschichten in lockerem Ton üblich ist, mit einer Hochzeit enden würde … und als ich herausfand, dass es sich um eine Geschichte handelte, die wirklich passiert war, glaubte ich, dass Sie die Dame auf dem Foto geheiratet hätten."

Mein lieber Leser, ich verspreche Ihnen, dass ich es ab jetzt nicht mehr wiederholen werde, aber ich muss Sie bitten, Ihnen noch einmal mitzuteilen, dass ich mir albern vorkam. Und ich blieb dabei, als Charlie erklärte:

"Ich habe diese Frau gekannt."

„Du hast sie gekannt?"

"Oh!", ruft er, "denken Sie nichts Falsches, ziehen Sie keine voreiligen Schlüsse. Wollen Sie wissen, wie das alles passiert ist? Durch einen glücklichen Deal an der Pariser *Börse* hatte ich eine Summe von etwa 200.000 Francs erzielt. Ich habe Ihnen nie erzählt, dass ich vor Jahren nach dem Burenkrieg in Paris gelebt habe. Keine Sorge. Nun, mit meinem Geld habe ich etwas sehr Dummes getan: Ich habe ein kleines Hotel gekauft. Es hieß 'Hotel des Großherzogs' und war ein schickes Haus. Leider muss man Werbung machen, um eine schicke Kundschaft zu halten, und dafür hatte ich kein Geld. Vielleicht ist auch ein gewisses Talent erforderlich, um ein guter Gastwirt zu sein, das mir fehlte. Nach und nach ging mein Geschäft zurück, nicht an Eleganz, sondern an Umsatz. Dennoch gab es immer ein paar kultivierte und gut zahlende Gäste, die mich ermutigten, gegen alle Hoffnung zu hoffen. Aber eines Tages - Sie kennen das Datum so gut wie ich, PC - kam ein Paar, das dem Unternehmen den Todesstoß versetzte.

„Sie reisten unter dem Namen *Graf und Gräfin Dorff*, aber schon anhand der Fotografie konnte ich Ihnen sagen, dass die Dame Ihre Mitzi war. Es gibt jedoch noch etwas, das mit Ihrem Bericht übereinstimmt. Nicht, dass sie sich *Dorff nannten, nach dem Pseudonym* des Erzherzogs , das meine ich nicht, ich meine etwas anderes.

„Am neunten oder zehnten Tag nach ihrer Ankunft kamen sie ziemlich früh nach Hause und zogen sich sofort in ihre Wohnung zurück. Kurz darauf kam George, mein Oberkellner, eilig in mein Privatzimmer, wo ich arbeitete, und teilte mir mit, dass sie sich stritten — aber so heftig, dass ich besser kommen sollte. Es tut mir leid, PC, Ihnen eine hässliche Seite eines sonst ehrenwerten Berufs zeigen zu müssen, aber für einen Gastwirt ist Lauschen manchmal notwendig. Also ging ich hin und lauschte. Anfangs konnte ich kaum verstehen, was sie sagten, denn obwohl ich Deutsch so perfekt spreche wie sechs andere Sprachen, konnte ich ihren eigentümlichen Wiener Akzent nicht sofort erkennen. Bald jedoch gewöhnte ich mich daran. Der Streit drehte sich anscheinend um Geldangelegenheiten. Streitigkeiten zwischen Paaren in Hotels sind das im Allgemeinen. Aber nach einer Weile schien sich der Streitgegenstand zu verschieben, sie wurden lauter und dann wieder leiser. Durch die Tür des Nebenzimmers, wo ich lauschte, konnte ich hören, wie einer der beiden Leute aufgeregt einen Koffer öffnete und nach etwas suchte. Dann hörte ich die Frau deutlich und gereizt sagen:

„Also hat Ihr Vater die Papiere genommen?"

Und der Mann antwortete:

'Er hat.'

„Er hat die Partitur von *Griseldis gestohlen* ? Wie hat er das gemacht?"

„Er brauchte nur in Ihre Wohnung zu gehen, die ihm ein Schlosser geöffnet hatte. Er kannte das Zimmer, er kannte die Schublade, in der das Manuskript lag, und er nahm es."

„Die Frau stellte mir mehrere Fragen, an die ich mich nicht erinnere. Offenbar wollte sie wissen, wie der Erzherzog die ganze Angelegenheit vorbereitet hatte.

„Er hatte für Ihren Vater ein Engagement besorgt", erklärte der Mann, „um in Prag ein Konzert zu spielen. Er wusste, dass er dafür drei Tage abwesend sein würde. Sie hatten Augusta erzählt, dass Ihr Dienstmädchen Sie in solchen Fällen um Urlaub bat, und mein Vater hatte dieses Detail zufällig von Augusta erfahren. Es gab nur noch eine Schwierigkeit: Sie zu entfernen."

„Eine Minute lang schwiegen sie beide, dann rief die Frau plötzlich heftig:

„Du hast mir das Telegramm geschickt!"

„Ich habe die Befehle meines Vaters befolgt", antwortete der Mann.

„Und ein ganzes Jahr lang hast du zugelassen, dass ich verdächtigt wurde, ein Dieb zu sein … und dabei die ganze Zeit beteuert, dass du mich liebst?"

„Ich liebe dich … und ich bereue …"

„Ach, du bedauerst es, du Schurke! Und um dein Bedauern zu zeigen, hast du mein Leben verdorben, so wie dein Vater die Arbeit meines Vaters verdorben hatte? Schurke, Schurke, Schurke!"

„Ich hörte den Mann lachen, ein kaltes, grausames Lachen.

„Nein!", fuhr sie fort, „du bereust es nicht, aber ich werde dich lehren, Buße zu tun! …"

„In der nächsten Sekunde hörte ich einen Knall. George und ich brachen die Tür auf. Sie hatte ihm durch den linken Arm geschossen. Ich fürchte, PC, Sie haben sie noch nie so schön gesehen wie ich.

„Was kann ich noch sagen? Am nächsten Tag stand die Angelegenheit in der Zeitung. Ich hoffte, es wäre eine Werbung für das ‚Großherzogshotel'." Es wäre vielleicht einer für einen größeren oder bekannteren Ort gewesen, aber drei Monate später war ich ruiniert. Du kannst mir glauben, PC, dass mein Wunsch, sich an diesem Schurken zu rächen ist so stark wie deiner.

„Und Mitzi?" Ich frage.

„Mitzi wurde verhaftet. Aber nach drei Tagen, als der Herr das Land verlassen hatte, wurde sie wieder freigelassen. Er war mit ihrem gesamten Gepäck weggegangen, und sie besaß nichts außer ein paar Juwelen, die sie verpfändete. Der Erlös war nicht vorhanden Es reichte aus, ihre Heimreise zu bezahlen, ganz zu schweigen von ihrer Rechnung, denn sie war mehrere Wochen in Paris geblieben, in der Hoffnung, eine Verlobung zu finden, eine Hoffnung, die sie nicht erfüllte. Schließlich musste ich ihr ein paar Francs geben, um ihr zu helfen in ihr Land zurückzukehren.

Das, Herr Leser, ist es, was Charles Young mir erzählt. Es führt Sie genau zu dem Punkt – nämlich Mitzis Heimkehr –, an dem ich Sie verlassen hatte.

Das ist aber noch nicht alles, was ich Ihnen von dem denkwürdigen Abend von gestern zu berichten habe. Ich bin sicher, Sie möchten alles über die Nachtexpedition Ihrer vier Freunde erfahren. Sie sollen bekommen, was Sie wollen.

Nordöstlich unseres Schützengrabens liegt ein kleines Gehölz. Der Oberst wollte wissen, was sich in diesem Gehölz befand, ob es befestigt war und wie. Unsere Flugzeuge hatten keine Informationen liefern können und unsere Horchposten hatten auch kein Ergebnis erzielt. Es blieb also nur ein Weg: Aufklärung.

Nun, sobald es dunkel wurde, krochen wir bis an die Zähne bewaffnet aus unserem Schützengraben und erreichten nach einer Stunde Kriechen den Waldrand. Zu sagen, es sei eine leichte Aufgabe gewesen, wäre eine unnötige Übertreibung, denn unaufhörlich blitzten deutsche Suchscheinwerfer auf dem Boden auf. Doch wenn wir die Lichter näher kommen sahen, hatten wir immer Zeit, einen Augenblick still zu liegen und so zu tun, als wären wir Leichen.

„Siehst du denn nicht", sagte Pringle einmal ganz laut, als der Strahl gerade auf seinem Körper ruhte, „dass ich tot bin? Was nützt es, dass deine Lichter eine Brille haben?"

Charlie begann zu lachen, sodass er mit Sicherheit entdeckt worden wäre, wenn ihn der Strahl zufällig berührt hätte.

„Wohlgemerkt", sagte ich, „das blühende Ding schwankt."

„ *La donna è mobile* ", sang Charlie leise und fügte hinzu: „It's Hun-steady."

„Halten Sie den Mund, Sergeant“, sagte Pringle, „es ist dumm, jetzt Witze zu machen.“

„Hu-vernünftig, meinst du. Lass uns weitermachen.“

„Der Strahl ist noch zu nahe“, warnte Guncotton. „Es ist zu früh, sich zu bewegen.“

„Hun-rechtzeitig?“, korrigierte Charley. „Vielleicht. Na ja, wir haben ja noch jede Menge Zeit.“

„Oh Sergeant, seien Sie nicht grausam!“

„Glaubst du wirklich, dass ich hun-barmherzig bin? Es scheint, dass meine Wortspiele hun-erfolgreich sind …“

Und so ging es eine Zeit lang weiter, während wir reglos im Licht des Suchscheinwerfers lagen. Doch der Sergeant dachte unentwegt an alles andere als an Wörter, die mit einem beliebigen Hunnenwort beginnen.

Aber als wir im Wald waren, begann unser eigentliches Geschäft. Es bestand darin, einen bestimmten Ort zu erreichen, an dem aller Wahrscheinlichkeit nach eine kleine Abteilung Deutscher stationiert war, da es sich um einen natürlich geschützten Teil handelte. Sollten dort keine Deutschen sein, sollten wir zurückkommen und unsere Truppen möglichst noch in derselben Nacht besetzen.

Wir waren schweigend gegangen, als der Sergeant plötzlich stehen blieb.

„Sie sind hier“, flüsterte er.

„Was sollen wir tun?“ Ich habe nachgefragt.

„Wir haben Befehle für den Fall, dass keine Deutschen da sind“, sagte Guncotton. „Aber wenn es welche gibt?“

„Ich denke, es ist klar“, erklärte der Sergeant. „Entweder tötet sie oder macht sie gefangen.“

Aus einer Entfernung von etwa hundert Metern erklang das summende Gemurmel vieler Stimmen, die sich wahrscheinlich friedlich unterhielten.

„Es sind zu viele, um sie zu töten“, sagte Guncotton.

„Aber keine Gefangenen zu machen.“

Und Charlie erfand sofort einen Angriffsplan.

Dementsprechend begannen wir zunächst leise zu reden, dann immer lauter, bis wir alle vier lautstark schrien. Schließlich gab Charlie mit seiner stärksten

Stimme einige Befehle, die Pringle mehrmals wiederholte, manchmal in höherer, manchmal tieferer Tonlage und immer etwas schwächer. Er ist ein Bauchredner, wissen Sie. Während er das tat, stürmten Charlie und ich auf die völlig überraschten Deutschen zu, die in größter Unordnung waren.

„Ergeben", riefen wir beide.

Zwei deutsche Offiziere rückten vor. Wir erklärten ihnen, dass sie besser nachgeben sollten, da wir achthundert Mann waren. Während dieser ganzen Zeit fuhr Pringle mit seinen Befehlen fort, die er mit vielen Stimmen erteilte, die aus verschiedenen Richtungen zu kommen schienen. Und plötzlich führte Guncotton seinen Irrlichttrick aus, der die Illusion vervollständigte. Er ließ rechts und links Lichter erscheinen, so dass unsere Deutschen (es waren vierzig) völlig umzingelt schienen.

Der Erfolg war vollkommen, und eine Stunde später brachten wir unsere Offiziere und Mannschaften in die Tasche. Nur ... durch ein Wunder war die Zahl der Männer gewachsen. Sie waren jetzt neunzig.

„Diesmal habe ich meinen Auftrag bekommen", sagte Charlie zu mir, als wir unsere Schützengräben betraten.

Aber irgendwie hatten wir in unserer Aufregung, statt in unser Quartier zurückzukehren, die falsche Richtung eingeschlagen und kamen an einen Ort, der mehr als drei Kilometer von unserem entfernt war. Trotzdem können Sie sich vorstellen, ob wir gut aufgenommen wurden.

Der diensthabende Oberst gratulierte uns und fragte nach unseren Namen. Zu meiner großen Überraschung nannte Charlie seinen Namen als ... Friedrich Wilhelm Young.

Als wir fröhlich und heiter durch die Kommunikationsgräben marschierten, fragte ich Charlie, warum er diesen Namen genannt hatte.

„Das habe ich nicht", sagte er.

"Du machtest."

"Niemals."

„Das haben Sie", behaupteten Pringle und Cotton.

„Du erzählst mir eine Geschichte."

„Das sind wir nicht", erklärten wir einstimmig, „Sie haben Ihren Namen mit Friedrich Wilhelm Young angegeben."

Er schwieg, war völlig niedergeschlagen. Noch nie habe ich einen Menschen gesehen, der so niedergeschlagen war wie der arme Charlie in diesem Moment. Schließlich sagte er:

„So, das war's. Ich muss wohl zu aufgeregt gewesen sein. Leb wohl, mein Offizier! Wir trinken die Flasche Champagner morgen."

Und das werden wir. Endlich!

<hr>

Ich öffne diese Blätter noch einmal, die ich vier volle Monate lang vernachlässigen musste. Und Sie, meine lieben Freunde, die mich nach Österreich und Frankreich begleitet haben, werden überrascht sein zu hören, dass ich dies nicht mehr in den Schützengräben, sondern in Belsize Park schreibe.

Ich glaube, ich muss Ihnen alles erzählen. Dem Rat von *Major Young* folgend , werde ich am Anfang beginnen. Tatsächlich habe ich bereits damit begonnen, Ihnen mit einem einzigen Wort mitzuteilen, dass Charlie – er wird für mich immer Charlie bleiben – endlich Erfolg hatte. Das Pech hörte offenbar von dem Moment an auf, als wir die Flasche Champagner leerten. Als er nach seinem richtigen Namen gefragt wurde, machte er eine klare Aussage über seine Identität; und was Sergeant Charles Young nicht zu einem Auftrag verholfen hatte, brachte Kapitän Friedrich Wilhelm Young schließlich eine Beförderung ein.

Das geschah am letzten Tag im Juni. Am 1. Juli 1916 begann der große Angriff. Ich werde diese große Angelegenheit nicht beschreiben. Es hat professionellen Autoren so viel Text beschert, dass ein armer Amateur wie ich keine Chance mehr hat. Aber wie stürmten wir aus den Schützengräben! Armer Cotton – noch am selben Morgen, eine Stunde vor Beginn der Aktion, hatte er von der Royal Society of Chemists die Nachricht erhalten, dass sie seine Abhandlung auf ihre Kosten veröffentlichen würden, und er hatte mit begeisterter Miene zu mir gesagt:

„Jetzt kann ich beruhigt sterben: Ich weiß, dass ich nicht ganz sterben werde."

Der arme Cotton war vielleicht der erste, der getötet wurde.

Was mich betrifft, finde ich es absolut unmöglich, Ihnen zu sagen, was ich getan habe. Sie kennen das Gefühl: Wenn Sie morgens aufwachen, erinnern Sie sich manchmal daran, dass Sie geträumt haben, können sich aber nicht an das kleinste Detail erinnern. Es kommt sogar vor, dass Sie sich im Schlaf an ein bestimmtes Detail Ihres Traums erinnern möchten; Doch am Morgen ist es völlig vergessen.

Ich kann nicht sagen, wie lange ich in diesem Kampf geblieben bin, vielleicht zwei, vier, sechs Stunden oder mehr. Das Einzige, woran ich mich erinnere, ist ein Gefühl unendlichen Trostes, als ich aufwachte, und wie es augenblicklich einem unerträglichen Schmerz in meinem rechten Fuß wich. Ich lag in einem Bett und das Bett befand sich zusammen mit vielen anderen in einem großen Zelt. So benommen ich auch war, wurde mir klar, dass ich verwundet gewesen sein musste, aber ich fühlte mich zu müde, um nachzudenken oder auch nur die Augen offen zu halten.

Eine sanfte Hand strich mir leicht über die Stirn und eine sanfte Stimme sagte ein paar Worte. Ich öffnete wieder die Augen. Eine Krankenschwester stand da, mit zwei Chirurgen. Sie deckten mich auf und lösten den Verband, der meinen Fuß verbarg. Dann sagte einer der Männer zu mir:

„Sie sind ein mutiger Mann. Sie werden vor einer kleinen Operation keine Angst haben?"

„Es kann nicht mehr weh tun als jetzt."

„Es wird überhaupt nicht weh tun."

„Dann fahren Sie fort, Sir, was ist es?"

„Nicht viel. Wir, mein Freund und ich, meinen, dass Sie einen Fuß zu viel haben."

Ich dachte einen Moment nach. Das war ziemlich unangenehm. Aber was konnte ich tun, außer einer hässlichen Angelegenheit ein fröhliches Gesicht zu verleihen? Also sagte ich:

„Da hast du recht, aber mach keinen Fehler."

„Was meinen Sie?", fragte der Chirurg.

„Sie könnten aus Versehen den gesunden Fuß abschneiden."

„Na gut", sagte er lächelnd. „Das ist die Stimmung, die wir wollen. Wir werden es in ein paar Stunden schaffen. Versuchen Sie in der Zwischenzeit zu schlafen."

Das nächste Mal, wenn Sie Gelegenheit dazu haben, Herr Leser, versuchen Sie, mit einer solchen Aussicht zu schlafen. Ein Krüppel; ich wäre ein Krüppel. Wie würde das Leben in Zukunft aussehen? Es ist nicht so einfach, auf zwei Beinen zu stehen, aber auf einem! Dafür muss man ein Virtuose sein ... oder ein Akrobat. Jedenfalls wäre ich aus dem grauenhaften Geschäft raus. Denn ich darf es jetzt erzählen, es war insgesamt höllisch.

Aber endlich war es für mich vorbei. Ich hatte meinen Beitrag geleistet. – Habe meinen Beitrag geleistet. – Habe meinen Beitrag geleistet. – Und ich wiederholte dieses „Ich habe meinen Beitrag geleistet" zwanzig, fünfzig, hundert Mal wie eine Maschine, die unaufhörlich dasselbe sagt. Ja, ich würde nach Hause gehen, zurück nach Blighty. Meinen Teil erledigt. – Meinen Teil erledigt. – Was würde Papa sagen? Armer Papa! Er würde es stärker spüren als ich. Er würde zittern, wenn er meinen Namen auf der Opferliste sah. Und er würde weinen und stolz sein, dass ich meinen Beitrag geleistet habe. – Meinen Beitrag geleistet. – Meinen Beitrag geleistet. – Und dann würde er mir einen künstlichen Fuß kaufen, das Beste, was er finden konnte. Tatsächlich hat er es getan, und ich bin nicht so sehr zu bemitleiden, wie Sie vielleicht denken. Wirklich nicht. Und die Mater ... sie würde mich zweifellos ausschimpfen. Tatsächlich hat sie es auch getan:

„Mein armer Patrick", war ihr erstes Wort, „wie kann man so ein ungeschickter Stümper sein? Was hast du mit deinem Fuß gemacht?"

„Ich entschuldige mich, Mutter", antwortete ich, „ich habe es verlegt. Ich muss es in Frankreich liegen gelassen haben. Soll ich zurückgehen und es holen?"

Sie sehen, ich konnte während dieser zwei Stunden nicht schlafen, wie man es mir gesagt hatte.

Plötzlich, als ich da lag, hörte ich eine Stimme, eine sehr schwache Stimme zu meiner Rechten, die mich rief:

„Herr Cooper!"

Langsam drehte ich meinen Kopf. Ich konnte mich nicht anders drehen. Und da, neben mir, lag bleich und leichenblass Franz von Heidenbrunn.

„Was machst du hier?", fragte ich.

„Ich? – Ich sterbe."

Eine Pause.

„Aber wie sind Sie hierher gekommen? Warum sind Sie nicht an der österreichischen Front?"

Ganz langsam kam die Antwort:

„Ich wurde Deserteur, als ich mit Mitzi durchbrannte. Ich kehrte nie nach Österreich zurück. Ich diente bei den Deutschen."

Er war sehr schwach, ich konnte seine Worte kaum hören. Und auch ich fühlte mich so kraftlos, dass ich kaum sprechen konnte.

Nach einer Weile begann er wieder:

„Wussten Sie, dass der alte Hammer gestorben ist?"

„Armer Hammer", sagte ich. „Und Doblana?"

"Ich weiß nicht."

Wieder herrschte Schweigen. Wie erschöpft er aussah! Und ich hatte geschworen, dass ich mich an ihm rächen würde.

„Giulay ist verheiratet", flüsterte er.

Offenbar wollte er über meine Wiener Bekannten sprechen. Aber was konnte es mich interessieren, ob Giulay verheiratet war? War er mit Fanny verheiratet?, fragte ich mich. Die Antwort auf meine stumme Frage kam bald.

„Zu Mitzi."

Giulay und Mitzi! Sie waren also beide mit dem Rest zufrieden gewesen ... er mit dem, was Franz übrig hatte, und sie mit dem, was Fanny hinterlassen hatte. Das war das Ende meiner österreichischen Liebe.

Wieder herrschte Stille. Länger, tiefer als zuvor. Sein Atem ging schwer, er hatte bereits ein Rasseln im Hals. Aber nach einer Weile schien er wieder ein wenig Kraft zu finden.

„Kannst du mir nicht verzeihen?" fragte er schließlich.

„Ich verzeihe dir, von ganzem Herzen."

Er wurde ruhig, und es schien mir, als ob ein trübes Lächeln über seine Züge huschte.

Er starb noch in derselben Nacht.

Drei, vier Wochen vergingen. Mir ging es prächtig, wie die Leute sagen, deren Füße nicht amputiert wurden. Ich war in ein anderes Zelt gebracht worden, wo nur Männer waren, die sich gut benommen hatten, wie zum Beispiel ich, und die lesen, rauchen und plaudern durften. Glauben Sie nicht, dass es ein trauriges Unternehmen war? Von der Art Mensch gab es kein einziges vollständiges Exemplar. Aber wir trugen unser Los fröhlich.

Ehrlich gesagt hatte ich mich seit Jahren nicht mehr so glücklich und zufrieden gefühlt. Der Albtraum war vorbei. Wenn ich mich an die Jahre zwischen meiner Flucht aus Wien und dem Ausbruch des Krieges erinnerte und dann an die schrecklichen Monate auf Gallipoli und in Frankreich, empfand ich meine gegenwärtige Situation als vollkommene Glückseligkeit. Vielleicht hatte ich mich durch das Schreiben meiner Geschichte auch von der immer quälenden Erinnerung an sie befreit, die ich meine österreichische Liebe genannt habe. Zum ersten Mal lächelte das Leben wieder ... Leben und Musik. Ich kann Ihnen genauso gut erzählen, dass ich seit meiner Rückkehr nach Hause begonnen habe, ein symphonisches Gedicht zu schreiben. Ich hoffe, Sie werden eines Tages kommen und es bejubeln. Ich fand seine

Themen, als ich in diesem heiteren Krankenhaus war. Ich fand noch etwas anderes.

Sie wissen natürlich, dass in den Krankenhäusern freundliche Leute armen Teufeln wie mir immer allerlei Unterhaltung bieten. Wenn es einen Beweis dafür gäbe, dass Musik nicht nur ein kostspieliger Lärm ist (was ist dann mit einem Bombardement?), müssten Sie sich nur nach der Anzahl der Konzerte erkundigen, die für Verwundete gegeben werden. Sänger, Pianisten, Geiger, unbekannte und berühmte, kommen, um unsere Genesungszeit zu erheitern.

Eine solche Gruppe besuchte eines Tages unser Krankenhaus. Die Namen waren nicht berühmt, aber das störte uns nicht. Die berühmten Künstler waren nicht immer diejenigen, die uns am besten gefielen.

Zuerst war da ein Mann, der Geige spielte. Ich erinnere mich, dass es Godards *Berceuse de Jocelyn war*. Dann ein Bariton, der populäre Balladen sang. Er hatte eine wunderschöne Stimme und ich hätte gern sein Gesicht gesehen. Aber ich lag noch im Bett und durfte mich nicht bewegen; und von dort, wo ich lag, konnte ich die Interpreten nur hören, aber nicht sehen.

Und dann kommt mir der Klavieranschlag bekannt vor. Und eine weibliche Stimme begann:

„Mein Herz ist in den Highlands, mein Herz ist nicht hier …"

Guter Gott! Was war das?

Mitzi?

Hatte sich ihre Stimme so sehr verändert? Hatte sie ihren italienisierten Namen benutzt, um sich in dieses Land zu schleichen? Sie allein kannte dieses Lied... Und doch...

Trotz der Anweisung des Arztes versuchte ich, mich aufzusetzen. Aber eine Krankenschwester, die, wie ich später herausfand, besondere Anweisungen hatte, bemerkte mich und kam näher.

„Du darfst dich nicht bewegen, weißt du", sagte sie lächelnd.

„Oh, lass mich!" Ich bettelte.

"Nein nein Nein!"

Das Lied war zu Ende und die Männer applaudierten.

Alle, bis auf einen, Patrick Cooper.

Und die Stimme begann erneut:

„Da atmet der Mann mit so toter Seele,
der nie zu sich selbst gesagt hat:

Das ist mein eigenes, mein Heimatland!..."

Das konnte nicht Mitzi sein! ... sie war schon immer nicht in der Lage gewesen, dieses Lied zu singen.

„Dessen Herz hat noch nie in ihm gebrannt,
als er seine Fußstapfen nach Hause gelenkt hat,

Vom Wandern auf einem fremden Strand!..."

Die Stimme schien näher zu kommen. – Ja! der Sänger hatte die Bühne verlassen...

„Wenn einer dort atmet, geh und markiere ihn gut ..."

Jetzt erschien sie.

"Bohne!" Ich weinte.

Und wir sollen morgen heiraten.

FUSSNOTEN:

[1] Ungefähr 40 £.

[2] Entschuldigung an Shakespeare.

[3] Ein beliebter Ferienort, zwei Stunden südlich von Wien.

npliance